SIFISOS HÜTTE
POLIZEIPOSTEN
DEBEDEBE
LADEN
SCHIRMAKAZIE
NGER-QUARTIERE

Kirsten Boie

THABO

- Detektiv & Gentleman -

Der Nashorn-Fall

Vignetten von Maja Bohn

Verlag Friedrich Oetinger · Hamburg

Eine Namensliste der Personen und eine Liste aller schwierigen Wörter findet ihr ganz am Schluss des Buches.

1

Ein Hilferuf! Keine Frage, das war ein Hilferuf von Miss Agatha!

Ich hatte mein Handy auf Vibrationsalarm gestellt, darum hätte ich ihre SMS fast verpasst. Immer, wenn ich für Onkel Vusi den Jeep abschrubbe, nehme ich mein Telefon vorsichtshalber aus der Hosentasche, damit es nicht nass wird. Nur weil ein Tourist (ziemlich unhöflich!) vom Parkplatz nach mir gepfiffen hatte, damit ich zu ihm kommen sollte (keine Ahnung, warum), hab ich mein Handy plötzlich auf dem Boden tanzen sehen.

Hilfe! Hilfe! Hilfe! Wenn Miss Agatha es so dringend machte, musste irgendetwas los sein. Der Safari-Jeep konnte warten, der unhöfliche Tourist sowieso. Für solche Notfälle hat Miss Agatha mir das Handy schließlich geschenkt, und dafür bezahlt sie mir auch die Karte.

Meine Damen und Herren, was tut man, wenn man einen derart dringenden Hilferuf erhält?

Ich habe mein Handy also zurück in die Hosentasche gesteckt und bin losgerannt. Sollte der Tourist mir doch hinterherpfeifen. Im Augenblick gab es Wichtigeres.

Aber ich habe mich ja noch gar nicht vorgestellt! Miss Agatha sagt, der wahre Gentleman stellt sich immer zuerst vor.

Ich heiße Thabo. Thabo Sonnyboy Shongwe.

Wie alt ich bin, kann ich leider nicht verraten. Miss Agatha sagt, der wahre Gentleman fragt nie nach dem Alter, weil das unhöflich ist. Und *sagen* ist, recht überlegt, doch eigentlich noch unhöflicher als *fragen*. Darum muss ich über mein Alter schweigen.

Selbstverständlich bin ich in Wirklichkeit noch kein wahrer Gentleman, aber ich möchte einer werden. (Als Junge kann man noch keiner sein.) Ein wahrer Gentleman hat nämlich meistens ein sehr großes Haus (manchmal mit Park) und ein sehr großes Auto und eine sehr schöne Frau, und sehr viel Geld sowieso, es lohnt sich also.

In allen anderen Dingen kann es allerdings sein, dass ein Gentleman es eher langweilig hat, nach allem, was ich bisher mitgekriegt habe. Darum überlege ich seit einiger Zeit, ob ich nicht doch lieber Privatdetektiv werden soll. Miss Agatha hat einen Fernseher, da gucken wir gerne Kriminalfilme, und ich habe festgestellt, dass Privatdetektiv ein spannender Beruf für mich sein könnte. Allerdings habe ich auch festgestellt, dass Privatdetektive meistens kein sehr großes Haus und kein sehr großes Auto haben und auch nicht viel Geld. (Nur eine sehr schöne Frau kriegen sie manchmal am Schluss.)

Darum weiß ich nicht so genau, ob Privatdetektiv wirklich

der richtige Beruf für mich ist. Solange ich mich nicht entschieden habe, versuche ich also erst mal beides, wo immer sich die Gelegenheit bietet. Die Gelegenheit, sich wie ein Gentleman zu benehmen, bietet sich natürlich öfter als die Gelegenheit, sich wie ein Privatdetektiv zu benehmen. Als Gentleman reicht es schon, wenn man höflich ist, vor allem zu den Damen. Aber als Privatdetektiv muss man mehr tun. Da muss man einen Kriminalfall lösen. Und dazu muss es erst mal einen Kriminalfall geben. Und leider, leider, meine Damen und Herren, gibt es so was bei uns nicht so oft. Wenn ich ganz ehrlich bin, muss ich sogar zugeben: Einen richtigen Kriminalfall hat es bei uns in Hlatikulu überhaupt noch nie geben. (Jedenfalls nicht, seit ich lebe.)

Vielleicht kommen die Verbrecher gar nicht erst hierher, weil sie sich sagen, dass bei uns sowieso nichts zu holen ist? (Was aber nicht stimmt. Bei Miss Agatha ist ein Fernseher zu holen und ein DVD-Player und ein CD-Player und ein Computer. Und in Lion Lodge gibt es sogar noch mehr teure Sachen. Irgendwer müsste das diesen Verbrechern vielleicht mal erzählen, damit Sifiso Lovejoy und ich überhaupt eine Chance kriegen, den Beruf des Privatdetektivs zu testen.)

Sifiso Lovejoy Madlopha ist mein bester Freund. (Jetzt habe ich ihn auch höflich vorgestellt.) Als wir jünger waren, das war, gleich nachdem ich zu Onkel Vusi gezogen war, wollten wir beide Fußballprofis werden, aber da waren wir natürlich auch noch klein und dumm. Inzwischen glauben wir nicht mehr, dass wir international eine echte Chance haben. Sifiso sagt, dafür muss man jeden Tag mit einem Lederball trainieren, und woher sollten wir den wohl nehmen? (Natürlich könnten wir einen stehlen, dann hätten wir gleich beides, einen Lederball, um Fußballprofi zu werden, und einen Kriminalfall fürs Privatdetektivtraining. Wir müssten uns dann selbst verhaften.) Außerdem muss man täglich ziemlich viel Zeit mit Kicken verbringen, und das kriegt Sifiso mit seinen drei Geschwistern nicht hin.

Darum habe ich ihm schon vor einer ganzen Weile vorgeschlagen, dass statt Fußballprofi vielleicht Privatdetektiv ein guter Beruf für uns sein könnte. Ich erzähle Sifiso nämlich immer die Filme, die ich mir mit Miss Agatha angucke, weil Sifiso wegen seiner Geschwister nicht mitgucken kann. Außerdem weiß ich auch gar nicht, ob Miss Agatha das gut finden würde. *Ein* Junge mit nicht immer ganz sauberen Hosen auf ihrem echt englischen Seiden-Chintz-Sofa ist ihr vielleicht gerade genug.

Miss Agatha muss ich auch noch vorstellen. Bei Miss Agatha ist es leicht, höflich zu sein und ihr Alter nicht zu verraten, weil ich es nämlich selbst nicht kenne. (Ich habe sie mal danach gefragt, daher weiß ich jetzt, dass ein wahrer Gentleman das niemals tun darf.) Auf alle Fälle ist sie der älteste Mensch in meiner Bekanntschaft, aber dafür ist sie noch ziemlich gut erhalten. Miss Agatha hat schon in Hlatikulu gelebt, als die englische Königin noch Chef über das Land war und deshalb unglaublich viele Engländer bei uns gelebt haben. Damals hätte man in Mbabane glauben können, man wäre in London, sagt Miss Agatha, jeden Abend eine Cocktailparty. Als dann unser eigener König Chef im Land geworden ist, sind die meisten Engländer abgereist. Aber Miss Agatha ist geblieben.

Sie wohnt in einem sehr vornehmen Cottage gleich hinter Lion Lodge, und es sieht genauso aus wie die Häuser in England. Natürlich war ich noch nie in England, aber ich weiß es aus den Filmen, die Miss Agatha und ich uns zusammen angucken. Draußen um das Cottage herum sieht alles aus wie Hlatikulu, aber in Miss Agathas Wohnzimmer könnte man glauben, man wäre in Cornwall oder Devon oder Milchester. (Das sind Orte in England, in denen immer sehr viele schreckliche Verbrechen passieren, die eine alte Frau mit ihrem Freund aufklären muss. Die Polizei klärt in England nämlich nicht viele Verbrechen auf, das habe ich aus den Filmen gelernt und das hat mich ein bisschen überrascht. Sie überlässt das alten Frauen und ihren Freunden. Vielleicht wäre es darum gut, wenn Sifiso und ich nach England ziehen würden, da hätten wir als Privatdetektive ordentlich zu tun.)

Aber jetzt dieser Hilferuf!

Miss Agatha stand vor ihrer Tür, als ich angekommen bin. »Thabo!«, hat sie gerufen. »Gott sei Dank hast du meine Nachricht bekommen! Ich weiß bei diesem verdammten Minitelefon nie so genau, ob ich es richtig mache!«

(Erstens: Miss Agatha ist ganz bestimmt eine Lady – das

ist als Frau das, was als Mann ein Gentleman ist. Zweitens: Leider gebraucht Miss Agatha trotzdem manchmal Wörter, die ein Gentleman nicht gebrauchen dürfte, wie zum Beispiel »verdammt«.)

Erst mal war ich erleichtert, dass Miss Agatha am Leben war. Wenn man eine SMS kriegt, in der »Hilfe! Hilfe! Hilfe« steht, stellt man sich ja gleich alles mögliche Schreckliche vor. Also, dass sie von einer Schwarzen Mamba gebissen worden ist, zum Beispiel (das ist tödlich, leider), oder von gemeinen Verbrechern überfallen worden ist (das würde mir besser gefallen, weil es endlich ein Kriminalfall wäre.)

Dass man ihr einfach nur noch mal erklären soll, wie sie ins Internet kommt, stellt man sich nicht vor.

2

So war es aber.

»Emma ist vorhin angekommen!«, hat Miss Agatha gerufen und mich am Ärmel ins Haus gezogen. »Ich hatte ganz vergessen, dass Wendy es mir gesagt hatte, und nun haben wir den Ärger!«

Wendy, meine Damen und Herren, ist Miss Agathas Nichte Ms Wendy Chapman, der Lion Lodge gehört; und Emma ist ihre Tochter.

Früher haben Emma und ich immer zusammen gespielt. Onkel Vusis Quartier liegt ja viel näher an Lion Lodge als an den anderen Hütten im Dorf, weil die Ranger alle in einem Wohnkomplex im Park leben, gleich hinter dem Parkplatz. Aber jetzt geht Emma in England zur Schule und kommt nur in den Ferien nach Hause, da kennen wir uns nicht mehr so gut.

Miss Agatha ist es sehr peinlich, dass sie immer wieder vergisst, wie man E-Mails schreibt. Ich habe zugeguckt, als Emma es ihr erklärt hat, es ist ganz einfach. Emma wollte, dass Miss Agatha es lernt, damit sie ihr mailen kann, wenn sie auf ihrem Internat in England ist. Aber Miss Agatha hat hinterher sofort wieder vergessen, wie es geht, darum schickt sie mir immer eine SMS, wenn sie Emma mailen will, ich habe es mir nämlich gemerkt.

(Ein Gentleman, glaube ich, hat auch immer einen Computer. Ein Privatdetektiv vielleicht auch. Wenn ich mir nicht rechtzeitig einen für meinen Beruf leisten kann, frage ich Miss Agatha, ob ich ihren mitbenutzen darf. Der steht sowieso nur rum, außer wenn sie mit meiner Hilfe an Emma schreibt.)

»Du kennst doch Emma!«, hat Miss Agatha gesagt und sich auf ihr englisches Seiden-Chintz-Sofa fallen lassen. »Sie ist doch so misstrauisch! Wenn sie kommt, wird sie sofort wieder fragen, ob ich denn *wirklich* noch mit dem Laptop umgehen kann und alles behalten habe, was sie mir erklärt hat, und dann wird sie verlangen, dass ich es ihr zeige. Du weißt ja, wie streng Emma ist!«

Das stimmt beides. Emma kann sehr misstrauisch sein und auch sehr streng. Ich verstehe nicht, warum Miss Agatha sich das gefallen lässt. Eigentlich müsste Emma doch Respekt vor Miss Agatha haben, nicht umgekehrt, jeder hat doch Respekt vor dem Alter. Aber Emma ist Emma, meine Damen und Herren, besser kann ich es nicht beschreiben.

»Ich kann es Ihnen ja noch mal zeigen, Miss Agatha!«, habe ich gesagt. »Dann können Sie es, wenn Emma kommt.« Natürlich habe ich mich gefreut. Jeder freut sich doch, wenn er an einen Laptop darf.

Miss Agatha hat geseufzt. »Ngiyabonga, Thabo!«, hat sie

gesagt. »Was würde ich bloß ohne dich machen!« Dann hat sie sehr feierlich auf die Ein-/Aus-Taste gedrückt. Ich wusste sofort, dass sie stolz war, weil sie sich wenigstens gemerkt hatte, was man als Allererstes machen muss.

»So!«, hat Miss Agatha zufrieden gesagt. »Jetzt ist er eingeschaltet! Und was nun?«

Aber eingeschaltet war der Laptop keineswegs, und wer auch nur ein kleines bisschen nachdachte, konnte das deutlich sehen. Der Bildschirm war immer noch dunkel, und kein einziges von den kleinen Lämpchen in Grün und Rot, die sonst immer blinken, war zum Leben erwacht.

»Wo ist das Kabel, Miss Agatha?«, habe ich gefragt. »Der Akku ist nämlich leer! Da brauchen wir das Kabel!«

Miss Agatha hat ein bisschen verwirrt ausgesehen. »Ich weiß, dass ich es neulich in der Hand hatte!«, hat sie gemurmelt. »Es ist mir immer so verdammt zwischen die Füße geraten! Wo kann das verdammte Teil denn bloß sein?«

(Dass Miss Agatha Wörter benutzt, die eine Lady eigentlich nicht benutzen sollte, hatte ich ja schon erklärt. Eine *sehr alte* Lady darf es vielleicht. Man hat sowieso Respekt vor ihr.)

Sie hat hinter allen Kissen auf dem Sofa und auf den Sesseln nachgesehen. Ich weiß nicht, wo Miss Agatha ihre Kabel hintut, wenn sie sie aus dem Weg haben will. Darum habe ich nur zugeguckt und nicht mitgesucht.

Es war aber alles umsonst.

»Machen Sie sich keine Sorgen, Miss Agatha!«, habe ich

gesagt. »Wenn der Akku leer ist und wenn das Kabel nicht da ist, kann man den Laptop sowieso nicht anschalten. Auch Emma nicht. Dann müssen Sie ihr gar nichts beweisen.«

Miss Agatha hat die Stirn gerunzelt. »Bist du dir sicher, Thabo?«, hat sie gefragt. »Auch Emma nicht? Es gibt nicht vielleicht einen Trick?«

»Das kann nicht mal Emma, Miss Agatha!«, habe ich gesagt. »Seien Sie beruhigt! Es geht nicht ohne Strom.«

Mit Strom kenne ich mich aus. Onkel Vusis Hütte hat Strom, alle Ranger im Wohnkomplex von Lion Park haben das. (Und Funkgeräte haben sie auch. Die könnte ein Privatdetektiv genauso gut brauchen.)

Miss Agatha hat den Laptop seufzend zugeklappt und mich angesehen. »Eine Tasse Tee, Thabo?«, hat sie gefragt.

Miss Agatha und ich trinken immer gerne ein Tasse Tee zusammen, stark, heiß und süß. Die alte Dame in den Filmen, die wir zusammen gucken (sie heißt Miss Marple), tut das auch. Daher weiß ich, dass eine gute Tasse Tee (stark, heiß und süß) in jeder Situation hilft. (Nicht jeder will das glauben, natürlich. Onkel Vusi und seine Kollegen glauben mehr an Buganu, das ist Marula-Bier. Oder an Tjwala im Karton, das ist unser Mealie-Bier, oder auch an das teure Bier aus der Dose.)

»Sehr gerne eine Tasse Tee, Miss Agatha!«, habe ich gesagt.

Dazu ist es aber nicht mehr gekommen, weil mit lautem Knall die Haustür aufgeflogen ist.

»Auntie?«, hat eine vertraute Stimme gerufen, und da habe ich auf einmal gemerkt, wie sehr ich mich gefreut habe, dass Emma wieder da war. »Auntie, ich bin's! Emma!«

Ich weiß nicht, warum, meine Damen und Herren, aber irgendwie habe ich gleich gewusst, dass es in der nächsten Zeit spannend werden würde.

3

Als sie mich auf dem Sofa gesehen hat, ist Emma so erschrocken in der Zimmertür stehen geblieben, als wäre, zum Beispiel, direkt vor ihr ein Löwe aufgetaucht. Oder, noch schlimmer, ein Nilpferd. (Was in Miss Agathas Wohnzimmer natürlich unwahrscheinlich war.)

»Oh, Thabo!«, hat sie gesagt. »Du bist ja auch hier!«

Und plötzlich war es mir auch peinlich. Bevor Emma nach England geflogen ist, um da auf eine gute Schule zu gehen (ich weiß nicht, warum Ms Wendy Chapman die Schulen bei uns im Königreich nicht gut findet), war es mir nie peinlich gewesen, wenn wir uns getroffen hatten.

»Ja. Hallo, Emma«, habe ich gesagt und bin vom Sofa aufgestanden. Der wahre Gentleman steht auf, wenn er eine Dame begrüßt.

»Na?«, hat Emma gesagt.

Darauf kann man ja nicht so viel antworten.

Aber zum Glück ist Miss Agatha jetzt auf Emma losgestürmt (soweit eine so alte Dame noch losstürmen kann) und hat sie in die Arme genommen.

»Emma!«, hat sie gerufen. »Wie ich mich freue!«

Das konnte sie jetzt, wo ihr Laptop keinen Strom hatte, ja auch tun.

»Puuuh!«, hat Emma gesagt und sich freigekämpft. Dann hat sie sich aufs Sofa fallen lassen. »Bin ich froh, dass ich wieder zu Hause bin!«

Ich hab nicht so richtig gewusst, ob ich bleiben sollte oder nicht. Vielleicht wollte Miss Agatha jetzt ihre Tasse Tee lieber mit ihrer Großnichte allein trinken.

Aber mein Handy hat mir die Entscheidung sowieso abgenommen. Es hat geklingelt, und auf dem Display hat die Nummer der Rangerstation aufgeleuchtet.

»Onkel Vusi?«, habe ich gefragt.

»Wo bist du, Thabo, zum Teufel?«, hat Onkel Vusi am anderen Ende gerufen. (Es ist natürlich gut, dass Miss Agatha mir das Handy bezahlt, meine Freunde beneiden mich. Aber manchmal ist es auch unpraktisch.) »Was ist mit dem Wagen?«

»Ich komme!«, habe ich gesagt. »Es war ein Notfall, Onkel Vusi! Ich wasch ihn gleich zu Ende! Es war ein Notfall!«

Den Safari-Jeep hatte ich ganz vergessen.

»Ich muss leider gehen, Miss Agatha!«, habe ich gesagt. »Ich muss Onkel Vusis Wagen waschen. Die Touristen regen sich immer auf, wenn er zu dreckig ist. Dann kriegen sie beim Einsteigen Flecken auf ihre Kleider.«

Fast hätte ich gelacht. Es sieht sehr komisch aus, wenn die Touristen mühsam über die kleine Seitenleiter auf die Aussichtsplattform mit den Bänken hochklettern, besonders wenn es dicke alte Damen in Hosen sind. Aber ein wahrer Gentleman lacht nicht über dicke alte Damen in Hosen.

»Danke, dass du eben so schnell gekommen bist, Thabo!«, hat Miss Agatha gesagt. »Hamba kahle!«

»Sala kahle, Miss Agatha!«, habe ich gesagt. »Ja, dann vielleicht bis irgendwann, Emma!«

»Klar!«, hat Emma gesagt und mich dabei nicht angesehen.

Irgendwas ist zwischen uns los, ich weiß nur nicht, was.

4

Auf dem Parkplatz stand noch immer der Safari-Jeep, und davor kniete Sifiso Lovejoy und hat ihn sehr langsam und genüsslich abgeschrubbt. Das Wasser war jetzt natürlich kalt.

»Sifiso!«, hab ich gerufen. »Mann! Ngiyabonga! Danke sehr!«

Sifiso hilft mir immer gerne, den Wagen zu putzen, wenn er Zeit hat. Er findet Autos toll.

Ich finde Autos auch toll, aber nicht wenn ich sie putzen muss. Das würde Sifiso bestimmt auch nicht mehr tun, wenn er den Jeep so oft putzen müsste wie ich. Aber vielleicht wäre es ihm immer noch lieber, als sich um seine Geschwister zu kümmern.

»Dein Onkel schäumt!«, hat er gesagt. »Nachher hat er gleich eine Drei-Stunden-Safari, und der Wagen sieht aus, als wäre er durchs Wasserloch gefahren! Onkel Vusi sagt, wenn du so unzuverlässig bist …«

»Miss Agatha hat SOS gesimst«, habe ich gesagt und Sifiso den Lappen aus der Hand genommen. Falls Onkel Vusi auftauchen sollte. »Sie hat Hilfe mit dem Internet gebraucht.«

»Die hat Probleme!«, hat Sifiso gesagt.

Sifiso mag Miss Agatha nicht so sehr. Oder vielleicht mag er es auch einfach nur nicht, dass Miss Agatha und ich Freunde sind, kann sein. Vielleicht ist er eifersüchtig.

Und dass ich das mit dem Internet gesagt hatte, war natürlich ein bisschen Angabe gewesen. Ich glaube nicht, dass Sifiso in seinem Leben schon mal gesurft hat.

»Emma ist zurück!«, habe ich gesagt. Ich glaube, *Emma* mag Sifiso noch weniger als Miss Agatha. Und vermutlich aus dem gleichen Grund. »Wir nehmen den Schlauch! Wo du jetzt hier bist, kannst du hinterher oben gleich die Bänke trocken rubbeln. Das geht dann schneller.«

Sifiso hat mich angestarrt. »Vielleicht möchte deine Emma das ja machen?«, hat er gefragt.

Hatte ich es nicht gesagt?

»Ach, die braucht doch ewig dafür!«, habe ich deshalb geantwortet. Ich wusste, dann macht Sifiso es. »Kommst du nachher mit auf die Tour? Wenn noch ein Platz frei ist?«

Sifiso hat den Kopf geschüttelt. Vielleicht musste er zurück zu seinen Geschwistern, vielleicht war es aber auch, weil Sifiso lieber auf dem Parkplatz bleiben wollte wegen der Autos. Es gibt sehr große Autos bei uns auf dem Parkplatz, Geländewagen, die Touristen mieten sie am Flughafen. Sie werden extra aus Johannesburg gebracht, und man kann am Auto immer gleich sehen, ob ein Tourist ordentlich Geld hat.

Während die Touristen mit Onkel Vusi auf Safaritour

sind, guckt Sifiso sich ihre Autos immer ganz genau an. In manche kann man sogar ohne Schlüssel einsteigen. Sifiso sagt, die Autos auf dem Parkplatz findet er tausendmal interessanter als Busch und Natur und Tiere. Busch und Natur und Tiere gibt es immer und jeden Tag kostenlos für jeden, aber Autos kosten.

Dabei sind Busch und Natur und Tiere für die Touristen eigentlich auch nicht kostenlos. Busch und Natur können sie natürlich überall im Land gratis angucken, aber für Lion Park müssen sie bezahlen, wenn sie Elefanten und Nashörner und Löwen (die Touristen wollen immer Löwen, meine Damen und Herren) und Nilpferde und Krokodile und überhaupt Tiere von Nahem sehen wollen. (Dabei weiß ich gar nicht, ob sie sich auch so freuen würden, wenn sie denen außerhalb des Parks begegnen würden, mehr so zufällig irgendwo und ganz kostenlos. Touristen sind merkwürdig.)

Onkel Vusi ist auf den Parkplatz gekommen. »Na endlich!«, hat er gesagt. »Sawubona, Sifiso. Na, hast du Thabo mal wieder die Arbeit abgenommen?«

»Yebo«, hat Sifiso gesagt. »Viele Gäste heute Nachmittag?«

Onkel Vusi hat einen Zettel aus der Tasche gezogen. »Nur sechs!«, hat er gesagt. »Für dich ist noch Platz.«

Sifiso hat wieder den Kopf geschüttelt.

»*Ich* komm aber mit, Onkel Vusi!«, hab ich gesagt. »Gatter öffnen!«

Ich dachte, es könnte vielleicht ganz gut sein, bei Onkel

Vusi wieder für ein bisschen bessere Stimmung zu sorgen. Wenn ich dabei bin, muss er nämlich an den beiden Übergängen zwischen den verschiedenen Teilen des Parks nicht immer selbst aussteigen, um die Gatter zu öffnen. Und auch nicht, um irgendwas an den Pflanzen zu zeigen oder ein Chamäleon einzufangen oder sonst etwas zu tun, das die Touristen bei Laune hält, falls sie auf einer Safari nicht sofort mindestens eine Giraffe oder ein Zebra sehen. (Nach den ersten großen Tieren sind die Touristen dann meistens einigermaßen zufrieden, und Onkel Vusi und ich können eine Weile im Wagen sitzen bleiben. Und wenn wir Löwen sehen oder Elefanten, geht es den Touristen sowieso gut. Danach braucht auf der Rückfahrt nicht mehr viel zu passieren.)

Onkel Vusi hat mich angesehen und geseufzt.

»Ja, dann komm mit, Thabo«, hat er gesagt. »Das gibt auch mehr Trinkgeld.«

Die Touristen, meine Damen und Herren, finden uns Kinder nämlich immer interessant. Ich habe mich gefragt, ob es in ihren Ländern vielleicht zu wenige davon gibt. In den Kriminalfilmen bei Miss Agatha sieht man jedenfalls überhaupt keine, ich achte schon immer extra darauf. Und wenn die Touristen zu uns kommen, haben sie auch keine Kinder dabei. Jetzt leihen wir den Engländern ja wenigstens für einen Teil des Jahres Emma aus. (Aber wo es ein Internat gibt, muss es natürlich eigentlich auch noch mehr Kinder geben. Also vielleicht finden die Touristen auch nur schwarze Kinder so spannend.)

Sifiso hat sich verabschiedet, als die ersten Gäste auf dem Parkplatz aufgetaucht sind. »Essen!«, hat er gesagt. In Wirklichkeit mag er es einfach nicht so, wenn die Touristen ihn fotografieren. Seine Schuluniform und seine Schuhe zieht Sifiso natürlich immer gleich nach der Schule aus (um sie zu schonen, das tut ja jeder), und über die Kleidung, die er dann anzieht, wollen wir lieber nicht reden. Darum machen die Touristen immer gerne Fotos von ihm. Und Sifiso darf ihnen dafür nicht auf die Fresse hauen, weil er dann Ärger mit Onkel Vusi kriegen würde. (Verzeihung, meine Damen und Herren, ngiyacolisa, ich weiß, dass ein Gentleman »auf die Fresse hauen« nicht sagen würde. Ein Privatdetektiv aber bestimmt.)

»Warte, Sifiso!«, hat Onkel Vusi gerufen. Dann hat er mich in unsere Hütte geschickt, damit ich die Ananas holen sollte, die er gestern Abend aus der Lodge mitgebracht hatte. Wenn im Restaurant Sachen übrig bleiben oder so sind, dass man die Touristen nicht mehr dafür bezahlen lassen kann, dürfen die Ranger sie immer haben.

Sifiso hat die Ananas gerne genommen. Da hat es sich für ihn doch wieder gelohnt, dass er den Touristen nie eine reinhaut und Onkel Vusi nicht wütend macht. Seine Geschwister freuen sich über die Ananas, hat er gesagt. Er hatte schon mal eine von Onkel Vusi bekommen.

Ich hab am Jeep auf die Gäste gewartet und fröhlich gelacht, wie man das für sie soll, und ihnen die Leiter hinaufgeholfen. Die ersten beiden waren so ein Paar, das eigentlich graue Haare haben sollte, die hatte aber nur der Mann. (Aber nicht mehr viele.) Bei den Touristen, meine Damen und Herren, haben die Frauen eigentlich nie graue Haare, obwohl sie meistens so alt sind, dass sie bei uns längst eine Gogo wären. (Aber ich habe ja schon gesagt, dass es in ihren Ländern wahrscheinlich nur wenige Kinder gibt, da wird man nicht so leicht eine.) Der Mann ist die Leiter allein hochgekommen, bei der Frau musste ich ein bisschen helfen. Sie hat aber gelacht.

»Was für ein Abenteuer!«, hat sie gerufen. Ich habe gedacht, wenn die Leiter für sie schon ein Abenteuer war, würde sie bestimmt auch gleich im Park mit wenig zufrieden sein, das war gut. Und Trinkgeld würde ich hinterher bestimmt auch kriegen.

Das zweite Paar war ganz jung, das hat leider keine Hilfe gebraucht. Sie haben mich nicht mal richtig angeguckt und sich immer so geküsst und miteinander geflüstert, dass man sich schämen musste. Ich wusste aber, dass sie sich in ihren Ländern nicht schämen. Wie ich gesagt habe, meine Damen und Herren, Touristen sind merkwürdig.

Bestimmt hatten diese beiden gerade erst geheiratet, Miss Agatha hat mir erklärt, dass sie das so machen: Zuerst heiraten sie, und dann reisen sie gleich irgendwohin, es heißt Hochzeitsreise. Das ist die zweite Sorte von Paaren, von denen Onkel Vusi viele durch den Park fährt. Von ihnen gibt es weniger Trinkgeld, und sie finden Kinder auch nicht so spannend wie die alten Gäste.

Der nächste Gast war leider der unhöfliche Kerl, der mir vorhin auf dem Parkplatz hinterhergepfiffen hatte. Er hatte eine riesige Kamera vor dem Bauch und keine Frau. (Männer alleine kommen auch manchmal zu uns. Frauen alleine nicht so viele.) Und übrigens war er ein Chinese. Man erkennt es an den Augen. Da war es eigentlich ein Wunder, dass er sich so aufgeführt hat, weil ich von Miss Agatha weiß, dass die Chinesen ein sehr höfliches Volk sind und viel lächeln. Das galt für diesen aber nicht. Er hat meine Hand weggewischt wie ein lästiges Insekt, als ich ihm die Leiter hinaufhelfen wollte, und er hat nicht mal »Hallo!« zu den anderen vier Gästen gesagt, die schon oben auf der Plattform gesessen haben.

Im Kopf hab ich überschlagen, wie viel Trinkgeld es nach dieser Tour geben würde, es sah nicht sehr gut aus. Die beiden alten Leute, okay, aber der Chinese bestimmt nicht, und die Verliebten würden auch geizig sein. Man muss es nehmen, wie es kommt.

Onkel Vusi ist aus der Rangerstation gekommen in seinem Hemd mit dem Park-Logo auf der Brusttasche und mit seinem Hut auf dem Kopf. Er sieht damit aus wie einer, der sich auskennt, dann glauben die Touristen, dass sie vor den Tieren keine Angst haben müssen. (Haha, die sollten mal erleben, was passiert, wenn unser Wagen aus Versehen zwischen eine Elefantenmutter und ihr Kalb gerät. Ich schreibe es hier nicht. Aber da hilft dann auch Onkel Vusis Uniform nicht mehr.)

»Alle da?«, hat Onkel Vusi auf Englisch gerufen und gelächelt. »Schön! Ich freue mich auf unsere Tour! Mein Name ist John, und als Erstes erkläre ich Ihnen jetzt, wie Sie sich in den kommenden drei Stunden bitte verhalten sollen!«

Onkel Vusi sagt immer, dass er John heißt. Das können sich die Touristen leichter merken, und sie fühlen sich auch wohler bei einem Ranger mit englischem Namen als bei einem mit afrikanischem. Sie glauben dann, dass er klüger und zuverlässiger ist, sagt Onkel Vusi. Wenn die Gruppe nur aus Franzosen besteht, heißt er Pierre, und bei Deutschen Johannes. Es funktioniert gut.

Er hat dann aber doch nicht erklärt, wie die Gäste sich verhalten sollten, weil jetzt nämlich aus der Richtung der Lodge noch ein Mann angestürmt gekommen ist. Er war blond und groß und hat ausgesehen wie die Helden in diesen Filmen, die Miss Agatha auch manchmal anguckt. Es sind amerikanische Filme.

»Entschuldigung, Entschuldigung!«, hat er gerufen. »Ich habe auf der Terrasse die Zeit vergessen! Ich hoffe, ich habe den Betrieb nicht allzu sehr aufgehalten!« Dann ist er die Leiter hochgeklettert wie ein Affe (das soll jetzt keine Beleidigung sein, sondern ein Lob) und hat alle angelacht, und alle haben zurückgelächelt, nur der Chinese nicht.

»Winterbottom!«, hat er gesagt. »Großbritannien!«

Das ältere Paar war aus Kanada und das jüngere aus Deutschland. Der Chinese hat den Kopf zur Seite gedreht und nichts gesagt. Da war schon klar, dass er mit keinem reden wollte, nur Fotos machen. Solche gibt es auch immer mal.

Onkel Vusi hat auf seine Uhr geguckt und sich hinters Steuer gesetzt. Ich bin auf den Beifahrersitz gestiegen.

»Alles klar?«, hat Onkel Vusi nach oben gefragt. »Kann es losgehen?«

Natürlich habe ich gedacht, es wird eine Tour wie die tausend Touren, bei denen ich in den letzten Jahren für Onkel Vusi die Gatter geöffnet und Chamäleons eingefangen habe. Aber, wie Miss Agatha sagt, meine Damen und Herren: Das Leben hält immer wieder Überraschungen bereit – bis zum Schluss.

Und manchmal auch solche, die man sich nicht gewünscht hätte.

5

Die ersten zwei Stunden werde ich hier überspringen, sie waren sozusagen durchschnittlich: nicht so viele Tiere wie bei den Touren in der Dämmerung natürlich, aber genug, um die Touristen oben auf den Bänken glücklich zu machen. Ein Zebra gleich zwei Minuten hinter dem Tor unter einer Schirmakazie, fünf Giraffen im hohen Elefantengras, massenhaft Antilopen zwischen den Dornbüschen der Steppe, eine kleinere Elefantenherde am Wasserloch und natürlich eine Löwenfamilie. Nach der Löwenfamilie war die Stimmung blendend. Selbst wenn in der letzten Stunde nicht mehr viel passierte, würden die Gäste trotzdem reichlich Trinkgeld geben. (Nicht der Chinese, das war klar.)

Der Chinese setzte während der ganzen Fahrt seine digitale Spiegelreflex nicht ab; der alte Mann zückte alle paar Minuten eine kleine Automatikkamera (immer, wenn seine blonde Frau rief: »Da, Alfred, da!«); und der Verliebte und der freundliche Mr Winterbottom haben pausenlos mit dem Handy fotografiert und gefilmt. Wenn ich für jedes Touristenfoto auf unseren Touren einen Cent bekäme, wäre ich reich.

Der Jeep hat den roten Staub der Straße aufgewirbelt, aber davon bekamen nur Onkel Vusi und ich unten etwas ab; bis zu den Gästen auf der Plattform wehte er nicht. Wir fuhren schon länger durch Dornbuschsteppe, aber bis auf vereinzelte Antilopen waren keine Tiere mehr zu sehen. Hinter dem großen einsamen Baobab würden wir in das Akazienwäldchen abbiegen, und von da war es dann nicht mehr weit bis zum Parkplatz.

»Verdammt!«, hat Mr Winterbottom plötzlich gemurmelt. Er ist halb aufgestanden, damit er in sämtlichen Hosentaschen kramen konnte. »Wo ist mein Kopfhörer?«

Der Verliebte hat mit seiner Braut nämlich gerade das Video angeguckt, das er zehn Minuten vorher von den Löwen gemacht hatte, jeder von den beiden hatte dabei einen Ohrstöpsel vom Kopfhörer im Ohr. Die Touristen halten es nie aus zu warten, meine Damen und Herren, sie gucken ihre Videos schon auf der Safari an. Zum Glück hatte der männliche Löwe seine Mähne geschüttelt und gegähnt, als wir im Schritttempo an ihm vorbeigefahren sind, da waren die Gäste bestimmt alle mit ihren Bildern zufrieden.

Und jetzt wollte Mr Winterbottom sein Video natürlich auch angucken, und das Löwenbrüllen gehörte dazu. Aber wenn er seinen Kopfhörer bisher in einer der Hosentaschen gehabt hatte, dann war er jetzt jedenfalls nicht mehr da. Vielleicht war er ihm irgendwann herausgefallen, als er nach einem Taschentuch oder dem Schlüsselbund gesucht hatte. So was passiert einem ja leicht, und es war doch ein Glück, dass er nur den Kopfhörer verloren hatte und nicht seine Schlüssel. Mir ist dabei sofort wieder Miss Agathas verschwundenes Laptop-Kabel eingefallen. Ich war gespannt, ob sie es inzwischen gefunden hatte und ob sie Emma dann jetzt doch noch zeigen musste, wie sie ins Internet kam.

»Na, ohne Ton geht ja auch!«, hat Mr Winterbottom gemurmelt. »Verdammt gute Bilder, verdammt nah dran! Da werden sie zu Hause staunen! Willst du auch mal gucken?« Und er wollte mir das Handy über die Schulter nach vorne reichen.

(Übrigens haben Sie sich vielleicht auch schon gefragt, meine Damen und Herren, ob Mr Winterbottom wirklich ein Gentleman ist, so häufig, wie er »verdammt« sagt. Die Antwort ist: Ich weiß es nicht. In Miss Agathas Filmen wäre er keiner.)

Aber jetzt hat Onkel Vusi plötzlich »Pssst!« gezischt. »Sie haben Glück!«, hat er geflüstert. »Zum Abschluss kann ich Ihnen wahrscheinlich im Akazienwäldchen noch eine Gruppe Breitmaulnashörner zeigen. Darum seien Sie jetzt bitte besonders leise; Nashörner sind fast blind, aber dafür hören sie ausgezeichnet. Und wenn etwas sie beunruhigt, können sie äußerst unfreundlich werden.«

»Greifen sie an?«, hat die junge Verliebte erschrocken gefragt und sich ihre Hälfte des Kopfhörers aus dem rechten Ohr gezogen. »Auch Autos? Würden die unser Auto angreifen?«

Ihr Bräutigam hat sie noch fester in den Arm genommen.

»Keine Angst, Schatz, die sind viel zu langsam!«, hat er gesagt. »Da sind wir längst über alle Berge, bevor die uns auf die Hörner nehmen können.«

Oh, sie sind so klug, die Touristen! Sie wissen alles, sie kennen sich aus!

»Fünfzig Stundenkilometer, leicht«, hat Onkel Vusi gesagt, ohne sich zur Plattform umzudrehen. »Und was glauben Sie, woher all die Beulen in unserer Motorhaube stammen?«

»Die hat ein Nashorn …?«, hat die Verliebte gefragt.

Die alte Frau hat leise aufgestöhnt. »Vielleicht sollten wir dann lieber nicht …?«, hat sie gesagt.

Aber da hat Onkel Vusi schon nach vorne gezeigt. »Psssst!«, hat er wieder geflüstert. »Rechts am Wegrand, unter der großen Schirmakazie! Ein Nashornbaby!«

Sie können es mir glauben, meine Damen und Herren, oder es meinetwegen auch für Angabe halten: Schon in diesem Augenblick hatte ich ein schlechtes Gefühl. Das war einfach etwas, was es nicht geben sollte und was es normalerweise auch nicht gab: ein Nashornkalb ganz allein auf der Straße. Ein Nashornkalb, das sich nicht regte und rührte. (Nur sein Schwanz hat ein bisschen hin und her gependelt.)

Ich habe blitzschnell zum Wegrand gegenüber geguckt. Wenn seine Mutter auf der anderen Seite graste und wir gleich zwischen den beiden durchfuhren, würde das der Nashornkuh nicht gefallen. Unser Wagen hatte nicht nur

Beulen in der Motorhaube, sondern auch in den Seitenblechen.

Aber ich hätte mir keine Sorgen machen müssen.

»Oh mein Gott!«, hat der alte Mann geflüstert. Die alte Frau hat jetzt so laut gestöhnt, als wollte sie ohnmächtig werden.

Ich hatte auf die falsche Seite geguckt, darum habe ich es erst nach ihnen entdeckt. Wir mussten keine Angst vor der Nashornmutter haben. Direkt vor ihrem Kind lag sie reglos im Elefantengras, ein riesiger grauer Berg mit einer Blutlache um ihren Kopf. Wo die beiden Hörner hätten sitzen sollen, waren nur noch zwei unvorstellbar große Wunden, von denen die Fliegen aufstoben.

Da musste man gar nicht genauer hinsehen. Irgendwer hatte ihr die Hörner abgesägt. Sie war verblutet.

6

Der Chinese hat seine Kamera überhaupt nicht mehr abgesetzt; die Verliebte hat ihr Gesicht mit leisem Wimmern dem Verliebten gegen die Schulter gepresst, und die alte Frau hat gestöhnt: »Nein, nein, nein!«

Nur Mr Winterbottom ist nicht hysterisch geworden.

»Sollten wir uns das vielleicht genauer ansehen, John?«, hat er gefragt und ist mit einem Satz an der Leiter vorbei einfach so auf den Weg gesprungen.

Onkel Vusi hat ihn nicht gehört. Ganz vorsichtig ist er aus dem Wagen gestiegen. Das Nashornbaby hat helle Töne ausgestoßen, als ob es weinte.

»Sie ist tot«, hat Onkel Vusi gesagt. »Also jetzt auch bei uns. Im Krüger waren es im letzten Jahr über tausend.«

Der Krüger, meine Damen und Herren, das wissen Sie wahrscheinlich, ist der große Nationalpark gleich nebenan.

»Wer tut denn so was?«, hat die alte Frau geflüstert.

Die Verliebte hat jetzt laut geschluchzt.

Onkel Vusi hat sein Funkgerät genommen und der Rangerstation Bescheid gegeben, was wir gefunden hatten und wo. Die Ranger dort würden sofort per Telefon die Polizei benachrichtigen und dazu die Leute vom Tierschutz, damit sie das Baby abholen und nach Südafrika ins Nashornwaisenhaus bringen konnten. (So weit ist es also gekommen. Dass wir ein Nashornwaisenhaus brauchen, weil die Wilderer so viele Nashornmütter töten.)

Der Chinese ist um die beiden Nashörner herumgeschlichen und hat fotografiert. Der alte Mann hat sich hingekniet, als wollte er das Kalb streicheln.

Aber Onkel Vusi ist wieder eingestiegen. »Ich fahre Sie zurück zur Station«, hat er grimmig gesagt und die Gäste in den Wagen gewunken.

Die Touristen haben nicht mehr gesprochen auf der Rückfahrt (Onkel Vusi hat den kürzesten Weg genommen). Nicht mal mehr fotografiert, so düster war die Stimmung. Wir sind noch an einer Herde Impalas vorbeigekommen und an zwei Giraffen, zum Schluss, schon fast am Parkplatz, wo der Weg zum alten Farmhaus abgeht, an den alten verfallenen Geräteschuppen. Dass das Trinkgeld nach dieser Tour nicht allzu reichlich geflossen ist, wird niemanden überraschen. Alle wollten so schnell wie möglich weg.

Nur Mr Winterbottom hat mir zum Abschied auf die Schulter geklopft. »Schlimm!«, hat er gesagt. »Ganz schlimm! Was müssen das bloß für Menschen sein!«

Dann hat er mir zehn Emalangeni in die Hand gedrückt und ist in seinen Wagen gestiegen.

Vielleicht leben in Ihrem Land keine Nashörner, meine Damen und Herren, in England zum Beispiel sollen keine leben. Dann haben Sie vielleicht auch nie davon gehört, dass es Wilderer gibt, die Nashörner umbringen, um ihnen die Hörner abzusägen.

Warum?, fragen Sie sich jetzt vielleicht. Warum tun Menschen etwas so Grausames?

Weil sie dadurch reich werden können, meine Damen und Herren! Ein Kilogramm Horn ist 750 000 Emalangeni wert, das sind in Ihrem Land über fünfzigtausend Dollar. Und ein Horn wiegt so ungefähr fünf Kilo! (Da müssen Sie mit großen Zahlen rechnen.) Es gibt Menschen, die kümmert dann ein weinendes Nashornbaby nicht mehr so sehr.

Wie schrecklich! Wenn ich so einem Menschen begegnen würde (am besten zusammen mit Sifiso Lovejoy, weil wir gemeinsam ziemlich unschlagbar sind), dann … (Was wir dann täten, schreibe ich hier nicht. Der wahre Gentleman verprügelt niemanden.)

Und erst in dem Moment, als ich das gedacht habe, da auf dem Parkplatz vor der Rangerstation, auf dem Onkel Vusi und ich jetzt neben dem Jeep auf die Polizei und auf die Leute vom Tierschutz gewartet haben: Erst da ist es mir plötzlich klar geworden.

Ein Verbrechen! Jetzt hatten Sifiso und ich so lange auf ein Verbrechen gewartet, und nun war es endlich passiert! Wieso hatte ich das nicht sofort begriffen, als ich das tote Nashorn gesehen hatte?

Es war ein grausames Verbrechen, und das Kalb hat mir leidgetan und die Mutter hat mir leidgetan, und natürlich wäre es besser gewesen, all das wäre nicht passiert – aber gilt das nicht für jedes Verbrechen, das ein Privatdetektiv aufklären muss? Ein Privatdetektiv hat es immer mit Dingen zu tun, von denen er sich eigentlich wünschen sollte, dass sie nicht passiert wären, das ist sein Beruf. Das, meine Damen und Herren, ist, recht besehen, vielleicht der Nachteil daran.

Aber man soll nicht grübeln, sagt Miss Agatha. Der wahre Gentleman ist immer ein Mann der Tat.

»Brauchst du mich hier noch, Onkel Vusi?«, habe ich gefragt. Natürlich wäre ich gerne dabei gewesen, wenn die Polizei alles Weitere klärte, aber noch dringender war es, so schnell wie möglich mit Sifiso zu sprechen. »Kann ich zu Sifiso?«

Onkel Vusi hat mich angesehen, als ob er gar nicht richtig zugehört hätte.

»Und was wird jetzt?«, hat er gefragt. »Wenn sie jetzt auch bei uns damit anfangen? Wir sind nicht genug Ranger, und der Park ist zu groß, um ihn Tag und Nacht zu kontrollieren. Es ist sowieso ein Wunder, dass bisher noch niemand darauf gekommen ist, was bei uns zu holen ist.«

»Dann geh ich mal«, habe ich gesagt. »Sala kahle, Onkel Vusi.«

Onkel Vusi hat mich nicht aufgehalten, und ich bin gerannt, so schnell ich konnte. Und das *ist* schnell, meine Damen und Herren. Wenn ich meine Worte nicht wählen würde wie ein Gentleman, könnte ich sagen: Das ist verdammt schnell.

7

Um zu Sifisos Hütte zu kommen, muss man vom Parkplatz aus die breite rote Sandpiste überqueren und dann auf der anderen Seite in die Hügel. Einen richtigen Weg gibt es natürlich nicht (warum sollte es auch, extra für Sifiso und seine Geschwister?), aber einen Pfad haben wir mit den Jahren ins Gras getreten, und die rote Erde scheint fast überall durch die Grasdecke; und wäre ich nicht nach der Fahrt mit dem Jeep sowieso schon von einer hauchdünnen rosa Staubschicht bedeckt gewesen, dann wäre das spätestens jetzt passiert. Man kann nichts dagegen tun. Das Land ist älter als die Menschen, und das Land ist stärker als die Menschen, sagt Onkel Vusi.

Ja, ich bin schnell gelaufen, aber nicht so schnell, dass ich vor dem Ziel hätte aufgeben müssen. In den Hügeln ist es wichtig, die Geschwindigkeit richtig einzuschätzen, wenn man es eilig hat, meine Damen und Herren. Wer zu schnell läuft, ist zu früh erschöpft. Der Herr hat uns Füße gegeben, keine Flügel, weil er nicht möchte, dass wir schnell sind wie die Vögel, sagt Reverend Hlope. Aber immerhin hat er uns Füße gegeben, damit wir schneller sind als die Schlangen, die auf dem Bauch kriechen müssen. Darum habe ich versucht, das richtige Tempo zu finden, für das wir Menschen gemacht sind.

Das letzte Stück zu Sifisos Hütte geht es abwärts, man kommt leicht ins Rutschen. Es waren bestimmt noch ungefähr dreihundert Meter, da hat ein Blatt Papier auf dem Boden gelegen. Es war aus einem Schulheft gerissen, und wer es auf den Boden geworfen hatte, wusste ich nicht. Vielleicht eins von Sifisos jüngeren Geschwistern, am ehesten Sibusiso Pilot. Sifiso kriegt es einfach nicht hin, dass Sibusiso Pilot seine Schulsachen in Ordnung hält.

»Sifiso!«, habe ich gebrüllt. (Den Zettel habe ich liegen lassen. Wozu sollte ich Pilot Ärger machen? Wenn Sifiso jetzt noch mit ihm gescholten hätte, hätte das nur bedeutet, dass wir später losgekommen wären.) »Ein Verbrechen ist passiert, Sifiso! Du musst kommen!«

Über Sifisos Hütte will ich den Mantel des Schweigens breiten. Seit seine Eltern gestorben sind, schafft er es nämlich nicht mehr, die Hütte nach den Regenfällen instand zu halten. Der Lehm ist längst von den Wänden gewaschen, und durch das bloße Geflecht aus Zweigwerk kann man von drinnen an manchen Stellen das umliegende Land sehen, wie aus den Fenstern in Miss Agathas Cottage. Und wo das Dach aus Elefantengras Löcher hat, hat Sifiso einfach alte Kleidung draufgelegt, ein löchriges Hemd von Pilot, einen zerrissenen Rock von Delighty. Für einen Augenblick hatte ich ein schlechtes Gewissen. Ich hätte Sifiso ja auch einfach irgendwann mal helfen können. Gemeinsam hätten wir das Dach schnell geflickt. Die Wände wären natürlich mehr Arbeit gewesen.

»Sifiso!«

Hinter der Hütte hatte Hlahla Delighty ein Feuer angezündet, über dem wie immer der dreibeinige Topf stand. Hlahla Delighty hat mit einem langen Ast darin gerührt. Delighty ist das älteste Mädchen in der Familie, da ist es ja klar, dass sie den Maisbrei kocht.

»Sifiso ist drinnen!«, hat sie gesagt. »Lemonade hat sich wehgetan!«

Ich habe gestöhnt. Lungile Lemonade ist die Jüngste in der Familie, und mit ihr gibt es auch den meisten Ärger. Sie benimmt sich, als ob der Geist eines wilden Bienenschwarms in sie gefahren wäre, sagt Sifiso. Sie kann niemals still sitzen, und wenn Sifiso ihr etwas sagt, kann man wetten, dass sie es nicht tut. Kein Wunder, dass sie sich wieder wehgetan hatte. Ich bewundere Sifiso, dass er sie dann trotzdem immer tröstet. Schließlich ist es ja ihre Schuld.

»Sifiso!«, hab ich wieder gerufen und den Kopf eingezogen, damit ich durch die Tür kam. »Endlich ist eins passiert! Ein echtes Verbrechen!«

Sifiso hat zu mir aufgesehen. »Wo?«, hat er gefragt. »Was?«

Lemonade hat vor ihm auf dem Boden gehockt in einem nicht sehr sauberen roten Rock, und ich habe gleich gesehen, dass die Beule an ihrer Stirn bestimmt noch längst nicht aufgehört hatte zu wachsen. Und bunter würde sie auch noch werden. Es war eine ordentliche Beule.

»In Lion Park!«, habe ich gesagt. »Ein Mord! Du musst kommen, Sifiso!«

Lemonade hat einen hohen Heulton ausgestoßen. »Du sollst nicht weggehen!«, hat sie gerufen. »Du sollst Pilot hauen, wenn er wiederkommt! Du sollst ihm auch eine Beule machen!«

Aber Sifiso war schon aufgestanden. »Wenn du dich immer mit Pilot anlegst, musst du dich nicht wundern, Lemonade!«, hat er streng gesagt und war schon halb aus der Hütte. »Ärger ihn nicht immer! Er ist stärker als du!«

Das ist die Wahrheit. Zuerst kommt Sifiso Lovejoy, dann kommt Hlahla Delighty, dann Sibusiso Pilot und dann erst Lungile Lemonade. Man sollte also doch vielleicht erwarten, dass sie ein bisschen Respekt vor ihren großen Geschwistern hätte. Es wäre auch besser für sie, das sah man doch jetzt an der Beule.

»Du sollst ihn hauen!«, hat Lemonade gebrüllt. »Hau ihn, Sifiso!«

Sifiso hat geseufzt. »Lass mir was von dem Brei übrig, Delighty!«, hat er, schon im Gehen, gesagt. »Wehe! Wenn ich zurückkomme und es ist nichts mehr da, hast du gleich auch eine Beule, dagegen ist die von Lemonade ein Mückenstich! Das verspreche ich dir!«

Die Ananas von Onkel Vusi hatte er sich übrigens schon unter den Arm geklemmt, er wollte sie mitnehmen. Man musste kein Hellseher sein, um zu wissen, dass für Sifiso davon sonst bestimmt nichts mehr übrig sein würde, wenn er sie in der Hütte zurückließ.

»Ich komm doch gegen Pilot nicht mehr an!«, hat Delighty ihm nachgerufen. »Wenn Pilot nun alles aufisst?«

»Dann hat der die Beule, sag ihm das!«, hat Sifiso über die Schulter gerufen. Er hat sich nicht aufhalten lassen. »Doppelt so groß wie die von Lemonade!«

Wir sind in einen leichten Trott gefallen. »Keiner gehorcht mir!«, hat Sifiso wütend gesagt.

»Aber Delighty doch!«, hab ich gesagt.

Wenn ich Emma nicht irgendwann vor Jahren versprochen hätte, dass ich sie heirate, käme Delighty durchaus auch infrage. Vielleicht gilt mein Kleinkinder-Versprechen gegenüber Emma aber sowieso längst nicht mehr. Und falls doch, könnte Hlahla Delighty ja meine zweite Frau werden. Als Gentleman habe ich später bestimmt genug Geld für zwei Frauen. Als Privatdetektiv aber vielleicht nicht.

»Sifiso, wir haben unsere Chance!«, habe ich gesagt, während wir über den Hügel zur Straße und zum Parkplatz zurückgelaufen sind. »Ein Verbrechen, wie man es sich besser nicht wünschen könnte.« Dann habe ich es ihm erzählt.

Sifiso hat noch nicht mal geschnauft. »Yebo«, hat er gesagt. »Also klären wir es mal auf.«

8

Auf dem Rückweg nach Lion Park sind Sifiso und ich schneller gewesen als ich auf dem Hinweg allein. Vielleicht hatte Sifiso nicht richtig zugehört, als Reverend Hlope das von den Füßen und den Flügeln erklärt hatte. Jedenfalls ist er gerannt, als ob er den Rekord von Richard »Concorde« Mavuso brechen wollte, der unser Land in der Welt des Sports bekannt gemacht hat, weil er schneller gelaufen ist als ein Kenianer.

Als wir am Parkplatz angekommen sind, hatte ich Seitenstiche. Viel weiter hätte ich in diesem Tempo nicht rennen können. Aber Sifiso sah aus, als wäre er noch bis Mbabane gekommen.

»Und wo ist die Polizei?«, hat er gefragt. »Wo ist Inspector Gwebu?«

Quinton Gwebu ist Polizist am Polizeiposten Debedebe, meine Damen und Herren. Er fährt in einem großen Polizeiauto und trägt eine Uniform. Er ist ein wichtiger Mann.

»Quinton kommt«, hat Onkel Vusi gesagt. »Er ist noch auf einer Familienfeier in Lavumisa, aber sobald er abkömmlich ist, macht er sich auf den Weg.«

Eine Familienfeier verlangt Respekt, es war klar, dass Inspector Gwebu da nicht so ohne Weiteres aufbrechen konnte. Vielleicht war es eine Beerdigung. Auf jeden Fall konnten wir verstehen, dass der Inspector dadurch verhindert war.

Aber statt Inspector Quinton Gwebu kam jetzt jemand anders über den Parkplatz gerannt.

»Mann, Thabo!«, hat Emma gebrüllt und beide Hände auf die Knie gestützt, um Luft zu holen, so sehr war sie außer Atem. »Warum sagst du denn nicht Bescheid? Bist du bescheuert?«

Sie werden das vielleicht nicht verstehen können, meine Damen und Herren, sie denken vielleicht, nun hätte ich beleidigt sein müssen. Aber stattdessen habe ich mich sehr gefreut. Nämlich darüber, dass mit Emma und mir offenbar wieder alles normal war. Wenn man zu jemandem sagt, dass er bescheuert ist, ist alles gut und nichts ist mehr peinlich.

»Ich muss sparsam mit meinem Guthaben umgehen!«, hab ich gesagt und mit dem Handy gewedelt. Das war aber nicht der wahre, ehrliche Grund. Der wahre, ehrliche Grund war, dass es sich vorhin bei Miss Agatha mit Emma so merkwürdig angefühlt hatte. Darum hatte ich gar nicht genau gewusst, ob ich sie dabeihaben wollte, wenn Sifiso und ich jetzt das Verbrechen aufklären würden. »Und woher weißt du trotzdem Bescheid?«

»Mr Winterbottom!«, hat Emma gesagt und immer noch geschnauft. »Der nette englische Typ, der mit euch auf Safari war! Der war vollkommen aufgelöst. Haben die Tierschützer das Baby schon geholt, Onkel Vusi?«

Onkel Vusi hat den Kopf geschüttelt. »Das dauert noch«, hat er gesagt. »Die haben es ja ziemlich weit bis zu uns. Und sie dürfen sowieso erst an den Tatort, wenn Inspector Gwebu die Spuren untersucht hat. Jeder, der vorher den Ort des Verbrechens betritt, erschwert die Spurenlage, hat Quinton gesagt. Ich darf niemanden durchlassen. Du kannst also auch nicht hin, Emma.«

»Mann!«, hat Emma gesagt. Natürlich wollte sie sich sofort um das Nashornbaby kümmern, das war klar. So sind Mädchen. Aber aus den Filmen bei Miss Agatha weiß ich, dass es wichtig ist, als Allererstes den Tatort zu sichern, damit keine falschen Spuren gelegt und keine richtigen verwischt werden. Eigentlich hätte Emma das auch wissen müssen.

Zum Glück hatte Emma nicht viel Zeit zu nörgeln. (Das war jetzt ein bisschen unfair von mir, meine Damen und Herren. Emma ist eigentlich keine, die nörgelt. Und dass sie jetzt maulig geguckt hat, kann man vielleicht verstehen. Nun war sie extra so gerannt.) Mit Blaulicht und Sirene ist nämlich keine fünf Minuten später der Polizeiwagen aus Richtung Lavumisa auf den Parkplatz eingebogen und hat so scharf gebremst, dass der Sand unter seinen Reifen aufgespritzt ist.

»Wir fahren mit deinem Wagen, Vusi!«, hat Inspector Gwebu gerufen, als er noch kaum ausgestiegen war. »Das geht ja wahrscheinlich am schnellsten!« Er hat ein bisschen nach Tjwala gerochen, nach einer Familienfeier ist das nicht verwunderlich. Aber bei uns im Königreich darf man dann eigentlich nicht Auto fahren, das ist ein Grund, warum wir stolz sind auf unser Land. So können Unfälle vermieden werden. Ich habe gehört, dass man in England auch nicht mit zu viel Alkohol ans Steuer darf, obwohl die Menschen in Miss Agathas Filmen das nicht zu wissen scheinen. Viele wichtige Dinge hat die Welt von uns gelernt.

Inspector Gwebus Uniformjacke war übrigens noch nicht mal richtig zugeknöpft. Auf der Familienfeier hatte er die Uniform wahrscheinlich nicht angehabt. Ich kann mir nicht vorstellen, wie Inspector Gwebu in normaler Kleidung aussieht.

Wir sind also alle in den Safari-Jeep gestiegen, Onkel Vusi hinter dem Steuer und Inspector Gwebu neben ihm. Sifiso, Emma und ich sind die Leiter hochgeklettert. Wir haben vorsichtshalber gar nicht erst gefragt, ob wir mitfahren durften.

»Also los!«, hat Inspector Gwebu gesagt. Wir konnten das Tjwala bis oben riechen.

Unter der Schirmakazie stand das Nashornkalb noch immer reglos neben seiner Mutter und hat geweint.

»Die Schweine!«, hat Emma gezischt. »So einem kleinen Baby die Mutter abzuschlachten! Wenn ich die erwische, mach ich sie einen Kopf kürzer! Zwei Köpfe!«

Das hätte ich ja auch gerne gedacht, aber solche grausamen Strafen soll man sich nicht mal vorstellen, Reverend

Hlope ist dagegen. Wir müssen vergeben, das will Gott so und Reverend Hlope auch. Aber vielleicht sind die nur noch nie einem Nashornbaby begegnet, das neben seiner toten Mutter weint.

»Interessant, interessant!«, hat Inspector Gwebu gemurmelt. Er ist ausgestiegen und dreimal in einem weiten Kreis um die Nashornkuh und ihr Kalb herumgegangen. Er hat sich den Schauplatz des Verbrechens ganz genau angesehen. Vor allem die tote Nashornmutter. Dann hat er sein Handy gezückt.

»Alle im Wagen bleiben!«, hat er gerufen. »Bis ich die Spuren aufgenommen habe!«

Man muss zugeben, auch mit Alkohol im Blut konnte Inspector Gwebu noch scharf denken. Er hat haargenau das Richtige gemacht. Das tun die Polizisten in den Filmen von Miss Agatha ja praktisch nie. Darum glaube ich, dass die englische Polizei noch viel von uns lernen kann.

Bei Miss Agatha ist es immer Miss Marple, die die wichtigen Spuren sichert. Fußspuren zum Beispiel gießt sie mit flüssigem Gips aus. Da hatte ich mir allerdings schon Sorgen gemacht, weil ich nicht gewusst hätte, woher ich den Gips so schnell bekommen sollte. Aber Handy-Fotos sind vielleicht genauso nützlich.

»Interessant, interessant!«, hat Inspector Gwebu immer noch gemurmelt. »Fußspuren zuhauf! Alte Spuren, neue Spuren. Interessant, interessant!«

In Onkel Vusis Walkie-Talkie hat es gerauscht. »Die Tierschützer sind jetzt da!«, hat irgendwer von der Rangerstation durch das Knistern hindurch gesagt. »Können sie kommen?«

Onkel Vusi hat Inspector Gwebu angesehen. »Können sie, Quinton?«, hat er gefragt.

Inspector Gwebu hat genickt. »Die Spuren sind gesichert!«

Ich bin aus dem Wagen gesprungen. »Darf ich dann auch?«, habe ich gefragt. Bestimmt hat Miss Agatha nichts dagegen, wenn ich mit dem Handy, das sie mir geschenkt hat, Fotos mache. Fotos kosten kein Geld. Und Miss Agatha wird froh sein, wenn sie auf diese Weise die Spurenlage auch gleich mit erforschen kann. Ich werde ihr die Bilder zeigen. (Wenn ich sie ihr schicke, kann sie sie bestimmt wieder nicht öffnen.)

»Du hast ein Handy?«, hat Inspector Gwebu gefragt und die Stirn gerunzelt. »Wohin soll das noch führen, wenn in unserem Land die Kinder so gut ausgestattet sind wie die Polizei?«

Das habe ich einfach als Erlaubnis verstanden.

Danach haben wir auf die Tierschützer gewartet. Auch auf die Männer, die das tote Nashorn abtransportieren wollten. Emma hat sich neben das Baby gekniet. Es ist nicht weggelaufen. Es hat immer nur geweint und geweint.

»Schweine!«, hat Emma wieder gesagt. Sie wollte nicht, dass ich es mitkriege, meine Damen und Herren, aber sie hat geschluchzt.

»Dann lass uns fahren, Vusi!«, hat Inspector Gwebu gesagt, nachdem die Leute am Tatort angekommen waren, die sich um die Tiere kümmern wollten. »Ich kann hier meine Zeit nicht länger vertrödeln. Ich muss die Daten auf den PC übertragen, verstehst du, und der Zentrale Bescheid geben. Ich vermute, sie könnten sich in Mbabane auch dafür interessieren. Es kann sein, dass sie sich sogar in Johannesburg dafür interessieren. Es könnte ein grenzüberschreitendes Verbrechen sein. Im Krüger passiert das ja schon seit Jahren ständig. Vielleicht gewährt uns Südafrika Amtshilfe.«

Amtshilfe, meine Damen und Herren, das klang sehr eindrucksvoll. Ich hatte ja geahnt, dass unser Verbrechen ein wichtiges Verbrechen war. Für jemanden, der ausprobieren will, ob Privatdetektiv der richtige Beruf für ihn ist, ist es bestimmt nützlich, mit einem wichtigen Verbrechen anzufangen. Auf diese Weise kann man berühmt werden. Aber Sifiso und ich (und Emma vielleicht) mussten uns darum natürlich auch beeilen, wenn wir der Polizei mit der Aufklärung zuvorkommen wollten.

9

Aber trotzdem konnten wir nicht sofort loslegen. Sifiso musste nach Hause.

»Die essen mir sonst wirklich noch den Maisbrei weg!«, hat er gesagt. (Die Ananas hatte er übrigens die ganze Zeit unter dem Arm behalten.) »Und wenn es dunkel wird, kriegen die anderen Angst ohne mich. Hast du Lemonade mal vor Panik heulen hören? Das möchtest du nicht erleben, Thabo! Morgen machen wir weiter! Thabo, Emma, salani kahle!«

Dann war er schon weg, natürlich wieder in diesem Richard-»Concorde«-Mavuso-Tempo.

In Miss Agathas Filmen wäre Mr Stringer (der alte Mann, der Miss Marple bei der Aufklärung ihrer Fälle hilft) an diesem wichtigen Punkt der Ermittlungen garantiert nicht nach Hause gelaufen und hätte die alte Dame allein zurückgelassen. Er ist immer zur Stelle, wenn sie ihn braucht. Aber Mr Stringer hat natürlich auch keine drei kleinen Geschwister zu versorgen, das muss man bedenken.

»Hamba kahle!«, hab ich Sifiso also nachgerufen. Wenigstens Emma war ja noch da.

Wir haben auf dem Parkplatz auf der Bank gesessen, die da für die Touristen steht. (Manche Touristen sind geizig, meine Damen und Herren, und kaufen sich ihr Essen nicht hinter der Schranke beim Park-Imbiss, sondern bringen es in einer Plastiktüte mit. Wenn ich so viel Geld hätte wie die Touristen und mir ein Auto mieten könnte, würde ich jeden Tag beim Imbiss und im Restaurant essen und Trinkgeld geben.) Emma und ich haben uns übrigens auf die Lehne gesetzt, mit den Füßen auf dem Sitz. So haben wir das früher, bevor Emma nach England musste, auch immer gemacht.

»Und?«, habe ich gefragt, nachdem wir Sifiso eine Weile nachgestarrt hatten. »Wie ist es da so?«

»England?«, hat Emma gefragt. Ich habe genickt. Ich hatte vergessen, wie die gute Schule in England hieß, die Ms Wendy Chapman für sie ausgesucht hatte. (Sie erinnern sich, meine Damen und Herren. Ms Wendy Chapman von Lion Lodge ist Emmas Mutter.) »Geht so.«

»Sieht es wirklich aus wie in den Filmen?«, habe ich gefragt. Emma kannte Miss Agathas Filme ja auch.

Emma hat die Achseln gezuckt. »Manchmal«, hat sie gesagt. »Nicht überall.« Ich hab gedacht, es könnte vielleicht daran liegen, dass diese alten Filme ja in Schwarz-Weiß sind, und die Wirklichkeit ist nicht in Schwarz-Weiß. Darum sieht sie natürlich anders aus.

»Und Verbrechen?«, habe ich gefragt. »Passieren wirklich so viele?«

Emma hat die Stirn in Falten gelegt. »Ruby aus meiner Französisch-Klasse hat neulich ihre Geldbörse vermisst!«, hat sie gesagt. »Aber die hat dann eine von den Kleinen beim Lacrosse auf dem Sportplatz gefunden. Sie war ihr nur rausgefallen, als sie in der Tasche nach Kaugummi gekramt hatte.«

»Und Mord?«, habe ich gefragt. (Bei Miss Marple geht es doch meistens um Mord.)

Emma hat den Kopf geschüttelt. »Bisher nicht«, hat sie gesagt. »Nicht bei uns.«

Das fand ich enttäuschend.

Dann haben wir beide nichts mehr gesagt. Es hat sich aber nicht peinlich angefühlt. Sondern so, wie es sich anfühlt, wenn zwei Freunde zusammensitzen und nicht reden.

Aber dann hat Emma geseufzt. »Ich bin froh, dass ich wieder hier bin!«, hat sie gesagt. »Es ist eigentlich nicht blöd da, Thabo. Nicht sehr jedenfalls. Aber es ist so – anders.«

»Ja?«, hab ich gesagt. Das hatte ich in den Filmen ja auch schon gemerkt. »Die Häuser?«

»Die Menschen sind anders«, hat Emma gesagt. »Sie lachen so wenig.«

»Ja?«, hab ich wieder gesagt. Eigentlich sollte man doch erwarten, dass die Menschen in England rund um die Uhr nichts anderes tun als lachen. Sie sind so reich, und sie haben Autos und Fernseher und drei Paar Schuhe und Computer und Medizin und immer genug zu essen. Aber man merkt es ja schon an den Touristen. Sie ärgern sich so leicht, über Kleinigkeiten. Und sie lachen und freuen sich selten. (Außer wenn sie Löwen sehen, natürlich.)

In diesem Augenblick hat mein Handy geklingelt. Es war Miss Agatha.

»Ist Emma bei dir, Thabo?«, hat sie gebrüllt. Miss Agatha brüllt immer, wenn sie mit dem Handy telefoniert. Sie traut ihm nicht, weil es so klein ist und keine Schnur hat. »Wendy ist wütend! Emma hat ihr Handy in ihrem Zimmer liegen lassen, und Wendy glaubt, es ist Absicht, damit sie sie nicht erreichen kann! Ich hab gesagt, ich versuche es mal über dich.«

»Emma ist hier, Miss Agatha!«, habe ich gesagt.

»Ich soll ausrichten, dass sie nach Hause kommen soll, aber schneller als der Schall!«, hat Miss Agatha gebrüllt. Ich musste das Handy wirklich vom Ohr nehmen, mein Trommelfell wäre sonst geplatzt. »Ihre Mutter lässt fragen, ob sie schon vergessen hat, dass man bei uns in der Dämmerung am besten nicht mehr zu Fuß unterwegs ist!«

»Ich gebe ihr Bescheid, Miss Agatha!«, habe ich gesagt. Dann habe ich aufgelegt. »Du musst nach Hause, Emma!«

Emma hat mit den Augen gerollt. »Glaubst du, das konnte ich nicht hören?«, hat sie gefragt. »Das ist natürlich besser in England. Da kannst du auch im Dunkeln noch unterwegs sein. Keine Leoparden, keine Nilpferde, keine Krokodile.«

Ms Wendy Chapman hatte natürlich recht. Der Himmel hat sich im Westen schon rot gefärbt, und der Abend hat die Farben aus den Dingen gesogen. Schon in wenigen Minuten würde es überall nur noch Grautöne geben: der Sand nicht mehr rot, das staubige Gras, die Bäume. Alles nur noch verschiedene Schattierungen von Grau, als hätte die Dämmerung die ganze Welt auf einmal in einen Schwarz-Weiß-Film verwandelt. Das ist die Zeit, in der man auf dem Weg zur Lodge leicht mal einem Nilpferd begegnen kann. Wenn die Sonne untergegangen ist, kommen sie aus dem Wasser. Und sie können sehr ungemütlich werden.

»Ich bring dich!«, hab ich gesagt und bin von der Bank gesprungen.

Ich hab darauf gewartet, dass Emma sagt: »Glaubst du, weil ich ein Mädchen bin, kann ich nicht alleine in der Dämmerung nach Hause, oder was?« Aber das hat sie nicht gesagt.

»Das ist nett, Thabo!«, hat sie gemurmelt. Da hat es sich einen winzigen Moment lang wieder komisch angefühlt.

10

Auf der Restaurant-Terrasse von Lion Lodge saßen die Gäste beim Abendbrot. Das junge verliebte Paar, zwei alte Frauen in Wanderstiefeln und karierten Hemden, Mr Winterbottom und der Chinese. Auf den Tischen standen Kerzen, in deren Flammen die Moskitos verbrannt sind, die die elektrischen Lampen auf der Terrassenbrüstung und an den Wegen zu den Cabins angelockt hatten. (Die meisten Gäste hatten aber Sachen mit langen Ärmeln an, machen Sie sich also keine großen Sorgen wegen Malaria.)

Mr Winterbottom hat gewinkt, als er mich gesehen hat. Dann hat er sein Rotweinglas gehoben und mir zugeprostet.

Ich habe zurückgewinkt. Der Chinese hat natürlich getan, als ob er mich noch nie gesehen hätte. Den Verliebten nehme ich es nicht übel, dass sie nicht gegrüßt haben. Sie waren schließlich verliebt.

»Ja dann, sala kahle, Emma!«, habe ich gesagt. »Bis morgen!«

»Emma!«, hat Ms Wendy Chapman aus der Speisesaaltür gerufen. Sie hat natürlich die Aufsicht über die Mahlzeit geführt. »Jetzt aber bitte hopphopp!«

»Oh, aber bitte sehr, bitte sehr!«, hat Emma geflüstert. »Ich hatte ganz vergessen, wie schnell meine Mutter sich immer aufregt! Ja, bis morgen, Thabo!«

Auf dem Rückweg war es schon fast dunkel, aber ich hatte keine Angst, meine Damen und Herren. Wenn Sie Ihr Leben lang in Lion Park gelebt haben, dann wissen Sie, wie Sie sich verhalten müssen, wenn Sie nicht im Rachen eines Raubtiers enden möchten. Glauben Sie mir, ein Löwe wird nur auf Sie losgehen, wenn er glaubt, sie wollten seinen Jungen etwas tun oder vielleicht auch ihm selbst. Dann versucht er, Ihnen zuvorzukommen: Geben Sie es zu, Sie würden es in so einer Situation genauso machen wie ein Löwe.

Und Leoparden verschwinden sowieso im Dickicht, Leoparden sind scheu.

Nur Nilpferde können ein Problem sein. Nilpferde haben öfter schlechte Laune. Da hilft es gar nichts, dass sie Pflanzenfresser sind, sie greifen ja nicht an, weil sie Hunger haben. Ein Nilpferd greift an, weil Sie ihm im Weg stehen oder weil ihm Ihre Jacke nicht gefällt, oder weil es sich gerade mit einem anderen Nilpferd gestritten hat, und jetzt muss es seine schlechte Laune an irgendwem auslassen. Und wenn Sie dann gerade seinen Weg kreuzen – ja, meine Damen und Herren, dann sind Sie eben derjenige, an dem das Nilpferd seine schlechte Laune auslässt. Seien Sie vorsichtig.

Am unberechenbarsten sind natürlich Krokodile. Der einzige Rat, den ich Ihnen geben kann, ist: Halten Sie sich von ihnen fern. Ein Krokodil hält Sie für einen unvergleichlichen Leckerbissen, wenn es gerade Hunger hat, und das ist zum Glück nur so ungefähr einmal im Monat der Fall. Aber wissen Sie, ob Sie nicht gerade diesen einen Tag erwischt haben? Ein Krokodil ist schneller als der Schall, wenn es eine Beute erspäht hat; da können Sie nur versuchen, niemals diese Beute zu sein. Meiden Sie sumpfiges Gelände und Fluss- und Seeufer, das ist mein guter Rat. Wenn Sie Glück haben, meidet irgendein dummes Tier diese Orte nicht, zum Beispiel eine Impala-Antilope, dann ist wieder für einen Monat Ruhe.

Ich jedenfalls habe also das Flussufer gemieden. Es sind weniger als zehn Minuten von der Lodge bis zu den Ranger-Unterkünften. Aber schon viel früher habe ich das Licht auf dem Parkplatz gesehen.

Meine Damen und Herren, meine Damen und Herren! Ich wusste sofort, dass das kein gutes Zeichen sein konnte. Obwohl das zu diesem Zeitpunkt noch niemand sonst gewusst hat. Nicht mal Inspector Quinton Gwebu selbst. Aber ich habe es gespürt.

Auf dem Parkplatz stand der Polizeiwagen vom Polizeiposten Debedebe.

»Ah, Thabo!«, hat Inspector Gwebu gerufen. »Ich habe die Fotos ausgedruckt. Es gibt erste Hinweise. Ist dein Onkel zu Hause?«

Ich habe genickt. Erste Hinweise? Die englische Polizei in Miss Agathas Filmen ist nie so schnell. Und wenn sie ausnahmsweise einmal so schnell sein sollte, verfolgt sie garantiert eine falsche Fährte, darauf können Sie wetten. Aber natürlich hatte Inspector Gwebu sich schon am Tatort nicht so dumm angestellt wie die Polizei in Miss Agathas Filmen. Wenn Sifiso und ich Pech hatten, würde Inspector Gwebu den Fall tatsächlich selbst aufklären, bevor wir überhaupt eine Chance hatten. Es war wirklich ärgerlich, dass Sifiso sich immerzu um seine Geschwister kümmern musste.

»Ich komme mit!«, habe ich gesagt.

Onkel Vusi hat vor unserem Quartier unsere Teller in einer rosa Plastikschüssel abgespült. »Quinton!«, hat er gesagt. »Hast du vorhin etwas vergessen?«

Inspector Gwebu hat sich auf den Boden gesetzt und sich mit dem Rücken an die Hüttenwand gelehnt. Auch wenn die Sonne untergegangen ist, speichern die Gasbetonsteine noch immer die Wärme des Tages.

»Ich brauche deine Unterstützung, Vusi!«, hat er gesagt. »Wir haben eine verdächtige, auffällige Stiefelspur. Ich habe gehört, dass im Krüger vielfach Ranger in die Wilderei verwickelt sind. Das Erste muss sein, dass wir die Stiefel deiner Kollegen überprüfen.«

»Wieso ausgerechnet die meiner Kollegen?«, hat Onkel Vusi gefragt. »Die sind zuverlässig, Quinton! Für die lege ich meine Hand ins Feuer!«

Ich war auch empört.

Inspector Gwebu hat einen Ordner mit dem Logo der Polizei aufgeklappt, der Ordner sah sehr wichtig aus. Darin lagen die Ausdrucke der Fotos, die er mit dem Handy am

Tatort gemacht hatte. »Sieh es dir an!«, hat er gesagt und Onkel Vusi das erste Blatt gegeben.

Ich habe mich über seine Schulter gebeugt.

»Und?«, hat Onkel Vusi gefragt.

»Der da!«, hat Inspector Gwebu gesagt und auf einen Schuhabdruck gezeigt. Er war an verschiedenen Stellen des Tatorts am Boden zu sehen, mal vollständig, mal nur die Spitze oder die Hacke. Und dass es immer derselbe Abdruck war, war eindeutig zu erkennen. In der Mitte war die Sohle gebrochen, wie ein feiner Strich zog sich der Riss über die Spur. (Das hätte einen wunderbaren Gipsabdruck gegeben, meine Damen und Herren.) »Siehst du nicht, Vusi? Dieser Mensch war nicht nur einmal da!«

Onkel Vusi hat die Brauen zusammengezogen. »Ja, das war dann wahrscheinlich tatsächlich ein Ranger, Quinton!«, hat er gesagt. »Diese Stiefelmarke gehört nämlich auch zu unserer Uniform, ich erkenne das Muster der Sohle. Aber *jeder* von uns Rangern ist natürlich öfter im Park gewesen, was soll daran verdächtig sein? Das ist doch unser Beruf!«

Wobei, meine Damen und Herren: Die Ranger steigen eigentlich nicht immer an derselben Stelle aus dem Wagen und rennen herum, und bestimmt nicht immer an dieser Stelle. Daran hat Onkel Vusi nicht gedacht.

Inspector Gwebu hat Onkel Vusi von der Seite angesehen und dann auf das Foto getippt. »Und das?«, hat er gefragt. Die meisten Stiefelabdrücke fanden sich im lockeren roten Sand; selbst auf dem Foto sahen sie aus, als hätte man nur ein wenig pusten müssen, um sie zu verwischen. Aber ganz am Rand, wo der Weg schon in den Randstreifen aus Elefantengras überging, war der Boden hart und verkrustet nach dem letzten Regenguss. Und in dem harten, verkrusteten Boden fand sich genau der gleiche Stiefelabdruck. Wie ein Strich zog sich der Riss über die Spur.

Onkel Vusi hat noch immer verwirrt ausgesehen. Er hat den Kopf geschüttelt. »Das war derselbe Mensch«, hat er gesagt.

Inspector Gwebu hat genickt. »Gleich nach dem Regen«, hat er gesagt.

An dieser Stelle muss ich, glaube ich, etwas erklären.

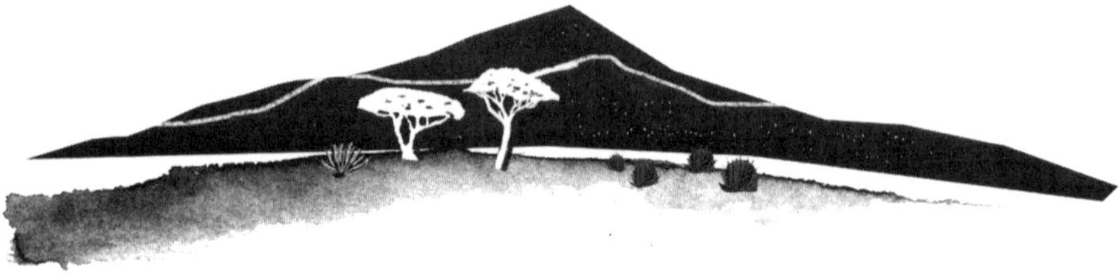

11

In England, meine Damen und Herren, scheint es meiner Beobachtung nach häufig zu regnen. Schirme spannen die Menschen dort nicht gegen die Sonne auf, sondern um nicht nass zu werden. Die Engländer, so verstehen wir es, wissen den Regen nicht zu schätzen.

Wir in Afrika dagegen schätzen ihn sehr. Das Land lebt vom Regen: Es ist der Regen, der das Gras wachsen lässt, und das Vieh frisst das Gras; dann werden die Rinder fett und den Menschen geht es gut. Sonne, das weiß jeder, gibt es immer; aber auf Regen können die Menschen nur hoffen.

Es gibt gute Jahre, in denen fällt der Regen zur rechten Zeit; und das Land wird grün, und die Herden werden fett ,und die Menschen werden satt. Aber es gibt auch die mageren Jahre. Alle Gebete von Reverend Hlope helfen dann nicht, und die Tangoma rufen umsonst die Ahnen an. Wir entzünden Feuer, deren Rauch die Wolken anlocken soll, wir singen und tanzen und fasten, wie es die Vorfahren getan haben, und knien nieder und beten, wie Reverend Hlope es will. Trotzdem bleibt in solchen Jahren der Himmel hoch und blau und ohne ein Wölkchen. Das sind schlimme Zeiten.

Vielleicht ist die Dürre eine Strafe für die Sünden der Menschen? Eine Strafe des Himmels, der man nicht entgehen kann. Im letzten Jahr ist diese Strafe über unser Land gekommen.

Es gab eine große Dürre, die Dürre war fürchterlich. An jedem Morgen sind die Menschen aufgewacht und aus ihren Hütten getreten und haben den ersten Blick zum Himmel geworfen, aber der Himmel war immer blau und wolkenlos wie an jedem Tag zuvor. Das Gras ist verdorrt, und das Land ist rot und staubig geworden und das Vieh mager und knochig. Es gab keine Weiden mehr, auf denen es satt werden konnte. Statt ihre Herden fett auf dem Markt zu verkaufen, mussten die Männer sie schlachten, ihren größten Stolz. Was ist ein Mann, der kein Rind besitzt? Es gab nicht genug Wasser und es gab nicht genug Gras, und es war eine große Verzweiflung.

Darum ist es kein Wunder, dass auch in diesem Sommer die Menschen jeden Morgen zum Himmel gesehen haben. Noch ein Jahr mit einer solchen Dürre, meine Damen und Herren, hätte das Land nicht ertragen.

Und dann eines Nachts kam der Regen. Er kam mit Blitz und Donner, und Tropfen, groß wie die Eier des Nashornvogels, trommelten auf den harten, durstigen Boden, der sich in wenigen Minuten in Schlamm verwandelte: roten, cremigen Schlamm, in dem man den Halt verlieren und stürzen konnte. Und in dem man Spuren hinterließ, die schon nach Stunden so hart und verkrustet waren, dass nur der nächste Regen sie wieder auslöschen konnte.

Dieser erste Regen dauerte nicht lange, ein, zwei Stunden vielleicht; und die Menschen in ihren Hütten hörten, wie er auf die Dächer schlug, und waren glücklich. In dieser Nacht hat Sifisos Dach aus Elefantengras ganz sicher ein paar neue Löcher bekommen, ich werde ihm wirklich helfen müssen.

Dann war der Regen vorüber, und die durstige Erde schluckte ihn gierig; sie nahm ihn tief in sich auf, wo die Wurzeln der Dornbüsche ihn nun trinken konnten, die Wurzeln des Baobab und der Schirmakazien; und zuallererst das Gras. Aber während das Land in seinem Innern das Wasser bewahrte, von dem noch für Tage die Pflanzen zehren würden und wachsen und dem Vieh Futter geben, war seine Oberfläche schon am nächsten Mittag wieder hart und verkrustet wie in den Monaten zuvor, und schon bald wieder auch ebenso staubig.

Und dieser erste Regen blieb nicht der einzige. Weitere Regengüsse folgten, und die Menschen waren froh und dankten Gott und dankten den Vorfahren, dass dieses Jahr ein gutes Jahr sein würde.

Aber in der verkrusteten Erde blieben von Regen zu Regen alle Spuren erhalten; alle Spuren, die in den Schlamm getreten worden waren in den wenigen Stunden zwischen dem Ende des Schauers und dem Augenblick, in dem der Boden wieder hart wurde wie Stein. Nach einem kurzen, heftigen Regenguss sind das nicht viele Stunden, meine Damen und Herren, nicht viele Stunden. Auch nach dem letzten Regenguss waren es nicht viele Stunden gewesen, und der letzte Regenguss war heute am frühen Morgen gefallen in der Zeit, als der Mond verblasst war und die Sonne ihre ersten Strahlen langsam über den Horizont geschickt hatte.

»Ja, und?«, hat Onkel Vusi wieder gesagt.

Aber ich, meine Damen und Herren, habe allmählich geahnt, worum es ging.

»Ich muss eure Arbeitspläne ansehen, Vusi!«, hat Inspector Gwebu gesagt.

»Warum?«, hat Onkel Vusi gefragt.

Onkel Vusi ist wunderbar. Er hat mich aufgenommen, als meine Eltern gestorben waren, und er hat seitdem für mich gesorgt. Dabei ist er doch ein Mann, und von einem Mann kann das niemand verlangen, denn ein Mann ist keine Frau. Dass eine Tante sich um die Kinder ihrer Schwester kümmert, das verlangen die alten Sitten und das verlangen die neuen Sitten. Aber ein Onkel? Onkel Vusi hat es trotzdem getan, und dafür liebe ich ihn sehr. Onkel Vusi ist gut zu mir.

Natürlich wird er böse, wenn ich den Jeep nicht putze und wenn ich den Boden der Hütte nicht fege und die Matten ausschüttele und unsere Kleider nicht wasche. Er wird böse, wenn ich ihm nicht gehorche, aber das ist richtig so nach den alten Sitten und richtig nach den neuen Sitten, ich schulde ihm Respekt. Er schlägt mich nicht. Ich liebe Onkel Vusi, aber ich habe auch gelernt (und das ist nicht respektlos gemeint, meine Damen und Herren, wer mich kennt, weiß das), ich habe auch gelernt, dass Onkel Vusi nicht so schnell denkt wie manche anderen Menschen.

Onkel Vusi hat ein gutes Gehirn, das langsam denkt. Nicht jedes Gehirn muss schnell denken, für viele Aufgaben braucht es andere Fähigkeiten. Und andere Fähigkeiten hat Onkel Vusi zuhauf. Niemand kennt sich mit den Tieren aus wie er. Niemand kann Spuren lesen wie er. Niemand kann den Jeep reparieren wie er. Niemand ist so zuverlässig und ehrlich wie er. Ich könnte noch sehr viel mehr aufzählen. Ich bewundere Onkel Vusi sehr.

Aber Onkel Vusi hat kein schnelles Gehirn. Onkel Vusi könnte zum Beispiel kein Privatdetektiv sein. Aber das ist nicht schlimm. Privatdetektiv zu sein ist auch nicht sein Wunsch.

»Warum willst du denn die Arbeitspläne sehen, Quinton?«, hat Onkel Vusi also gefragt und ist schon vorausgegangen zur Rangerstation. Mit seinem Schlüsselbund, an dem auch der Schlüssel für den Safari-Jeep hing, hat er die Tür aufgeschlossen und den Lichtschalter umgelegt. Die Glühbirne, die an ihrem Kabel von der Decke hängt, hat aufgeleuchtet. Wir haben elektrischen Strom in der Rangerstation.

»Ah, da sind sie ja!«, hat Inspector Gwebu gesagt. »Alle fünf!«

12

Es gibt fünf Park-Ranger bei uns: Xolani und Bongani und Sipho Joyful und Sipho Happy und Onkel Vusi. Ihre Arbeitspläne hängen an der Wand der Rangerstation. Man kann sehen, wer wann Dienst hat und wer die Touristen durch den Park fährt: die Zwei-Stunden-Safari, die Drei-Stunden-Safari, die Ganztags-Safari, die Dämmerungs-Safari, die Nacht-Safari. Auf der Ganztags-Safari und der Nacht-Safari gibt es Tee für die Touristen.

»Keiner vor dem Mittag!«, hat Inspector Gwebu nach einem kurzen Studium der Pläne gesagt, und seine Augen haben angefangen zu leuchten. Und ich habe auch begriffen, was das bedeutet hat, meine Damen und Herren. Verzeihen Sie bitte, dass ich es noch einmal erkläre. Ich weiß natürlich, Sie haben es auch längst begriffen.

Wenn kein Ranger auf einer Safaritour unterwegs gewesen war in den Stunden, als irgendwer seinen Stiefelabdruck im Schlamm zurückgelassen hatte – also von den frühen Morgenstunden nach dem Ende des Regens bis zum Mittag, als der Boden wieder hart und fest geworden war –, dann musste es für diesen Stiefelabdruck eines Rangers einen anderen Grund geben. Inspector Gwebu hatte diesen Stiefelabdruck auf dem Foto genau an der Stelle entdeckt, wo das tote Nashorn lag. Man kann zwei und zwei zusammenzählen, meine Damen und Herren.

Nur Onkel Vusi, dessen Gehirn nicht so schnell ist, hatte es noch immer nicht verstanden. Aber das musste er ja auch nicht. Der Privatdetektiv in der Familie bin schließlich ich. Solange Onkel Vusi tat, was Inspector Quinton Gwebu von ihm wollte, war das genug.

»Bongani hatte gestern die Nacht-Safari«, hat Inspector Gwebu gesagt. »Richtig? Ich muss mit ihm sprechen.«

Onkel Vusi hat den Kopf geschüttelt. »Du meinst, Bongani könnte der Wilderer sein, Quinton?«, hat er gerufen. »Ngeke, niemals! Ich kenne Bongani seit zehn Jahren! Lieber würde er sich selbst einen Arm absägen als einem Nashorn sein Horn!«

Inspector Gwebu hat den Kopf geschüttelt. »Natürlich denke ich das nicht, Vusi!«, hat er gesagt. »Bongani ist ja von der Nacht-Safari vor dem Regen zurückgekommen. Da kann der Fußabdruck im Schlamm ja gar nicht von ihm stammen!«

Onkel Vusi hat verwirrt, aber erleichtert ausgesehen. »Ich bin froh, dass du ihn nicht verdächtigst!«, hat er gesagt. »Er war sehr schlechter Laune, als er zurückgekommen ist. Er hatte sechs Kanadier dabei und zwei Südafrikaner. Die Kanadier hatten Bierdosen in ihren Rucksäcken, viele Bierdosen. Sie haben angefangen zu trinken, und dann haben sie gesungen. Und dann haben sie sich beschwert, dass sie keine Tiere gesehen haben! Eish!«

»Ich muss mit ihm sprechen, Vusi!«, hat Inspector Gwebu gesagt.

Ich habe schon verstanden, warum Inspector Gwebu mit Bongani sprechen wollte. Und Bongani war zum Glück noch wach. Wenn Menschen Strom in ihren Hütten haben, schlafen sie weniger, das ist eine Tatsache.

Inspector Gwebu hat Bongani gefragt, ob er auf der Nacht-Safari an der Stelle mit der Schirmakazie vorbeigekommen war, an der wir die tote Nashornmutter mit ihrem Kind gefunden hatten. Bongani hat gesagt, sogar drei Mal. Er hat die ganze Zeit versucht, mit den grölenden Touristen im Wagen trotzdem ein paar Tiere aufzustöbern, aber das war natürlich aussichtslos.

»Also, du hast an der Stelle keine Nashörner gesehen, Bongani?«, hat Inspector Gwebu gefragt.

»Keine Nashörner, Babe Gwebu!«, hat Bongani gesagt.

»Keine lebenden und keine toten?«, hat Inspector Gwebu gefragt.

»Beides nicht, Babe Gwebu!«, hat Bongani gesagt.

»Jetzt pass genau auf, Bongani, das ist wichtig!«, hat Inspector Gwebu gesagt. »Wann bist du zur Station zurückgefahren?«

Bongani hat die Schultern eingezogen. Er sah jetzt richtig schuldbewusst aus. »Eigentlich sollte die Nacht-Safari immer bis zum Morgen dauern«, hat er gesagt. »Aber letzte

Nacht … Also, dass wir keine Tiere mehr sehen würden, war sowieso klar, und die Gäste waren inzwischen auch so betrunken, dass ich Angst bekommen habe. Und dann sind die ersten Tropfen gefallen, das war, als der Mond schon blasser wurde. Da bin ich ein bisschen früher zurückgefahren, Babe Gwebu, Sir, aber ich schwöre, das tue ich sonst nicht! Ich schwöre beim Geist meiner Ahnen und bei der Bibel!«

Inspector Gwebu hat ihm tief in die Augen gesehen. »Du kannst also beschwören, dass noch kein totes Nashorn unter der Schirmakazie gelegen hat, als du zum letzten Mal dort vorbeigefahren bist?«, hat er gefragt. »Und du kannst auch beschwören, dass das beim ersten Regen war?«

»Yebo, Babe Gwebu!«, hat Bongani gesagt. »Das kann ich beschwören.

Inspector Gwebu hat sehr zufrieden ausgesehen. Und das konnte er auch. Ich habe gedacht, dass die Engländer ihre Polizisten vielleicht mal zu uns schicken sollten, damit sie lernen, was gute Ermittlungsarbeit ist.

(Obwohl, für einen Privatdetektiv ist ein guter Polizist natürlich nicht so günstig. Einem Privatdetektiv bleibt dann nicht mehr viel zu tun.)

»Damit wissen wir nun zweifelsfrei«, hat Inspector Gwebu gesagt, »dass der Wilderer zugeschlagen hat in der Zeit *nach* dem Regen und *bevor* der Boden getrocknet war. Denn vor dem Regen lag noch kein Nashorn an der Stelle, und erst als der Regen vorüber war, konnte die Spur, die wir gefunden haben, nicht mehr verwischt werden. Und nur in den Stunden, bevor der Boden wieder getrocknet war, konnte der Wilderer die Spur hinterlassen. Wir können also die Tatzeit genau eingrenzen.«

Oh, ich war stolz auf Inspector Gwebu! Ich würde Sifiso morgen davon erzählen. Natürlich war es schade, dass nun doch nicht *wir* das Verbrechen aufklären würden. Aber es ist doch auch großartig, in unserem Königreich eine so tüchtige Polizei zu haben.

»Und wir wissen auch, dass der Täter ein Ranger war ... «, hat Inspector Gwebu gesagt.

Aber jetzt musste ich ihn unterbrechen. Denn auch wenn er es war, der alles herausgefunden hatte, wollte ich wenigstens beweisen, dass ich es ebenso verstanden hatte wie er.

»Das wissen wir erstens, weil Ranger Stiefel dieser Marke tragen!«, habe ich gesagt. »Und zweitens wissen wir es, weil es weitere Spuren vom selben Schuh gibt, und die stammen vom Nachmittag! Denn die finden sich im Staub, nicht mehr im Schlamm! Und warum hätte der Täter am Nachmittag noch einmal zurückkommen sollen? Und wer, außer einem Ranger, konnte sich bei hellem Tageslicht dort bewegen, ohne einen Verdacht auf sich zu lenken?«

Onkel Vusi hat die Brauen zusammengekniffen, dass ich gleich gesehen habe: So richtig verstanden hatte er auch das nicht. Dass es Ihnen natürlich klar ist, meine Damen und Herren, ist mir bewusst.

»Und durch den Riss in der Sohle!«, habe ich gerufen, »können wir den Mann eindeutig identifizieren! Wir müssen nur alle Stiefel überprüfen!« (In diesem Augenblick habe ich nicht daran gedacht, dass ich damit ja einen der Männer verdächtigt habe, die meine Freunde sind. Höchstens Sipho Joyful ist vielleicht nicht so sehr mein Freund, er trinkt zu viel Buganu, und dann schreit er mich an.)

Aber Inspector Gwebu hat mich auf eine merkwürdige Art angesehen. Ich konnte nicht entscheiden, ob es Bewunderung war, weil ein Junge in meinem Alter (nein, meine Damen und Herren, ich verrate Ihnen mein Alter auch jetzt nicht!) auf so eine kluge Schlussfolgerung gekommen war. Oder ob er meine Unterbrechung respektlos fand und es Inspector Gwebu lieber gewesen wäre, wenn er als Einziger so schlau die Zusammenhänge aufgedeckt hätte.

Auf alle Fälle hat er genickt. »Zeig gleich mal deine Stiefel, Bongani!«, hat er gesagt.

Natürlich hatte Bongani keinen Stiefel mit Riss in der Sohle, das hätte ich Inspector Gwebu gleich sagen können. Bongani ist ehrlich und liebt alle Tiere. Er könnte ihnen niemals etwas antun.

Danach hat Inspector Gwebu auch von Xolani und Sipho Joyful und Sipho Happy verlangt, dass sie ihm ihre Stiefel zeigen. Sipho Joyful war noch wach und hat Buganu getrunken, aber Xolani und Sipho Happy musste er extra wecken. Das war egal, Inspector Gwebu ist die Polizei, und alle müssen ihm gehorchen.

Aber es war kein Paar Stiefel mit einem Riss in der Sohle dabei. Inspector Gwebu hat die Lippen zusammengekniffen. Was nützte uns unsere ganze schöne Beweisführung, wenn jetzt niemand diese Stiefel besaß?

»Es könnte ein gerissener Täter gewesen sein!«, hab ich gesagt. »Er hat die Schuhe nach der Tat vernichtet!«

In Miss Agathas Filmen vernichten die Verbrecher nach der Tat auch immer alles Mögliche, was sie verdächtig machen könnte. Man nennt es Indizien. Vor allem natürlich die Waffe. Und Fingerabdrücke. Auch Spucke, wenn sie irgendwo hingespuckt haben. Und Haare. Spucke und Haare sind für Verbrecher sehr gefährlich, damit kann die Polizei hundertprozentig beweisen, wer es war.

»Yebo, der Täter könnte die Schuhe nach der Tat vernichtet haben!«, hat Inspector Gwebu gesagt und nachdenklich genickt. Aber da war auf einmal so ein Ausdruck auf seinem Gesicht. Irgendetwas war ihm gerade eingefallen.

»Vusi!«, hat er gesagt. »Ich hatte gehofft, dass wir die verdächtigen Stiefel finden würden, bevor ich dich fragen muss. Aber wir haben die verdächtigen Stiefel nicht gefunden. Vusi, nun muss ich auch dich auffordern, mir deine Stiefel zu zeigen.«

Meine Damen und Herren, meine Damen und Herren! Hatte ich nicht gesagt, dass ich schon auf dem Parkplatz gespürt hatte: Dieser Besuch konnte nur Unheil bringen?

Onkel Vusi hat ein bisschen verwirrt ausgesehen. »Mich?«, hat er gesagt. Er hat sich auf den Boden gesetzt und Inspector Gwebu seine Füße hingestreckt, damit der unter seine Stiefel gucken konnte. Ohne zu zögern.

Ich habe auch unter Onkel Vusis Stiefel geguckt. Und Sie ahnen schon, was wir da entdeckt haben, und Sie wünschen es sich genauso wenig wie ich. Über Onkel Vusis rechte Sohle zog sich ein langer Riss.

13

»Eish!«, hat Inspector Gwebu gerufen. »Vusi!«

Er hat wieder seine Polizeimappe aufgeschlagen, und dann hat er immer abwechselnd auf das Spurenfoto und auf Onkel Vusis rechten Fuß geguckt. Als ob er es nicht glauben könnte.

»Was?«, hat Onkel Vusi gerufen. »Was ist, Quinton?«

Er konnte seine Sohle ja selbst nicht sehen.

»Vusi Shongwe!«, hat Inspector Gwebu gesagt und Onkel Vusi seine Hand auf die Schulter gelegt. »Im Namen des Königs verhafte ich dich wegen des Verdachts der Wilderei. Von jetzt an kann alles, was du sagst, gegen dich verwendet werden. Kommst du freiwillig mit, oder muss ich dir Handschellen anlegen?«

Onkel Vusi hat Inspector Gwebu angestarrt. Er hätte natürlich einfach aufspringen und wegrennen können. Auch wenn Onkel Vusi kein schnelles Gehirn hat, seine Beine sind ganz sicher schneller als Inspector Gwebus Beine. Onkel Vusi ist jünger und nicht so fett. Aber ich glaube, Onkel Vusi hatte noch gar nicht verstanden, was Inspector Gwebu von ihm wollte. Und das, meine Damen und Herren, hat mich auf einmal sehr erleichtert. Denn wenn er der Täter gewesen wäre, hätte er natürlich sofort verstanden, was Inspector Gwebu wollte. Und ein guter Schauspieler war Onkel Vusi auch nicht. Er hat wirklich nicht begriffen, was da gerade vor sich ging.

»Handschellen?«, hat er gefragt. »Handschellen, Quinton?«

Ich hätte sowieso nicht eine Sekunde lang glauben können, dass Onkel Vusi einem Nashorn so etwas Schreckliches antut. Aber jetzt war ich mir ganz sicher, Indizien hin oder her. Inspector Gwebu war gerade dabei, einen kapitalen Fehler zu begehen. Unsere Polizei ist leider doch nicht besser als die englische Polizei. Wenn die Polizei einen Fall schnell gelöst hat, ist es immer eine falsche Fährte, auch bei uns. Das ist ein Fakt.

»Ich muss dich zum Polizeiposten Debedebe mitnehmen, Vusi!«, hat Inspector Gwebu gesagt. »Du hast mir eben selbst zugestimmt, dass der Besitzer der Stiefel mit dem Riss in der Sohle mit größter Wahrscheinlichkeit unser gesuchter Täter ist. Du bist der Besitzer der Stiefel mit dem Riss in der Sohle. Also bist du mit größter Wahrscheinlichkeit unser gesuchter Täter.«

Tausend Möglichkeiten sind mir in diesem Augenblick durch den Kopf geschossen, meine Damen und Herren, dafür war ich als Privatdetektiv längst viel zu geschult. (Auch wenn ich natürlich noch nie mit einem echten Fall zu tun gehabt hatte.) In Miss Agathas Filmen wäre es vielleicht so gewesen, dass der echte Täter die Schuhe ausgetauscht hatte. Er hätte gewusst, dass die Fußspuren am Tatort zur Aufklärung des Falls herangezogen werden würden, und hätte so den Verdacht absichtlich auf Onkel Vusi gelenkt. Gerissene Verbrecher tun so etwas jeden Tag.

Aber Sie wissen, wie es mit Schuhen ist, das wird in England nicht anders sein als bei uns im Königreich. Und darum kann in Filmen ein gerissener Verbrecher Schuhe natürlich austauschen, im echten Leben funktioniert das nicht.

In Schuhen, die man lange trägt, ist der Fuß zu Hause, sie sind wie gute Freunde. Sie sind bequem. Ein fremder Schuh fühlt sich fremd an am eigenen Fuß. Er kneift, er ist zu eng an der einen Stelle und zu weit an der anderen. Darum hätte Onkel Vusi es doch bestimmt sofort gemerkt, wenn er auf einmal fremde Stiefel getragen hätte.

»Nanu?«, hätte er gesagt. »Diese Schuhe fühlen sich merkwürdig an.«

Aber das hatte Onkel Vusi nicht gesagt. Darum hatte auch niemand seine Schuhe vertauscht. Darum gehörten die Schuhe mit dem Riss in der Sohle wirklich ihm. Darum deuteten alle Indizien, die wir bisher gefunden hatten, eindeutig auf meinen Onkel Vusi als Täter hin.

»Vusi?«, hat Inspector Gwebu wieder gesagt.

Aber glauben konnte ich es trotzdem nicht. Und darum, meine Damen und Herren (und denken Sie deshalb bitte nicht, dass ich einen schlechten Charakter habe!), habe ich plötzlich so ein Kribbeln gespürt, ein beinahe glückliches

Kribbeln. Eine Aufregung. Denn jetzt war alles doch genau wie in Miss Agathas Filmen und wie in England und wie es sein soll: Sifiso und ich würden das Verbrechen aufklären müssen, wenn wir nicht wollten, dass ein Unschuldiger verurteilt wurde und im Gefängnis zu Unrecht verschmachtete. (Dieser Unschuldige wäre in diesem Fall leider mein Onkel Vusi.) Und genau wie es in England bei Verbrechen auch immer der Fall ist, würden wir unsere Detektivarbeit ohne die Polizei erledigen müssen. Vielleicht sogar *gegen* die Polizei.

Onkel Vusi hat Inspector Gwebus Hand auf seiner Schulter angeguckt. »Ich verstehe nicht, Quinton …?«, hat er gesagt.

»Für dich ab jetzt Inspector Gwebu, Verdächtiger Vusi Shongwe!«, hat Inspector Gwebu gesagt. »Von jetzt an bitte ich um die korrekte Anrede.«

Dann hat er Onkel Vusi am Handgelenk gepackt und ihn zum Wagen geführt.

»Es tut mir leid, Thabo!«, hat er über die Schulter zu mir hin gerufen. »Aber du siehst selbst, die Indizienkette ist lückenlos! Ich bringe Vusi in die Zelle. Die Gerechtigkeit wird siegen.«

Ich wusste, dass es keinen Sinn hatte, zu protestieren. Die Indizienkette war tatsächlich lückenlos.

Aber Onkel Vusi wollte ich wenigstens noch trösten. »Mach dir keine Sorgen, Onkel Vusi!«, habe ich gerufen, als Inspector Gwebu den Polizeiwagen schon angelassen hatte. »Wir holen dich da raus, Sifiso und ich! Die Gerechtigkeit wird siegen!«

Damit habe ich natürlich etwas anderes gemeint als Inspector Gwebu. Von jetzt an waren schnelle Gehirne gefordert.

14

Als der Polizeiwagen abgefahren war, habe ich mich vor unserer Hütte auf den Boden gesetzt und nachgedacht. Der Mond stand groß und bläulich weiß über den Bergen, und ein Nashornvogel hat im Schlaf gekreischt. Mir musste etwas einfallen.

Nicht, falls Sie das glauben sollten, weil ich jetzt ganz allein war, wenn Onkel Vusi im Gefängnis bleiben musste. Viele Kinder sind ganz allein, Sifiso zum Beispiel mit seinen Geschwistern, darüber jammert man nicht. Aber ich musste an den armen Onkel Vusi mit seinem langsamen Gehirn denken. Selbst würde er sich nicht helfen können.

Ich habe überlegt, ob ich jetzt noch zu Sifiso laufen sollte, um mit ihm die neueste Entwicklung zu besprechen. Aber dann wäre dies vielleicht zu einer Geschichte mit einem sehr schnellen Ende geworden, meine Damen und Herren. Trotz des Mondlichts war es inzwischen dunkel, und von den unfreundlichen Nilpferden und Krokodilen und so weiter habe ich Ihnen ja erzählt.

Stattdessen habe ich versucht, Miss Agatha auf ihrem Handy anzurufen. Aber natürlich hat Miss Agatha ihr

Handy nie dabei. Es liegt irgendwo in ihrem Schlafzimmer oder in einer ihrer Handtaschen oder im Handschuhfach in ihrem Auto, und sie hört es nicht. Oder der Akku ist leer. Miss Agatha weiß natürlich, dass sie *mich* immer erreichen kann (deshalb hat sie mir das Handy ja überhaupt geschenkt), aber ich weiß das bei ihr nie.

Vorsichtshalber habe ich ihr trotzdem noch eine SMS geschickt: ***Onkel Vusi unschuldig verhaftet! Wir müssen etwas unternehmen!***

Aber ich habe gewusst, dass es ein Zufall wäre, wenn sie die SMS überhaupt bemerken würde.

Emmas Handynummer hatte ich nicht. Bevor sie nach England ins Internat gefahren war, hatte Emma gar kein eigenes Handy besessen, ihre Mutter hatte ihr nur immer eins mitgegeben, wenn sie sie zur Not ansimsen wollte. Emma konnte ich deshalb auch nicht erreichen.

Es half also alles nichts. In dieser Nacht konnte ich nichts mehr unternehmen.

Ich bin in die Hütte gegangen und habe mich auf meine Matte gelegt. Es hat sich sonderbar angefühlt ohne Onkel Vusi. Nicht, dass ich Angst gehabt hätte. Aber einschlafen konnte ich nicht.

In Miss Agathas Filmen gibt es immer eine Reihe von Fragen, die Miss Marple und ihr Freund Mr Stringer sich stellen, bevor sie sich an die Detektivarbeit machen. Die allerwichtigste Frage ist: Wem nützt das Verbrechen? Wer hatte ein Motiv?

Wenn also zum Beispiel ein Millionär ermordet wird und sein Neffe erbt sein Vermögen, dann ist die Sache schon ziemlich klar. Natürlich kann das Ganze manchmal noch komplizierter sein. Dann stirbt zum Beispiel zuerst der Erb-Neffe an einer Lebensmittelvergiftung, und hinterher stürzt der Onkel die Treppe runter, und erst nach langen Nachforschungen begreift Miss Marple, dass die Lebensmittelvergiftung gar keine Lebensmittelvergiftung war, sondern Gift, und dass den reichen Onkel jemand geschubst hat. Und das ist dann meistens irgendein ziemlich entfernter Verwandter, an den niemand gedacht hätte und der so tut, als ob er vom Erbe total überrascht wäre. Oder es ist jemand, der diesen Verwandten demnächst heiraten will. Ich weiß nicht, ob ich es gut genug erklärt habe. Es kann sehr kompliziert sein, aber niemand hat ja behauptet, dass Detektivarbeit einfach ist. Man braucht ein schnelles Gehirn.

Für Sifiso und mich musste die erste Frage also lauten: Wer hatte ein Motiv?

Dass es nicht um eine Erbschaft gehen konnte, war schon klar. Nashörner vererben ja nichts. Bei uns war der Fall leider viel komplizierter.

Ich konnte mich erinnern, dass auch Miss Marple in irgendeinem Film einmal ein paar Morde aufklären musste, bei denen es nicht um eine Erbschaft ging, sondern darum, ein anderes schlimmes Verbrechen zu vertuschen. Also, die Mordopfer wussten Dinge über das schlimme Verbrechen, die sie nicht ausplaudern sollten, darum mussten sie das Zeitliche segnen.

Aber das konnte uns in unserem Fall leider auch nicht weiterhelfen. Welches schlimme Verbrechen will denn wohl irgendwer damit vertuschen, dass er ein Nashorn umbringt? Was könnte ein Nashorn schon über ein anderes Verbrechen ausplaudern?

Unser Fall, es half nichts, sich zu belügen, war einfach sehr anders als die Fälle in Miss Agathas Filmen. Trotzdem hatte ich durch diese Filme eine gute Schulung erfahren. In den Grundlagen der Privatdetektivarbeit kenne ich mich aus.

Daher habe ich vermutet, dass hinter unserem komplizierten Fall vielleicht doch ein einfaches Motiv steckte. Auch im Krüger wurden offenbar seit Jahren Nashörner abgeschlachtet, und immer ging es nur um das Geld, das man für ihr Horn bekommen konnte. Natürlich war das nicht halb so spannend wie eine erschlichene Erbschaft oder ein Mord zur Vertuschung; trotzdem habe ich gefürchtet, dass das Motiv in unserem Fall einfach nur Habgier war.

Keinesfalls macht ein einfaches Motiv dann aber auch die Aufklärung einfacher, falls Sie das jetzt glauben sollten, meine Damen und Herren! Denn, um in der Sprache der Privatdetektive zu sprechen (ich hoffe, Sie verzeihen mir das, ngiyacolisa!): Statt dass der Kreis der Verdächtigen durch ein Motiv wie Erbschaft oder Vertuschung eingeengt würde, bleibt er bei Habgier unendlich groß. Habgierig sein kann jeder.

Sie verstehen, was ich damit meine. Wenn es um eine Erbschaft geht, kommt nur eine bestimmte Zahl von Menschen als Täter infrage, nämlich alle, die von der Erbschaft profitieren. Wenn es um die Vertuschung eines Verbrechens geht, kommt auch nur eine bestimmte Zahl von Menschen als Täter infrage, nämlich alle, die nicht wollen, dass das Verbrechen auffliegt. Aber wenn es nur um Habgier geht, kommt praktisch jeder in Frage, sogar Inspector Gwebu und Miss Agatha. (Nicht, dass ich einen von ihnen ernsthaft verdächtige.) Die Frage nach dem Motiv konnte uns also in diesem Fall nicht wirklich weiterhelfen.

Die zweite Frage, die Miss Marple und ihr Freund sich in den Filmen stellen, war für uns aber ja vielleicht nützlicher: Wer, bei genauer Prüfung, hatte überhaupt die Möglichkeit, das Verbrechen zu begehen?

Und da kamen leider auch wieder eine ganze Menge Menschen infrage. Am leichtesten wäre es natürlich für alle Ranger gewesen, das war klar. Die Ranger kannten sich im Park am besten aus. Die Ranger hatten einen Schlüssel für die Schranke an der Zufahrt. Die Ranger kannten die Gewohnheiten der Tiere. Die Ranger, ob ich das wollte oder nicht, mussten meine Verdächtigen Nummer eins sein.

Aber die einzigen Verdächtigen waren sie nicht. Auch jeder andere hätte natürlich die Möglichkeit gehabt, die Nashornmutter zu töten, schließlich gibt es andere Wege in den Park als durch die Schranke. Man muss sich nur auskennen.

Ich habe mich auf meiner Matte hin und her gewälzt. Was

hätte Miss Marple an meiner Stelle getan? Wieso war mir vorher nie aufgefallen, dass sie es wirklich immer mit ganz einfachen Verbrechen zu tun hatte? Auf einmal hatte ich nicht mehr das Gefühl, dass mir Miss Agathas Filme bei der Aufklärung dieses Falls wirklich helfen konnten.

Die letzte Möglichkeit, die mir jetzt blieb, war, von den Indizien auszugehen und von den Indizien auf den Täter zu schließen. Aber genau das war es ja, was Inspector Gwebu getan hatte, und leider waren die Indizien Schuhabdrücke mit einem Riss in der Sohle. Wenn man von den Indizien ausging, landete man unweigerlich bei Onkel Vusi. Auch das war also keine Möglichkeit für mich.

Ich weiß nicht, wann ich eingeschlafen bin. Ich wundere mich, dass ich überhaupt eingeschlafen bin. Aber dass es passiert sein muss, habe ich daran gemerkt, dass mich am nächsten Morgen plötzlich ein lauter Ruf geweckt hat.

»Das ist doch nicht dein Ernst, Thabs!«, hat Emma gebrüllt. (Ich weiß nicht, ob es sich in England gehört, dass ein Mädchen einen Jungen auf seiner Matte so aus dem Schlaf reißt. Bei uns gehört es sich nicht. Außer vielleicht, wenn sie eine Krankenschwester ist.) »Kusile! Dein Onkel wird verhaftet, und du schläfst bis zum Mittag!«

15

Ich habe blitzschnell an mir runtergeguckt, zum Glück hatte ich meine Shorts anbehalten.

»Ist es schon Mittag?«, habe ich erschrocken gefragt. »Kusile, Emma!«

Emma hat abgewinkt. »Fast acht Uhr!«, hat sie gerufen. »*Fast* Mittag! Und du hast nicht mal dein Handy gehört!«

»Woher weißt du von Onkel Vusi?«, hab ich gefragt. Da war ich schon aufgestanden und aus der Hütte.

»Du hast doch Auntie Agatha die SMS geschickt!«, hat Emma gesagt. »Auntie Agatha ist vollkommen aufgelöst! Sie will alles wissen! Du sollst sofort kommen!«

Das war es ja nun eigentlich nicht, was ich an diesem Morgen vorgehabt hatte. Ich hatte zu Sifiso gewollt. Schließlich war Sifiso mein Partner, wenn es um Kriminalfälle ging. Aber wenn Miss Agatha mich rief, blieb mir nichts anderes übrig. Erstens natürlich aus Respekt. Und zweitens, weil sie mir das Telefon bezahlt.

Wir sind also gelaufen, Emma und ich. So schnell wie Sifiso ist Emma nicht, meine Damen und Herren, nicht wie Richard »Concorde« Mavuso. Sie könnte keinen Kenianer schlagen. Aber als wir jünger waren, sind wir immer um die Wette gelaufen. »Nun komm schon, Thabo!«, hat Emma gerufen.

Vielleicht hatte sie in ihrem Internat in England trainiert? Jetzt war Emma schneller als ich. Sie hatte natürlich auch Schuhe an den Füßen.

Miss Agatha stand vor ihrem Cottage und hat aufgeregt gewinkt. »Thabo!«, hat sie gerufen. »Was ist los? Wieso haben sie Vusi verhaftet?«

Das war keine höfliche Begrüßung. Eigentlich würde es sich natürlich gehören, dass man sich gegenseitig nach dem Befinden fragt und sich bestätigt, dass es gut geht. Aber ich weiß, dass die Engländer es damit nicht so genau nehmen. Dafür hatte Miss Agatha immerhin Tee gekocht und harte kleine Brötchen gebacken, die sie Scones nennt. (Ich weiß nicht, warum die Engländer ausgerechnet diese Brötchen so gerne essen. Sie schmecken wie süßer, getrockneter Lehm.) Das war gut, schließlich hatte ich noch nicht gefrühstückt.

»Die Indizien sprechen gegen ihn!«, habe ich mit vollem Mund gesagt. Dann habe ich alles erzählt. Von den Schuhabdrücken am Tatort, dem ersten nach dem Regen und den anderen im Nachmittagsstaub; vom Riss in Onkel Vusis Sohle; von der Nacht-Safari und Bonganis Aussage, dass bei Beginn des Regens noch kein totes Nashorn unter der Schirmakazie gelegen hatte. »Es sieht leider sehr eindeutig aus, Miss Agatha!«, habe ich gesagt. »Alle Indizien sprechen gegen Onkel Vusi.«

Wenn Miss Agatha vor Zorn die Brauen zusammenzieht und die Lippen vorstülpt, hat sie eine große Ähnlichkeit mit Miss Marple. »Und haben wir nicht gelernt, dass man niemanden allein aufgrund von Indizien verurteilen darf, Thabo?«, hat sie gerufen. »Wie oft haben wir uns ›Vier Frauen und ein Mord‹ angesehen?«

»Zwanzig Mal?«, habe ich gefragt. Tatsächlich war in dem Film ein Mann nur deshalb nicht für einen Mord verurteilt und gehenkt worden, weil die misstrauische Miss Marple sich als Schöffin vor Gericht nicht auf die eindeutigen Indizien verlassen wollte, die die Polizei gefunden hatte. Obwohl der Verdächtige in diesem Fall sogar am Tatort direkt neben der Leiche gekniet hatte, als der Dorfpolizist ins Haus gekommen war. (Der Dorfpolizist hatte in vielem Ähnlichkeit mit Inspector Gwebu, das ist mir plötzlich aufgefallen. Er war auch ein Freund des Bieres.)

»Indizien!«, hat Miss Agatha gerufen. »Was sind schon Indizien? Pah! Solange Vusi nicht gesteht, ist er für mich nicht der Täter!«

Ich habe mir noch einen trockenen Scone genommen, obwohl der Teig an meinem Gaumen geklebt hat. Vielleicht kommt es Ihnen herzlos vor, meine Damen und Herren, dass ich so einen guten Appetit hatte, obwohl mein Onkel im Gefängnis war. Aber bedenken Sie, wie wichtig es ist, genügend Kraft für die Aufklärung eines Verbrechens zu sammeln. Vor allem, wenn es ein so kompliziertes Verbrechen ist wie unser Nashornmord.

»Für mich ist er ja auch nicht der Täter!«, habe ich mit vollem Mund gesagt. »Aber um uns geht es doch nicht, Miss Agatha! Die Polizei müssen wir überzeugen!«

Emma hat nichts gegessen. »Die Unschuld eines unschuldig Verdächtigten zu beweisen kann manchmal schwieriger sein, als die Schuld des Täters zu beweisen!«, hat sie entschlossen gesagt. »Wir haben also zwei Möglichkeiten, Thabs: Entweder wir versuchen Inspector Gwebu davon zu überzeugen, dass Onkel Vusi nicht der Täter ist, oder wir finden den wahren Täter. Nach meiner Einschätzung ist das sogar leichter.«

Ich habe Emma angestarrt. Ich hatte nicht gewusst, dass sie sich mit Kriminalfällen auskennt. Eigentlich waren Kriminalfälle Sifisos und meine Sache.

»Und wie willst du das machen?«, habe ich gefragt. Ich hatte Ihnen ja schon erklärt, was an diesem Fall so schwierig war, meine Damen und Herren. »Wenn wir nur die Indizien haben, und die deuten alle auf Onkel Vusi hin?«

»Als Erstes muss man immer nach dem Motiv fragen, Thabs!«, hat Emma so schulmeisterlich gesagt, als ob ich ein Anfänger wäre. Dabei war sie schon auf dem Weg zu Miss Agathas Laptop. »Liest du keine Kriminalromane?«

Fast hätte ich etwas sehr Unfreundliches zu ihr gesagt (ich sage hier nicht, was), aber der Respekt vor Miss Agatha hat mich gebremst. »Habgier ist das Motiv!«, habe ich gesagt. »Das Motiv ist doch klar! Aber habgierig sein kann schließlich jeder, das hilft uns nicht weiter! Für das Horn eines Nashorns bekommt man fast vier Millionen Emalangeni! *Ich* könnte der Täter sein! *Du* könntest der Täter sein!«

»Höchstens die Täterin!«, hat Emma gesagt. Dabei hat sie schon auf den Bildschirm gestarrt. »Wieso geht denn dein Laptop nicht, Auntie Agatha?«

Miss Agatha hat schuldbewusst ausgesehen. »Das Kabel ist unauffindbar!«, hat sie gesagt. »Und ohne Kabel … Leider …«

Ich hatte gedacht, dass Emma ihr jetzt einen Vortrag halten würde (Sie wissen, Emma hat keinen Respekt), aber stattdessen hat sie auf ihr Handy eingehämmert. Dabei hat sie kurz noch einmal zu mir hingesehen.

Sie hat geseufzt. »Bei Elefanten machen sie es natürlich wegen der Elfenbeinzähne!«, hat sie gesagt. »Aber Nashörner haben kein Elfenbein. Wozu brauchen sie das Horn also sonst?«

»Um Geld zu verdienen!«, habe ich gebrüllt. »750 000 Emalangeni pro Kilogramm! Hab ich doch gesagt! Mann, Emma! Verstehst du das nicht?!«

Emma hat mich angestarrt. »Du musst mich gar nicht so anbrüllen, Thabo Shongwe«, hat sie gefährlich leise gesagt. »Wenn hier einer nicht weit genug denkt, bist du das! Warum gibt es denn so viel Geld für die Hörner? Wofür werden sie gebraucht? Das ist doch hier die Frage! Wer sind die Auftraggeber?« Damit hat sie weiter auf dem Handy herumgetippt.

Und ich habe angefangen zu begreifen. Natürlich! Wenn es nur um Habgier ging, konnte jeder der Täter sein. Aber wenn wir herausbekommen konnten, wofür das Horn der Nashörner benutzt wurde, waren wir schon einen Schritt weiter.

»Ha!«, hat Emma geschrien. »Muti! Ich hab es doch geahnt!«

Miss Agatha ist zusammengezuckt. »Du meinst, es war Sithembile?«, hat sie erschrocken gefragt.

Sithembile ist unsere INyanga, meine Damen und Herren, unsere traditionelle Heilerin. Miss Agatha schwört auf Sithembile bei ihrem Rheuma. Sie sagt, bei ihrem Rheuma können ihr alle studierten Ärzte gestohlen bleiben, egal ob Afrikaner oder Europäer, da hilft ihr niemand so wie Sithembile mit ihrem Muti. Und Muti, meine Damen und Herren, aber das haben Sie jetzt sicher schon verstanden, ist unsere traditionelle Medizin, auf die wir sehr stolz sind und um die uns die ganze Welt beneidet. (Sagt Sithembile.) Sogar Dr. Smythe-Kellington vom Krankenhaus in Mbabane kommt manchmal her, um sich mit Sithembile zu unterhalten. Manchmal streiten die beiden sich. Aber manchmal zieht Dr. Smythe-Kellington auch sehr nachdenklich ab. (Er glaubt, ich hätte nicht gesehen, wie er beim letzten Mal ein kleines Tütchen in seiner Jackentasche hat verschwinden lassen. Ich habe es aber gesehen.)

Emma hat abgewinkt. »Doch nicht Sithembile«, hat sie gesagt. »Nein, auch kein Muti wie unsers! In *Asien* schwören sie darauf! In Asien glauben sie, dass das gemahlene Horn des Nashorns gegen alles Mögliche hilft!«

Und dann hat sie uns vorgelesen. Es gab so ungefähr keine Krankheit, die man mit dem Pulver aus dem gemahlenen Horn eines Nashorns angeblich nicht heilen konnte. Kopfschmerzen und Krebs und Fußpilz und sogar Unfruchtbarkeit. (Bei Männern und Frauen. Es tut mir leid, dass ich so peinliche Sachen wie Fußpilz und Unfruchtbarkeit hier scheiben muss, meine Damen und Herren. Emma hat es aber vorgelesen.) Jedenfalls haben sie das offenbar in Asien geglaubt. Die Länder hießen Vietnam und Laos und Japan und China. Zum Beispiel. Ich verstehe nicht, wie sie in Vietnam und Laos und China solche Dinge glauben können, wenn unsere IziNyanga und Tangoma noch nie auf diese Idee gekommen sind. Dabei üben sie ihre Heilkunst schon seit Jahrhunderten aus. Die hätten es doch als Erste rausgefunden, bei uns gibt es schließlich die meisten Nashörner.

»Asien!«, habe ich gemurmelt. »Natürlich, Asien!«

Emma hatte recht. Wenn man nach dem Motiv für ein Verbrechen suchte, durfte man sich nicht einfach mit Habgier zufriedengeben. Man musste weiterfragen, man musste fragen, was irgendwer mit dem Horn anfangen wollte.

Emma hat den Laptop zugeschlagen. »Der Chinese!«, hat sie gesagt. »*Unser* Chinese, Thabs!«

Ich habe genickt. Natürlich! Ich hätte gleich darauf kommen müssen. Der Chinese war einfach viel zu unfreundlich gewesen.

16

Miss Agatha hat ihren Scone so heftig aus der Teetasse gezogen, in die sie ihn getunkt hatte, dass es getropft hat. (Warum backen die Engländer ihre Scones erst so hart, wenn sie sie dann hinterher einweichen müssen, um sie zu essen? Ich verstehe die Engländer nicht, meine Damen und Herren. Vor allem, wenn es ums Essen geht, verstehe ich die Engländer nicht.)

»Welcher Chinese?«, hat Miss Agatha gefragt.

»Der in Lion Lodge abgestiegen ist!«, habe ich gerufen. »Der gestern Onkel Vusis Drei-Stunden-Safari mitgemacht hat!«

»Hat er?«, hat Emma gefragt. »Verdächtig! Hat er fotografiert?«

Ich habe genickt wie eine Taube. »Die ganze Zeit!«, habe ich gesagt. Ich habe gespürt, wie mein Herz schneller geschlagen hat. Eish! Das konnte doch kein Zufall sein! Wir hatten eine Spur!

»Dann hat er das Gelände ausspioniert!«, hat Emma gerufen. »Das ist doch vollkommen klar, Thabs! Der Chinese war es. Jetzt brauchen wir nur noch einen Beweis!«

Miss Agatha hat wieder so Miss-Marple-mäßig die Brauen zusammengezogen und die Lippen vorgestülpt. »Liebe Kinder!«, hat sie gesagt. »Nicht so schnell! Warum macht das den Mann schon verdächtig? War er denn der Einzige, der auf der Tour fotografiert hat?«

Ich habe den Kopf geschüttelt, und »Nein, aber er ist ein Chinese!«, hat Emma gerufen.

Miss Agatha hat tief Luft geholt. »Man soll niemanden nur wegen seiner Herkunft, seiner Hautfarbe oder seiner Religion verdächtigen, Emma!«, hat sie gesagt. »Pass auf, dass du keine kleine Rassistin wirst!«

Emma hat mir einen Blick zugeworfen und mit den Augen gerollt. (Niemand kann so mit den Augen rollen wie Emma.)

»Klar, Auntie!«, hat sie gesagt. »Schon alles klar. – Sag mal, Thabo? Findest du ihn auch verdächtig?«

Ich musste nicht mal nachdenken. »Er war sehr unhöflich!«, habe ich gesagt. »Er war sehr unfreundlich! Er hat auf der Fahrt mit niemandem geredet. Ich würde ihn verdächtig finden, selbst wenn er kein Chinese wäre.«

»Bitte, da hast du es, Auntie!«, hat Emma triumphierend gerufen. »Jetzt müssen wir nur rauskriegen, ob es noch irgendwelche anderen Verdachtsmomente gegen ihn gibt. Indizien! Zeig noch mal deine Tatortfotos, Thabs! Dass wir uns die Spurenlage angucken können!«

War es jetzt nicht ein Glück, dass ich das Handy von Miss Agatha bekommen hatte? Wir haben uns zu dritt über das

Display gebeugt, und ich habe die Fotos größer gezogen, eins nach dem anderen.

»Onkel Vusi!«, habe ich gesagt und auf die Spuren mit dem Riss getippt. »Und noch mal Onkel Vusi! Und das auch! Onkel Vusi ist natürlich ausgestiegen, als wir das Nashorn gefunden haben. Von Onkel Vusi gibt es am meisten.«

Emma hat die Stirn in Falten gelegt. »Und der da?«, hat sie gefragt.

Es gab noch andere Fußabdrücke am Tatort, Mengen davon, sie waren im Staub so verwischt, dass man nicht genau erkennen konnte, ob sie auch alle von der Sohle mit dem Riss stammten. Aber einen hatte Emma entdeckt, fast schon im Elefantengras, der stammte ganz offensichtlich auch aus der Zeit nach dem Regen, hart und verkrustet. Man hätte ihn übersehen können zwischen all den anderen, und genau das hatte Inspector Gwebu getan. Die Sohle hatte ein feines Wellenmuster auf der ganzen Fläche und genau in der Mitte ein Zeichen wie eine große Sonne. Vielleicht war das das Logo von irgendeiner Schuhmarke. Vielleicht von einer chinesischen.

»Eish!«, habe ich geflüstert.

Emma hat aufgeregt genickt. »Wir müssen seine Schuhe überprüfen!«, hat sie gesagt. »Von dem Chinesen!«

»Im verkrusteten Boden!«, habe ich geflüstert. Allmählich wurde alles immer klarer. »Wenn er da seinen Schuhabdruck im Sand neben dem Nashorn hinterlassen hat …«

Emma hat grimmig geguckt. »Dann war das nicht bei der

Safari, sondern vorher!«, hat sie wieder gesagt. »Wir müssen die Schuhe von dem Chinesen überprüfen!«

Miss Agatha hat den Kopf geschüttelt. »Es gefällt mir nicht, es gefällt mir nicht, Kinder!«, hat sie gemurmelt. »Sagt, was ihr wollt, aber wenn das hier gerade kein Rassismus ist, dann ist es wenigstens nah dran.«

Emma hat wieder mit den Augen gerollt. Ich auch. Natürlich sind Emma und ich keine Rassisten, meine Damen und Herren. Wir sind einfach nur Privatdetektive.

»Die Sonne!«, habe ich gesagt und auf das Display getippt. »Das ist ein chinesischer Schuh, Emma, jede Wette! China, das Land der aufgehenden Sonne!«

Miss Agatha hat sich blitzschnell zu mir umgedreht. »Japan, Thabo, Japan!«, hat sie gerufen. »Da siehst du, wie schnell ein falscher Verdacht entstehen kann. Das Land der aufgehenden Sonne ist Japan!«

»Vielleicht ist der Chinese ja in Wirklichkeit auch ein Japaner!«, hat Emma ungeduldig gesagt. »Hast du ihn gefragt, Auntie? Ich seh da keinen Unterschied!«

Miss Agatha ist aufgestanden. »Ich habe ihn nicht gefragt, und ich habe ihn noch nicht mal gesehen!«, hat sie gesagt. »Aber ich schäme mich für euch! Japaner sehen verdammt anders aus als Chinesen! Nicht alle Asiaten sehen gleich aus, das solltet ihr doch wissen! Ich wüsste wirklich gerne, wie du es fändest, Thabo, wenn irgendwer behaupten würde, alle Afrikaner sehen gleich aus.«

Ich habe großen Respekt vor Miss Agatha, sie ist eine

wahre Lady (auch wenn sie manchmal Wörter benutzt), und sie ist alt. Trotzdem fand ich diese Vorstellung wirklich albern, bei aller Hochachtung. Wer könnte einen Zulu wohl mit einem Nigerianer verwechseln? Oder mit einem Barsawa? Eish! Jeder weiß, dass Afrikaner sehr, sehr unterschiedlich aussehen, meine Damen und Herren, das wissen Sie auch. Mit Chinesen und Japanern und Asiaten überhaupt ist es doch wohl anders. Und leider kann das die kriminalistische Arbeit erschweren.

»Vergiss es, Auntie!«, hat Emma gesagt. »Darum geht es doch jetzt nicht! Überleg lieber, was deine Miss – wie heißt sie noch mal? – an unserer Stelle gemacht hätte!«

Emma hat Miss Agathas Filme nie so gerne angeguckt wie Miss Agatha und ich. Darum habe ich mich gewundert, dass sie trotzdem diese kriminalistischen Fähigkeiten entwickelt hatte.

»Miss Marple hätte jedenfalls niemals …!«, hat Miss Agatha gesagt. Aber weiter ist sie nicht gekommen.

In diesem Augenblick ist nämlich etwas im roten Rock blitzschnell quer über ihren Rasen gerannt und kreischend in der Bougainvillea-Hecke auf der anderen Seite des Gartens verschwunden.

17

»Was war das?«, hat Miss Agatha gerufen.

Emma ist auf die Terrasse gesprungen. »Schon weg!«, hat sie gesagt. »Irgendein Kind, glaube ich. Seit wann rennen die einfach so über deinen Rasen?«

Natürlich hatte ich sofort einen Verdacht. Erstens, weil ich mir nur ein einziges Kind vorstellen konnte, das so wenig Respekt vor wahren Ladys und vor dem Alter bewies. Zweitens, weil ich den roten Rock erkannt hatte. Und drittens, weil mir das Kreischen bekannt vorgekommen war. Das Kind, das über Miss Agathas Rasen geflitzt war, war Lungile Lemonade gewesen.

Schon im nächsten Augenblick wurde mein Verdacht bestätigt. Irgendwer hämmerte mit dem Türklopfer gegen die Eingangstür des Cottage.

»Make! Miss Agatha!«, rief Sifiso. »Ich bin es, Make Agatha, Sifiso Lovejoy! Meine kleine Schwester … Ngiyacolisa!«

Miss Agatha ist zur Tür gegangen. »Sifiso Lovejoy!«, hat sie gesagt. »Der Freund von Thabo, richtig? Willkommen! Komm herein!«

»Ngiyabonga, Make!«, hat Sifiso gerufen und sich unruhig umgesehen. »Ich bitte um Verzeihung! Aber meine Schwester …«

»Sie ist dahinten durch die Hecke!«, hat Emma gesagt. »Willst du wissen, was sie da will? Sie geht in die Küche von Lion Lodge. Die Köchinnen kennen sie schon.«

Sifiso hat die Augen niedergeschlagen. »Ich schaffe es nicht, den ganzen Tag auf sie aufzupassen!«, hat er gesagt. »Und auf Pilot noch dazu! Ich bitte um Verzeihung, dass ich es nicht schaffe. Ich bitte um Verzeihung, Make Agatha, dass sie über Ihren Rasen gelaufen ist. Aber Lemonade hat den Geist eines Schwarms wilder Bienen in sich.«

Miss Agatha hat genickt. »Das hatte ich auch, als ich ein Kind war«, hat sie gesagt. (Man kann es sich nicht vorstellen, meine Damen und Herren. Aber Miss Agatha erzählt keine Lügen.) »Und die Hauptsache ist doch, dass du dir jetzt keine Sorgen mehr um sie machen musst, Junge. Vom Frühstück lassen die Gäste in der Lodge immer so viele Reste, warum soll die kleine Lemonade sich da nicht holen, was ihr schmeckt?«

Sifiso hat nicht geantwortet. Sifiso hat einen großen Stolz, er würde niemals irgendwo betteln, egal wie groß sein Hunger wäre. Sifiso hat sich für seine kleine Schwester geschämt.

Eigentlich hätte ich ihm darum sofort zu Hilfe kommen müssen und Miss Agatha erklären, dass Sifiso seine Geschwister immer gut versorgt und dass Hlahla Delighty jeden Tag Maisbrei kocht; und dass es gestern sogar noch Ananas gegeben hatte. Aber beim Gedanken an Lion Lodge war mir wieder eingefallen, worüber wir gerade vorher geredet hatten und dass es eigentlich im Augenblick um etwas ganz anderes ging.

»Sifiso!«, habe ich gesagt. »Es war der Chinese!«

Sifiso hat mich angestarrt. Ich gebe es zu, meine Damen und Herren, ich hatte das Thema etwas schnell gewechselt.

»Thabo meint, dass der Chinese der Nashornmörder ist!«, hat Emma gesagt. »Obwohl Auntie Agatha glaubt, der Chinese ist ein Japaner. Weißt du überhaupt schon, dass Onkel Vusi verhaftet ist?«

»Onkel Vusi?«, hat Sifiso erschrocken gefragt. »Warum?«

»Ach, Kinder!«, hat Miss Agatha gesagt und geseufzt.

Da mussten wir Sifiso alles noch mal von vorne erklären. Sifiso fand auch, dass der Chinese hochgradig verdächtig war. Wegen dem Muti, das die Asiaten aus Nashornpulver machen. Und wegen der vielen Fotos. Und wegen der Sonne unter dem Schuh. Aber als Erstes mussten wir natürlich klären, ob der Schuh mit der Sonne überhaupt seiner war.

»Wenn du Lemonade sowieso grade aus der Lodge holen willst, kannst du doch gut mitkommen, Sifiso!«, habe ich gesagt.

Emma hat mich grimmig angeguckt. Sifiso will nicht, dass Emma meine Freundin und Partnerin bei der Privatdetektivarbeit ist. Und Emma will nicht, dass Sifiso mein Freund und Partner bei der Privatdetektivarbeit ist, ich hatte es schon erklärt. Sie sind beide eifersüchtig. Darum bin ich einfach vorausgegangen. Ich hatte keine Lust, in ihre unfreundlichen Gesichter zu gucken.

Wir mussten gar nicht ganz bis in die Küche von Lion Lodge gehen. Schon als wir hinter dem großen Jacaranda-Baum auf den Rasen mit dem Pool und den Sonnenschirmen getreten sind, haben wir Lemonade lachen hören. In den Ästen, die bis fast über die Frühstücksterrasse reichen, haben wie an jedem Morgen die Affen geschnattert. Die Affen wissen, dass die Touristen ihnen von ihrem Frühstück abgeben, Ms Wendy Chapman kann so viele Warnschilder aufhängen, wie sie will. Man darf die Affen nicht ermutigen, meine Damen und Herren, man darf die Affen nicht ermutigen! Meerkatzen sind wie vorwitzige kleine Kinder. Wenn man sie ermutigt, werden sie jeden Tag frecher, und schließlich holen sie sich ihr Futter direkt vom Teller. Dann sind die Touristen plötzlich nicht mehr so begeistert von ihnen.

»Buka naku, Sifiso!«, habe ich gezischt. (Es heißt: »Sieh dir das an!«, falls Sie das nicht sowieso wissen, meine Damen und Herren. Mit Sifiso spreche ich immer in unserer Sprache. Und Emma versteht sie natürlich auch. Schließlich ist sie wie Sifiso und ich Bürgerin des Königreichs.)

Aber Sifiso hatte seine kleine Schwester längst selbst entdeckt.

Lemonade war mindestens so vorwitzig wie die Meerkatzen. Sie war eine praktisch denkende kleine Person, darum war sie gar nicht erst bis in die Küche gegangen. Sie war an einem der Frühstückstische stehen geblieben und hat laut und mit viel Gelächter auf den Gast am Tisch eingeredet. Der Gast war der nette Mr Winterbottom.

Natürlich kann Lemonade noch kein Englisch, meine Damen und Herren, nicht viel mehr als »bitte« und »danke« und »guten Morgen«. Aber mehr brauchte sie auch gar nicht. Alles, was sie in unserer Sprache gesagt hat, sprach Mr Winterbottom ihr nach, und dann wollte Lemonade sich ausschütten vor Lachen. Die Touristen finden unsere Klicklaute immer sehr schwierig, das weiß ich natürlich.

In jeder Hand hielt Lemonade eine Scheibe Toast. Ich habe mich ein bisschen geschämt. Jeder weiß, dass man Toast mit Messer und Gabel essen muss. Und im Stehen zu essen ist so unhöflich, dass ich meine Augen niedergeschlagen habe.

»Lungile Lemonade!«, hat Sifiso gerufen. »Buya lana!«

Aber natürlich ist Lemonade nicht gekommen. (Verzeihen Sie, meine Damen und Herren – dass »buya lana« »komm her« heißt, werden Sie sicher gewusst haben. Ich möchte Ihnen unsere Sprache nicht aufdrängen. Sie können Englisch und Spanisch und Französisch, dafür bewundere ich Sie. Noch eine Sprache brauchen Sie nicht.)

Am Tisch daneben saßen die beiden alten Frauen mit den karierten Hemden und den Wanderschuhen und haben interessiert alles beobachtet. Und am Tisch hinter ihnen hat der Chinese seine gegrillte Tomate und seine Würstchen und seine gebackenen Bohnen auf Toast elegant Gabel für Gabel in den Mund geschoben, als ob er Lemonade gar nicht bemerkt hätte. Wächst an dieser Stelle nicht auch Ihr Verdacht gegen ihn? Was hätte Miss Marple getan?

»Emma!«, habe ich geflüstert. »Der Chinese!«

Sifiso hat natürlich nur seine kleine Schwester beachtet.

»Verzeihen Sie, Sir, sorry!«, hat Sifiso gesagt und sich ein wenig verbeugt. »Meine kleine Schwester ist nicht gut erzogen. Meine kleine Schwester zeigt nicht genug Respekt. Ich entschuldige mich für meine kleine Schwester. Ngiyacolisa.«

»Das macht doch nichts, Junge!«, hat Mr Winterbottom gesagt. Oh, ich hatte gewusst, dass er ein netter Mann war. »Soll ich dir ein Geheimnis verraten? Wenn du so alleine durch die Welt reist wie ich, freust du dich, wenn dir ab und zu mal eine so charmante kleine Dame Sprachunterricht gibt!«

Inzwischen hatte Lemonade beide Scheiben Toast aufgegessen. Sie hat Mr Winterbottom auf den Arm getippt und dann auf die Würstchen auf seinem Teller gezeigt. Mr Winterbottom hat ihr zwei davon gegeben.

Ich habe sehr gehofft, dass Ms Wendy Chapman nichts davon mitbekommt. Es ist für sie schon anstrengend genug, wenn immerzu die Meerkatzen ihre Gäste um Essen anbetteln. Wenn auch noch alle hungrigen Kinder der Umgebung damit anfangen würden, könnte sie ihre Lodge bald schließen. Die Gäste reisen schließlich durch unser Land, um Löwen zu sehen und sich zu erholen. Sie wollen nicht an traurige Dinge wie hungrige Kinder erinnert werden, man kann sie verstehen.

»Ngiyabonga, Sir!«, hat Sifiso gesagt und sich wieder verbeugt. Ich habe gesehen, wie er dabei die Würstchen angestarrt hat. Natürlich hätte er selbst auch gerne ein Würstchen gehabt. Wann bekommt Sifiso wohl Fleisch? Von wem sollte es kommen? Aber Sifiso hat einen großen Stolz. »Komm, Lemonade! Buya lana!« (Danach hat er noch etwas nur zu Lemonade gesagt, sehr schnell, in unserer Sprache. Aber erwarten Sie nicht, dass ich *das* hier wiedergebe, meine Damen und Herren. Es waren keine Worte, die ein wahrer Gentleman normalerweise in den Mund genommen hätte.)

Die ganze Zeit hat Emma den kauenden Chinesen angestarrt. Dann hat sie sich plötzlich flach auf den Boden fallen lassen. Auf dem Bauch hat sie zwischen den Tisch- und Stuhlbeinen in seine Richtung gestarrt.

»Kind!«, hat Mr Winterbottom erschrocken gefragt. »Ist dir übel?«

Auch eine der beiden karierten alten Frauen ist aufgesprungen. »Sie ist ohnmächtig!«, hat sie gerufen. »Gwendolin, hol dein Riechsalz!«

Riechsalz kannte ich natürlich aus Miss Agathas Filmen. Ich weiß, dass alle Engländer es immer bei sich tragen. Die

Engländer halten es Menschen unter die Nase, wenn sie das Bewusstsein verlieren. Dann kommen die Menschen wieder zu sich.

»Nee, keine Sorge, alles okay!«, hat Emma gesagt und sich schon wieder aufgerappelt. Dabei hat sie mir kurz zugezwinkert. »Ich musste nur mal eben meine Yoga-Übungen machen!«

Die karierte Dame hat sich langsam und ein bisschen misstrauisch wieder auf ihren Stuhl gleiten lassen. Der Chinese hatte ja sowieso nicht mal hochgesehen. Und »Na, da bin ich aber erleichtert!«, hat Mr Winterbottom gesagt.

Ich war der Einzige, der begriffen hatte, was da eben wirklich vor sich gegangen war, meine Damen und Herren, ich und vielleicht noch Sifiso. Emma hatte dem Chinesen unter die Schuhe geguckt.

18

»Wenn du das noch *ein Mal* machst, Lemonade!«, hat Sifiso gesagt, als wir uns schließlich alle vier ein bisschen von der Frühstücksterrasse entfernt auf die hölzernen Liegen am Pool gesetzt hatten. Der Poolboy hatte die Kissen aus der wasserdichten Truhe unter den Bananenstauden noch nicht darauf verteilt, die Schirme waren noch geschlossen, und im Pool schwammen träge die großen Blätter der Jacarandas. »Wehe!«

Lemonade hat ihn trotzig angestarrt. Sie hat sich ihre Finger abgeleckt. Danach hat sie die Hände an ihrem roten Rock abgestreift. Kein Wunder, dass er nicht mehr so besonders sauber war. »Der Mann hat sich gefreut!«, hat sie gesagt. »Der konnte noch nicht mal richtig sprechen!«

Ich hab mich zu Emma hingedreht. »Und?«, habe ich leise gefragt.

Emma hat mit den Zehen gewippt. »Nee!«, hat sie gesagt.

Jetzt hat sich auch Sifiso zu uns umgedreht. »Es waren nicht seine Schuhe?«, hat er gefragt. Natürlich wollte er nicht von der Ermittlungsarbeit ausgeschlossen werden, nur weil es Ärger mit seiner kleinen Schwester gab und er sich kümmern musste.

Dabei, meine Damen und Herren, konnten wir Lungile Lemonade doch eigentlich alle dankbar sein. Welcher Grund hätte uns wohl sonst einfallen sollen, früh am Morgen auf der Frühstücksterrasse von Lion Lodge aufzutauchen, um unter die Füße des Chinesen zu gucken? Natürlich war Emmas Yoga-Erklärung vielleicht nicht ganz so glaubhaft gewesen. Ich weiß, was Yoga ist, meine Damen und Herren. Auch bei uns in Afrika schmeißt man sich dabei nicht einfach auf einer Terrasse auf den Bauch.

Emma hat sich an den Beckenrand gesetzt und mit den Zehen Blätter aus dem Pool geangelt. Der Poolboy würde sich freuen, wenn es nachher für ihn weniger zu tun gab. Er kommt jeden Tag dreimal mit dem Kescher.

»Der Chinese hatte keine Sonne unter den Schuhen!«, hat Emma gesagt. »Eindeutig nicht.«

Und genau da ist im Laufschritt Mr Winterbottom aufgetaucht. Nicht in seiner Badehose. Offenbar war er uns direkt vom Frühstückstisch nachgekommen, und er hat sich noch im Gehen mit einer Serviette über den Mund gewischt.

»Hallo!«, hat er gerufen und hat sich mit Schwung auf den Kasten mit den Kissen gesetzt, wofür er ein wenig hochspringen musste. Da wusste ich, dass Mr Winterbottom ein sportlicher Mensch ist. »Nun muss ich doch mal fragen …« Auf einer der Liegen wäre es bequemer für ihn gewesen. »Was sollte das denn eben wirklich, junge Dame?

Deine Yoga-Geschichte kannst du den beiden alten Tanten erzählen. Oder bin ich zu neugierig?«

Ich hatte ja gesagt, dass ich Mr Winterbottom sehr nett fand, meine Damen und Herren. Vor allem, nachdem er Lemonade von seinem Frühstück abgegeben und Quatsch mit ihr gemacht hatte. Aber jetzt habe ich mich doch ein bisschen gewundert. Immerhin war Mr Winterbottom erwachsen. Erwachsene interessieren sich nicht für die Spiele von Kindern, das weiß jeder. (Außer, es geht um Fußball.) Sie haben Wichtigeres zu tun. Sie haben keine Zeit.

Vielleicht war Mr Winterbottom ja zu uns gekommen, weil er sich ein bisschen gelangweilt hat, so allein auf seiner Reise? Das hatte er Sifiso doch eben schon gesagt. Vielleicht war er froh, dass er jetzt wenigstens uns kennengelernt hatte. Der unfreundliche Chinese hätte sich schließlich bestimmt nicht mit ihm unterhalten. Und mit den karierten alten Frauen wollte *er* sich vielleicht nicht so gerne unterhalten.

Emma hat mich angeguckt, und ich habe Sifiso angeguckt. Dann habe ich die Achseln gezuckt. Warum sollte sie es ihm nicht erzählen.

»Ich wollte dem Chinesen unter die Füße gucken!«, hat Emma gesagt.

Mr Winterbottom hat so gelacht, dass er zu Anfang gar nicht sprechen konnte. »Unter die Füße gucken?«, hat er gefragt, sobald es wieder ging. Er hat sich Lachtränen aus den Augenwinkeln gewischt. »Wieso das denn?« Daran konnte man merken, dass er keine Ahnung von der Detektivarbeit hatte. Jeder Privatdetektiv hätte natürlich sofort begriffen, dass es nur um Schuhabdrücke gehen konnte. Ein Privatdetektiv hätte nicht gelacht.

Da haben wir es ihm erklärt, Sifiso, Emma und ich. (Lemonade hat mit einem Stock nach den Blättern im Pool geangelt wie Emma vorhin mit dem Fuß. Dann ist endlich der Poolboy gekommen und hat es mit seinem Kescher ordentlich gemacht. Er hatte aber nichts dagegen, dass Lemonade ihm mit ihrem Stock geholfen hat. Da war sie beschäftigt und hat uns nicht gestört.) Wir haben Mr Winterbottom die ganze Geschichte erzählt, wie Inspector Gwebu Onkel Vusi aufgrund von Indizien verhaftet hat und dass wir darum jetzt den wahren Täter finden mussten, um Onkel Vusi zu befreien. Mr Winterbottom hat so erschrocken ausgesehen, dass ich ihn gleich noch netter fand.

»Das geht doch nicht!«, hat er gerufen und ist von der Truhe gesprungen. »Ich denke, das will ein Rechtsstaat sein hier! In England hätte er wegen solch lächerlicher Indizien nie und nimmer verhaftet werden können!«

Ich weiß nicht, ob das die Wahrheit ist, und ich weiß auch nicht, was ein Rechtsstaat sein soll, meine Damen und Herren. Aber es gefällt mir nicht, wenn Gäste schlecht über unser Königreich sprechen. Und auch nicht, wenn sie Inspector Gwebus Indizien lächerlich nennen. Nicht einmal, wenn es so nette Gäste sind wie Mr Winterbottom.

»Die Polizei hat einfach nur gute Ermittlungsarbeit geleistet, Mr Winterbottom«, habe ich darum gesagt. »Wie unsere Polizei das gewöhnlich tut. Inspector Gwebu ist ein guter Polizist. Besser als die Polizei in manchen anderen Ländern, die ich hier nennen könnte, ngiyacolisa, Babe. Fußspuren sind immer sehr wichtige Indizien. Das ist auch in England so. Sie zeigen es in Filmen.«

Emma hatte die ganze Zeit nichts mehr gesagt. Jetzt ist sie plötzlich aufgesprungen. »Dass er keine Sonne unter der Sohle hatte, beweist doch gar nichts!«, hat sie gerufen. »Wer behauptet eigentlich, dass der Chinese nur ein einziges Paar Schuhe hat? Der doch nicht! Der hat bestimmt noch mehr! Der hat die mit der Sonne heute nur nicht angezogen!«

»Der Schuhputzboy!«, habe ich gesagt. »Du musst den Schuhputzboy fragen, Emma!«

Mr Winterbottom hat genickt. Er hat sich gegen die Truhe gelehnt. »Gute Arbeit, Mädchen!«, hat er gesagt. (Dabei waren doch *wir* die geschulten Privatdetektive, und *er* war der Anfänger.) »Ich stimme euch zu, dass dieser unfreundliche Herr äußerst verdächtig ist! Gute Arbeit, gute Arbeit! Gute Ausgangshypothese! Wobei – euch ist schon klar, Kinder, dass es kein Gegenbeweis wäre, wenn ihr die Schuhe trotz allem nicht bei ihm finden solltet? So leicht solltet ihr euch von einem schmierigen Gangster nicht täuschen lassen!«

»Aber vielleicht *finden* wir sie ja bei ihm!«, hat Emma ungeduldig gesagt. »Und das würde dann schon einiges beweisen. Jedenfalls suchen wir noch mal weiter.«

Mr Winterbottom hat genickt. »Du hast recht, junge Dame«, hat er gesagt. »Aber was, wenn er die Schuhe längst weggeworfen hat? Verbrecher sind nicht dumm! Vielleicht ist ihm längst klar, dass seine Schuhe ein wichtiges Indiz sind! Vielleicht hat er sie deshalb gleich nach dem Verbrechen verschwinden lassen!«

Emma hat ihn böse angeguckt. Für die Detektivarbeit ist es wichtig, dass man auch in schwierigen Phasen der Ermittlungen seinen Optimismus bewahrt, das ist bekannt. Miss Marple hat sich immer ihren Optimismus bewahrt, und sie war oft in schwierigen Phasen der Ermittlungen.

»Ich frag jedenfalls Paki!«, hat Emma gesagt. Paki, wie Sie sich schon gedacht haben werden, ist der Schuhputzboy von Lion Lodge.

Da sind Sifiso, Lemonade und ich mitgegangen. Irgendwo am Rande des Gartens hat in den Ästen eines Marula-Baums ein Nashornvogel unsichtbar seinen Schrei ausgestoßen. Für einen Erwachsenen war Mr Winterbottom nett, vor allem wenn man bedachte, dass er eigentlich nur ein Tourist war. Aber ein bisschen hatte er gerade eben den Schwung aus unseren Ermittlungen genommen.

19

Der Schuhputzboy, wie ich gesagt habe, heißt Paki. Er hat graue Haare und im Gesicht viele Falten und ist schon sein ganzes Leben lang Schuhputzboy von Lion Lodge. (Was nicht bedeutet, dass er in Lion Lodge nicht auch noch andere Aufgaben zu erfüllen hat. Aber für die Schuhe hat Paki die volle Verantwortung. Wenn es ums Schuheputzen geht, hat niemand so viel Verantwortung wie er.) Paki sagt, Schuhputzboy ist eine Arbeit, für die man geboren sein muss. Man muss ein Gefühl für die Schuhe haben. Dafür, was sie brauchen. Dafür, was ihnen fehlt. Es gibt Menschen, die behandeln ihre Schuhe ohne jeden Respekt. Sie behandeln sie nicht so, als müssten die Schuhe jeden Tag ihre ganze Last für sie tragen. Es kümmert sie nicht, dass die Absätze abgelaufen sind und das Leder rissig. Dann versucht Paki, die gequälten Schuhe zu heilen. Er bürstet den Schmutz von ihren Seiten und wischt sie mit einem feuchten Tuch ab und streicht samtige, fette Creme auf das durstige Leder, so lange, bis es satt davon ist und sie nicht mehr aufsaugt wie die Savanne den Regen. Dann poliert er die Schuhe, bis sie glänzen. Paki gibt jedem Schuh seine Würde zurück.

»Die Touristen verstehen nicht viel von Würde«, sagt Paki. Und dass er an den Schuhen, die einer trägt, erkennen kann, was für ein Mensch er ist. Darum sind wir zu Paki gegangen. Niemand würde uns mehr über Schuhe erzählen können als er.

»Eine Sonne?«, hat Paki gesagt. Er saß in dem Hof, in den man nur durch einen kleinen Durchgang in der weiß getünchten Mauer mit der Aufschrift »Privat« kommt und in dem sich die Quartiere für das Personal der Lodge drängen, alle genauso frisch getüncht wie die Mauer und mit ordentlichen Wellblechdächern. Paki saß auf dem Boden im Schatten unter der großen Akazie in der Mitte des Hofes, die Beine ausgestreckt. »Eine Sonne in der Mitte der Sohle?«

Wir haben gespannt gewartet.

»Ich habe solche Schuhe gesehen!«, hat Paki gemurmelt und die Augen geschlossen. Mit geschlossenen Augen können wir besser nach innen sehen, meine Damen und Herren, in unsere Gedanken, das ist bekannt. In unsere Gedanken und in unsere Erinnerungen.

»Es ist noch nicht lange her!«, hat Paki gemurmelt. »Es war an dem Tag, als die amerikanische Reisegesellschaft in der Lodge abgestiegen ist. Eish! So viele Schuhe!«

Er hat den Kopf geschüttelt.

»Ich kann mich nicht mehr erinnern, vor welcher Tür sie gestanden haben!«, hat er gesagt. »Vielleicht gehören sie dem Chinesen. Vielleicht nicht.«

Dann hat er die Augen wieder geöffnet. »Es tut mir leid, dass ich euch nicht besser helfen kann.«

Ich habe zu Sifiso hingesehen. Paki konnte sich also an die Schuhe erinnern! Er hatte sie sogar geputzt! Und dass er nicht sagen konnte, wem sie gehörten, lag nur daran, dass an diesem Tag eine große amerikanische Reisegesellschaft in Lion Lodge abgestiegen war. Dass die Schuhe niemandem aus der Reisegesellschaft gehört hatten, war ja wohl klar. Nashornmörder kommen nicht mit amerikanischen Reisebussen.

»Du *hast* uns geholfen, Babe Paki!«, habe ich gesagt. »Du hast uns sehr geholfen.«

»Wir müssen nachsehen, ob der Chinese an dem Tag schon in der Lodge gewohnt hat!«, hat Sifiso gemurmelt. »Dann kann es sein Schuh sein. Kannst du dich erinnern, Emma?«

Emma hat sich an die Stirn getippt. »Da war ich doch noch gar nicht wieder zu Hause!«, hat sie gesagt. »Darf ich dich daran erinnern, dass ich erst gestern angekommen bin?«

Ich habe ja gesagt, dass Emma und Sifiso keine Freunde sind.

»Es waren keine glücklichen Schuhe«, hat Paki gemurmelt. »Jetzt erinnere ich mich wieder! Stiefel, helles Leder voller Flecken. Ich glaube, ihr Besitzer hatte sie noch nie geputzt. Es war ein Mensch ohne jeden Respekt. Ohne jeden Respekt. Tsotsi!«

»Der Chinese!«, habe ich gesagt. »Du musst im Gästebuch nachsehen, Emma! Bestimmt ist der Chinese am selben Tag angekommen wie der Reisebus. Oder er war sogar schon vorher da. Es *sind* seine Schuhe!«

»Gästebuch!«, hat Emma gesagt. »Du lebst ja noch im Mittelalter!«

Trotzdem hat sie sich umgedreht und ist eilig durch den Hof zur Rezeption gelaufen.

»Vielen Dank, Paki!«, habe ich gesagt. »Ngiyabonga! Du hast uns sehr geholfen.«

Paki hat gelächelt. »Wenn die Menschen wüssten, wie viel ihnen Schuhe erzählen könnten ... «, hat er gemurmelt. »Hamba kahle, Thabo. Hamba kahle, Sifiso.«

An der Rezeption hat Thulile hinter dem Gästetresen gestanden. Thulile hat das College für Tourismus und Fremdenverkehr durchlaufen und hat ein Diplom mit roter und goldener Schrift, das in einem Rahmen an der Rezeption hängt, sodass alle Gäste es sehen können. An ihrem Computer erledigt Thulile alle wichtigen Dinge für Ms Wendy Chapman. Dabei ist Thulile auch noch sehr schön und sehr höflich. Wenn die Gäste später ihre Beurteilungen über Lion Lodge im Internet schreiben und Sterne verteilen, loben sie Thulile jedes Mal. Ich weiß nicht, ob die Gäste Lion Lodge genauso viele Sterne geben würden, wenn Thulile zwar genauso höflich und tüchtig wäre, aber nicht so hübsch.

Nur zu Emma war Thulile überhaupt nicht höflich. Es war

ihr ganz egal, dass Emma die Tochter von Ms Wendy Chapman ist.

»Wenn du einen Computer brauchst, nimm deinen eigenen!«, hat sie gesagt. »Ich will nicht, dass du mir hier alles durcheinanderbringst!«

»Meiner ist kaputt, hab ich doch schon gesagt!«, hat Emma gerufen. »Oder der Akku ist leer oder was weiß ich! Du kannst mich doch wohl mal zwei Minuten …«

Thulile hat Emma sehr streng angesehen. »Dann musst du besser auf deinen Computer achtgeben!«, hat sie gesagt. »Ich jedenfalls gebe sehr auf meinen Computer acht. Darum lasse ich dich auch nicht dran. Alle Buchungen sind darauf gespeichert! Wisst ihr Kinder überhaupt, was Buchungen sind? Psh!«

Leider konnten wir Thulile ja nicht erklären, dass wir das sehr genau wussten. Und dass wir genau deshalb so dringend an ihren Computer gehen mussten. Nämlich, um bei den Buchungen nachzusehen, wie lange der Chinese schon in Lion Lodge wohnte.

»Thulile!«, hat Sifiso gesagt. »Emma will doch nur kurz …« Sifiso kann sehr schmeichlerisch sprechen, meine Damen und Herren. Er hat eine sehr schöne Stimme. Eines Tages wird Sifiso ein Herzensbrecher sein. Aber dafür musste er sich andere Herzen suchen. Thuliles Herz war hart wie Stahl. Damen, die so schön sind wie Thulile, haben es nicht nötig, ihr Herz vom ersten Besten brechen zu lassen. Es gibt immer genügend andere Kandidaten.

»Wollt ihr mich den ganzen Vormittag von der Arbeit abhalten?«, hat sie böse gesagt. »Habt ihr nichts zu tun? Gibt es keine Arbeit für euch? Soll ich euch Arbeit besorgen?«

Da waren wir schon fast draußen, und vielleicht hätten wir nie erfahren, wann der Chinese in Lion Lodge eingecheckt hatte, wenn uns nicht (ja, das ist erstaunlich!) wieder Lemonade unsere Chance verschafft hätte.

20

Denn plötzlich war vom Platz vor dem Eingang lautes Bremsenquietschen zu hören und der durchdringende Ton einer Autohupe; dann wurde eine Autotür zugeschlagen, und eine schrille Frauenstimme (amerikanisch) schrie in den höchsten Tönen.

»Lemonade!«, hat Sifiso gebrüllt. Erstens kennt er seine Schwester, er weiß, wenn etwas passiert und Lungile Lemonade ist in der Nähe, ist die Wahrscheinlichkeit groß, dass sie darin verwickelt ist. Zweitens hat Sifiso direkt an der Eingangstür gestanden, darum konnte er sehen, was draußen passiert war.

Ein Auto war durch das Eingangstor auf den Parkplatz der Lodge gefahren (natürlich liegen die Parkplätze alle hinter der Mauer und dem Tor, meine Damen und Herren. Die Gäste wissen ihre Autos gerne in Sicherheit) und hatte versucht, rückwärts in die Lücke vor einem Marula-Baum einzuparken. Und genau unter diesem Baum hatte Lemonade auf dem Boden gehockt und sich nach den ersten, noch unreifen Früchten gebückt.

Ich steuere manchmal Onkel Vusis Safari-Jeep. Nicht bei

den Touren, natürlich; aber wenn es im Park etwas zu überprüfen oder zu erledigen gibt, das ich genauso gut überprüfen oder erledigen kann wie Onkel Vusi. Dann schickt er mich manchmal los. Vielleicht ist das nicht ganz in Ordnung nach dem Gesetz (in unserem Königreich braucht man einen Führerschein, um Auto zu fahren, ich weiß nicht, wie das in Ihrem Land ist), aber es ist sehr in Ordnung für Onkel Vusi und mich. Onkel Vusi kann zu Hause bleiben und im Schatten der Schirmakazien einen Becher Busch-Tee trinken, und ich kann Auto fahren. Sifiso beneidet mich.

Darum weiß ich auch, wie es ist, wenn man rückwärts einparkt. Es ist schwierig. Und wenn man in eine kleine Lücke einparken muss, ist es noch schwieriger. Man sieht nicht gut, was hinter dem Auto auf dem Boden vorgeht. Einmal hätte Bongani fast den kleinen Hund einer kanadischen Touristin überfahren. Er hatte ihn einfach nicht gesehen. Jetzt war die dumme Lemonade draußen auf dem Boden hinter dem Touristen-Auto gewesen und hatte Marula-Früchte aufgesammelt. (Sie waren noch nicht mal reif, ich hatte es gesagt. Es wäre schade gewesen, dafür sein Leben zu lassen.)

»Lemonade! Lebst du noch?!«, hat Sifiso gebrüllt.

Die Touristin aus dem Auto hat immerzu »Oh mein Gott, mein Gott!« geflüstert. Die Einzige, die ganz ruhig war, war Lemonade.

Aber nicht, weil sie tot war, glauben Sie das nicht. Ich kenne doch Lemonade. Lemonade war ganz ruhig, weil sie Angst hatte, dass sie jetzt Ärger bekommen würde, so macht sie es immer. Was hatte sie denn auf dem Parkplatz von Lion Lodge zu suchen? Auf dem Parkplatz von Lion Lodge haben die Gäste etwas zu suchen. Wir Kinder dürfen die Gäste freundlich grüßen. Aber wir dürfen ihnen nicht im Wege sein. Sie sind nicht gekommen, um sich Kinder anzusehen, sie sind gekommen, um sich Löwen anzusehen. Lemonade wusste schon, warum sie Angst hatte. Vor Thulile in ihrem Zorn hat jeder Angst.

Hinter dem Auto mit dem immer noch laufenden Motor hat die Touristin jetzt neben Lemonade gekniet. »Ist dir was passiert, Kind?«, hat sie gerufen. Sie hat sich nicht getraut, Lemonade zu berühren. »Ist dir was passiert? Hast du dir wehgetan?«

Da konnte sie lange fragen, Lemonade verstand schließlich kein Englisch. »Ngiyacolisa!«, hat Lemonade gemurmelt. »Ngiyacolisa, Make!« Das konnte Lemonade genauso lange murmeln. Die Amerikanerin verstand unsere Sprache bestimmt auch nicht.

»Oh mein Gott, sie lebt!«, hat sie geflüstert, und ich habe gesehen, dass sie richtig gezittert hat. »Das Kind lebt!«

Das war die Wahrheit. Lemonade hat nicht nur gelebt, sie hatte nicht mal einen Kratzer abbekommen. Lemonade hat nicht nur den Geist eines wilden Bienenschwarms in sich, sie hat auch mindestens zehn Schutzengel, die die ganze Zeit viel zu tun haben. Ich möchte nicht Lemonades Schutzengel sein.

»Steh auf, Kleine!«, hat die Frau gesagt. »Ich bin ja so

froh! Jordan, haben wir noch Süßigkeiten? Gib der Kleinen von unseren Fruchtdrops!«

Sifiso hat ein bisschen enttäuscht ausgesehen. Es hätte ja sein können, dass die Amerikaner Lemonade zum Trost Emalangeni geschenkt hätten. Damit hätte Sifiso mehr anfangen können als mit einer großen Tüte Fruchtdrops. Aber eine große Tüte mit Fruchtdrops war auch nicht schlecht. Er hat sie Lemonade sofort weggenommen, und da hat Lemonade endlich laut gebrüllt.

»Es tut mir sehr leid, dass Sie gleich am Anfang Ihres Aufenthalts bei uns so einen Schrecken bekommen mussten!«, hat Thulile gesagt und liebreizend gelächelt. Natürlich war sie auch auf den Parkplatz gelaufen, gleich als die Bremsen gequietscht hatten. Sie hat die Dame angelächelt, nicht den Mann. Thulile ist klug. »Darf ich Ihnen auf den Schrecken einen Kaffee anbieten? Oder vielleicht einen Marula-Likör für die Nerven? Auf Kosten des Hauses? Zur Begrüßung?«

Uns hat sie nur einen bösen Blick zugeworfen. Für mehr war zum Glück gerade keine Zeit.

Die Einzige, die in der Rezeption geblieben war, war Emma.

21

Sie mögen Emma deshalb für herzlos halten, meine Damen und Herren, schließlich hatte sie das Bremsenquietschen auch gehört und sich trotzdem verhalten, als ob es ihr gleichgültig wäre, was Lemonade vielleicht passiert war. Später, als ich sie danach gefragt habe, hat sie gesagt, sie hätte erstens gedacht, das Auto hätte sowieso nur eine Meerkatze überfahren, und zweitens wüsste jeder, dass Lemonade tausend Leben hat, da muss man sich um sie keine Sorgen machen. Entscheiden Sie bitte selbst, wie das zusammenpasst. Ich habe nicht weiter nachgefragt.

Emma hatte ihre Chance genutzt. Als Thulile mit dem immer noch zittrigen Touristenpaar in die Rezeption gekommen ist (sie wollten lieber Marula-Likör als Kaffee), war Emma schon fast wieder draußen. Sie hat Thulile angelächelt. »Na dann, schade!«, hat sie gesagt. »Vielleicht kriege ich meinen Computer ja doch wieder in Gang!« (Thulile hatte keine Zeit, misstrauisch zu sein. Sie musste die Flasche aus dem Kühlschrank holen.)

Dann hat Emma Sifiso und mir zugewinkt, dass wir ihr folgen sollten. (Eigentlich nur mir, natürlich. Aber Sifiso ist trotzdem gekommen. Und die brüllende Lemonade auch.)

»Sei still, Lemonade, oder du kriegst keinen einzigen von den Bonbons!«, hat Sifiso gesagt. »Und? Hast du es rausgekriegt, Emma?«

Emma ist um das Gebäude herum durch den Garten gegangen bis zur Frühstücksterrasse. Am Pool saßen jetzt die beiden karierten Frauen im Badeanzug (die Badeanzüge waren nicht kariert) und eine dünne Frau im Bikini, da konnten wir nicht ungestört reden. Aber das Frühstück war vorbei, und nur ein paar Vögel haben auf der Terrasse die Krümel aufgepickt, die der Boy noch nicht weggefegt hatte.

»Der Chinese ist vor genau fünf Tagen angekommen!«, hat Emma gesagt. »Einen Tag vor dem Reisebus. Es können also gut seine Schuhe sein.«

»Yebo!«, hat Sifiso mit dem Mund voller Fruchtdrops gesagt. »Ich wusste es!«

»Mr Wu«, hat Emma gesagt. »Mr Reginald Wu. Er ist kein Chinese. Er ist Amerikaner.«

»Wie?«, hat Sifiso gefragt.

»Das sieht man doch, dass der Chinese ist!«, habe ich gesagt.

Emma hat den Kopf geschüttelt. »Mr Wu ist amerikanischer Staatsbürger!«, hat sie gesagt. »Mit einem amerikanischen Pass! Nur das Aussehen zählt ja wohl nicht!«

Das wusste Emma von uns allen natürlich am besten. Wenn man nur nach dem Aussehen geht, würde man auch

Emma nicht glauben, dass sie Bürgerin unseres Königreichs ist. Die wenigstens Bürger unseres Königreichs haben rote Haare und grüne Augen und Sommersprossen überall. Man sieht einem Menschen seine Staatsbürgerschaft nicht an, das ist bekannt. Viele Amerikaner sehen zum Beispiel aus, als ob sie Afrikaner wären. Das sind sie aber nicht. Das waren nur ihre Vorfahren.

»Vielleicht ist er wirklich ein Amerikaner!«, hat Sifiso gesagt. »Aber er ist jedenfalls ein chinesischer Amerikaner!«

Wir haben uns alle noch einen Bonbon aus Lemonades Tüte genommen, und Lemonade hat »Das dürft ihr nicht! Das dürft ihr nicht!« gebrüllt. Wir haben nicht mehr geredet. Wir haben einfach nur gelutscht und nachgedacht.

Bedeutete das jetzt, dass Mr Wu nicht der Täter sein konnte? Auf alle Fälle war er der einzige Chinese, der für unsere Ermittlungen zur Verfügung stand, Amerikaner oder nicht. Und er war zur richtigen Zeit am richtigen Ort gewesen. Nach wie vor musste es als Allererstes darum gehen, seine Schuhe zu überprüfen.

»Ich glaube trotzdem, dass er es war!«, hat Emma gesagt. »Mr Reginald Wu! Da klingt doch schon der Name verdächtig!«

In diesem Augenblick ist Ms Wendy Chapman aus dem Speisesaal auf die Terrasse gekommen. »Thabo!«, hat sie gesagt. »Agatha hat mir erzählt, was mit deinem Onkel passiert ist!« Sie hat mir eine hellblaue Plastikdose hingehalten, groß wie ein Ziegelstein. »Nie im Leben glaube ich, dass Vusi etwas mit dem toten Nashorn zu tun hat! Wenn du ihn besuchen gehst, nimmst du ihm das bitte von mir mit? Und sagst, dass wir alle zu ihm halten? Zur Not besorge ich ihm einen Anwalt!«

»Vielen Dank, Miss Wendy!«, habe ich gesagt. »Das wird nicht nötig sein, hoffe ich.« Schließlich waren wir gerade dabei, den wirklichen Täter zu überführen.

Ich habe die Plastikdose genommen und mich sehr geschämt, dass ich Onkel Vusi den ganzen Morgen über vollkommen vergessen hatte.

»Ich gehe jetzt gleich zum Polizeiposten Debedebe und bringe ihm die Dose!«, habe ich gesagt. »Vielen Dank, Miss Wendy!«

»Emma?«, hat Ms Wendy Chapman gesagt. »Kommst du dann jetzt bitte? Du weißt schon!«

Emma hat ungeduldig abgewinkt. »Gleich!«, hat sie gesagt. Sie hat gewartet, bis ihre Mutter wieder im Speisesaal verschwunden war.

»Außerdem!«, hat sie gesagt.

Wir haben sie angesehen.

»Wenn du schon zum Polizeiposten Debedebe gehst, dann kannst du doch vielleicht auch gleich noch rausfinden, wieso Onkel Vusis Fußabdruck *überhaupt* am Tatort war!«, hat Emma gesagt. »Der erste! Der im Schlamm! Nicht die vom Nachmittag, die sind ja logisch. Aber schließlich bedeutet der erste doch wirklich, dass Onkel Vusi morgens nach dem Regen da gewesen sein muss! Aber warum? Thabo, warum? Frag ihn!«

Ich habe Emma angestarrt. So beschämend es jetzt vielleicht klingt, meine Damen und Herren: An diese Frage hatte ich noch keinen einzigen Gedanken verschwendet. Aber natürlich war es eine wichtige Frage. Wenn Onkel Vusis Fußabdruck sich am Tatort befand, musste Onkel Vusi am Tatort gewesen sein, das war ein klares Indiz. Er musste deshalb nicht automatisch der Täter sein, ein Indiz ist kein Beweis. (Ich erkläre nicht, warum. Jeder Privatdetektiv kennt den Unterschied.) Aber wenn wir das grausame Verbrechen aufklären wollten, mussten wir wenigstens wissen, was Onkel Vusi am Morgen am Tatort getan hatte.

»Es kann trotzdem sein, dass er gar nicht da war!«, hat Sifiso gesagt. Es war klar, dass er Emma widersprechen musste. »Es kann schließlich auch sein, dass der Nashornmörder sich heimlich Onkel Vusis Schuhe ausgeliehen hat, um bei seinem Verbrechen eine falsche Spur zu legen. Es kann sein.«

»Es kann sein«, habe ich auch gesagt und Sifiso die Tüte aus der Hand genommen. Sie war leider leer. Auch wenn man sie umgedreht und ausgeschüttelt hat, kam kein Bonbon. »Ich werde es herausfinden.«

»Emma?«, hat Ms Wendy Chapman ungeduldig von irgendwo in der Lodge gerufen. »Emma, wo bleibst du?«

Emma hat mit den Augen gerollt. (Niemand rollt so mit den Augen wie Emma, ich hatte es schon gesagt.) »Ich kann leider nicht mitkommen, Thabo!«, hat sie gesagt. »Ich muss französische Vokabeln lernen. In meinem Zeugnis steht, dass ich mich in Französisch mehr anstrengen muss.«

Da hat Sifiso gesagt, dass er leider auch nicht nach Debedebe mitkommen kann. Er wollte lieber gucken, was Pilot in der Zwischenzeit angestellt hatte. Weil Delighty nämlich für ein paar Tage zu ihrer Tante Bongwe nach Mantongomane gegangen war, um ihr zu helfen, da war Pilot ganz allein. Ich war aber sicher, dass Sifiso mitgekommen wäre, wenn Emma auch mitgekommen wäre. Er hätte nicht gewollt, dass sie bei der Detektivarbeit einen Vorsprung hat. Aber wenn sie zu Hause bleiben und französische Vokabeln lernen musste, bekam sie ja sowieso keinen Vorsprung.

Da habe ich mich allein auf den Weg zum Polizeiposten Debedebe gemacht.

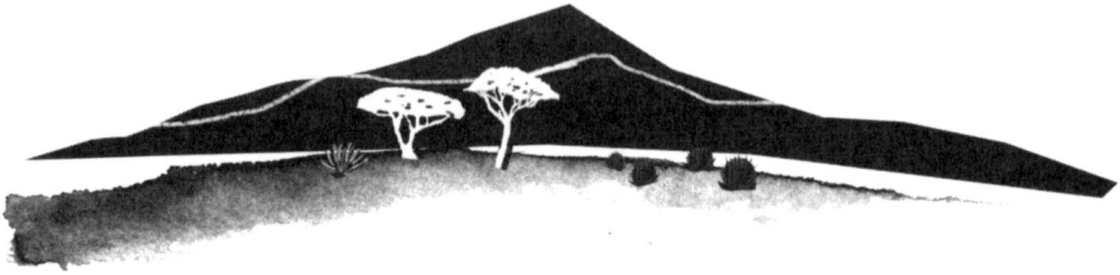

22

Sobald ich ein kleines bisschen von der Lodge entfernt war, habe ich als Erstes die blaue Dose geöffnet, um nachzusehen, ob Ms Wendy Chapman vielleicht eine Feile darin versteckt hatte, wie sie es in Filmen tun. Viele Gefängnisbesucher schmuggeln Feilen im Kuchen zu den Gefangenen in die Zelle, damit die die Gitter durchfeilen und ausbrechen können.

Aber ich hatte schon geahnt, dass Ms Wendy Chapman keine Filme guckt. In der Plastikdose war nur Reis mit schwarzen Bohnen und viel Hühnerfleisch. Ich habe vermutet, dass Onkel Vusi sich darüber sowieso mehr freuen würde als über eine Feile.

Bis zum Polizeiposten Debedebe ist es nicht sehr weit. Ich musste über den Hügel und auf einem Trampelpfad durch das Grasland (wegen der Schlangen bin ich vorsichtig. Manchmal gibt es Schwarze Mambas), bis der Pfad gleich hinter unserem Laden »Andiles Honest Reasonable General Dealer« auf die breite Sandpiste trifft. Von da ist es nur noch ein kurzes Stück bis Debedebe. Ich habe unterwegs ein paar Ziegen von der Straße gescheucht.

Schon von Weitem habe ich gesehen, dass die Tür des Polizeipostens offen stand. Draußen haben Police Constable Sipho Godbless und Onkel Vusi im Schatten der Mauer auf dem Boden gesessen. Vor sich hatten sie zwei Reihen flacher Kuhlen in den Sand gegraben und haben ein Bohnenspiel gespielt. »Ha, Vusi, so geht das nicht!«, hat PC Sipho Godbless gerufen.

»Das ist Können, Sipho, mein Junge, Können!«, hat Onkel Vusi gerufen. »Die Partie geht an mich!«

Ich habe mich von hinten angeschlichen. Der Polizeiposten von Debedebe sieht aus, wie alle Polizeiposten im Königreich aussehen, meine Damen und Herren, man erkennt sie sofort an ihrer Farbe. Das einstöckige Gebäude ist lang gestreckt mit einer Tür in der Mitte und einem Fenster rechts und links von der Tür, und es ist weiß getüncht mit einem blauen Band um den Sockel. So kann jeder sehen, dass es ein Polizeiposten ist. Weiß und Blau sind die Farben der Polizei, das ist bekannt.

»Tsotsi!«, hat PC Sipho gerufen. »Du hast betrogen! Gib es zu!«

»Hallo, Onkel Vusi!«, habe ich gesagt. »Hallo, PC Sipho! Sanibonani!«

»Yebo!«, haben die beiden erschrocken gesagt. Sie waren zu sehr auf ihr Spiel konzentriert gewesen, darum hatten sie mich nicht bemerkt. Ich weiß nicht, ob die Polizei nicht eigentlich wachsamer sein müsste. Wenn sie immerzu Bohnenspiele spielt, kann sie jeder Verbrecher leicht überfallen.

Aber vor allem war ich verblüfft, dass Onkel Vusi einfach so draußen gesessen hat, nicht in einer Zelle. Da wäre eine Feile ja sowieso ganz überflüssig gewesen. Da war Ms Wendy Chapmans Reis mit Hühnchen für ihn tatsächlich sehr viel nützlicher.

Ich habe Onkel Vusi die Plastikdose gegeben, und er hat sie mit der rechten Hand entgegengenommen, wie es sich gehört. (Die Touristen nehmen Dinge manchmal mit der linken entgegen, das ist ohne jeden Respekt. Aber die Touristen wissen so vieles nicht.) »Von Miss Wendy!«, habe ich gesagt. »Sie glaubt nicht, dass du es getan hast.«

PC Sipho hat ein bisschen eingeschnappt ausgesehen. »Das weiß die Polizei sicherlich besser!«, hat er gesagt. »Die Polizei ist geschult in Fragen des Verbrechens! Und ist Miss Wendy geschult in Fragen des Verbrechens?«

»Wieso ist Onkel Vusi denn dann nicht eingesperrt?«, habe ich gefragt. »Wenn die Polizei so sicher weiß, dass er der Täter ist?«

PC Sipho hat abgewinkt. »Die Polizei entscheidet im Einzelfall!« hat er gesagt. »Nur wo es nötig ist, sperrt sie den Beschuldigten den ganzen Tag ein! Auch in diesen Fragen ist die Polizei geschult. Es kann immer Gründe dafür geben, einen Beschuldigten für ein paar Stunden nicht einzusperren. Gute kriminalistische Gründe.«

»Bohnenspiele, ja?«, habe ich gesagt. PC Sipho ist noch jung, vielleicht zwanzig Jahre. Was weiß er von der Polizeiarbeit? Hat PC Sipho Filme gesehen wie Miss Agatha und ich? Es ist kein Wunder, dass Miss Marple so eine gute Kriminalistin ist und die schwierigsten Fälle aufklärt, vor denen die Polizei in England längst die Waffen gestreckt hat. Miss Marple ist alt, und alte Menschen sind weise. Aber PC Sipho war für einen guten Kriminalisten einfach noch zu jung. Ich glaube nicht, dass die Polizei mit einem Verdächtigen im Sand vor dem Polizeiposten ein Bohnenspiel spielen darf. Ich habe in keinem Film gesehen, dass sie es in England tut, und sie sollte es auch im Königreich nicht tun.

»Ich könnte ihn jederzeit erschießen!«, hat PC Sipho gesagt und eine Pistole aus dem Gürtel gezogen. »Da wird der Gefangene schon nicht fliehen!«

Onkel Vusi hat erschrocken auf die Pistole geguckt. Er hat sich nicht mehr getraut zu essen. PC Sipho hat ein bisschen zu gierig auf die geöffnete Plastikdose gesehen. Da hatte Onkel Vusi vielleicht Angst, dass er seine Pistole nicht nur im Fall einer Flucht benutzen würde. Sondern auch, wenn Onkel Vusi ihm nichts von seinem Reis mit Hühnchen abgab.

»Möchtest du, Sipho?«, hat Onkel Vusi tatsächlich gefragt.

Ich war mir nicht sicher, ob Ms Wendy Chapman es so gewollt hätte. Aber PC Sipho hat es natürlich so gewollt, und PC Sipho hatte die Pistole. Er hat gleich zugegriffen. »Ngiyabonga, Vusi!«, hat er mit vollem Mund gesagt. »Ich hab gewusst, du bist ein Freund!«

»Wo ist Inspector Gwebu?«, habe ich gefragt.

PC Sipho hat sich mit dem Handrücken über den Mund gewischt. »Familienfeier!«, hat er gesagt. Inspector Gwebu muss eine große Familie haben. »Auf, auf, Vusi! Nun musst du zurück in deine Zelle nach den Vorschriften der königlichen Polizei! Du hast Besuch, wie ich sehe. Der Gefangene darf Besuch nur in seiner Zelle empfangen, das sagen die Vorschriften.«

Onkel Vusi hat schnell noch einmal in die Plastikdose gegriffen. Das Hühnchenfleisch hatte PC Sipho schon aufgegessen.

Die Zelle war ein sehr kleiner Raum ohne Fenster. Die Tür zum Wachraum war ein Gitter, für dessen dicke Stäbe man eine ziemlich kräftige Feile gebraucht hätte. Durch das Gitter fiel Licht aus dem Wachraum in die Zelle. Darum brauchte die Zelle kein Fenster.

Onkel Vusi und ich haben uns einander gegenüber auf den Boden gesetzt. Es war ein roter polierter Zementboden wie in einem sehr guten Haus. Auch das Dach war aus gutem Wellblech. Bei Regen würde es dem Gefangenen besser gehen als Sifiso in seiner Hütte mit den Kleidern auf dem Dach.

»Onkel Vusi!«, habe ich gesagt. »Wir glauben alle, dass du zu Unrecht beschuldigt wirst. Miss Agatha und Emma und Sifiso und ich. Wir alle versuchen, den wahren Täter zu finden. Aber dazu brauchen wir ein paar Angaben von dir! Ehrliche Angaben!«

Onkel Vusi hat genickt. Ich weiß nicht genau, ob er begriffen hat, wie ernst seine Situation war. Vielleicht glaubte er, dass alles gar nicht so schlimm sein konnte, solange er in der Gefangenschaft Bohnenspiele mit der Polizei spielen durfte.

»Ich töte doch keine Nashörner, Thabo!«, hat Onkel Vusi gesagt. »Das muss die Polizei doch wissen!«

Ich habe geseufzt. »Aber es gibt nun mal die Indizien, Onkel Vusi!«, habe ich gesagt. »Das hast du doch verstanden?« Ich habe an Onkel Vusis langsames Gehirn gedacht.

Onkel Vusi hat genickt. »Die Fußabdrücke!«, hat er gesagt. »Aber das war doch bei der Safari! Da hast du doch selbst gesehen, dass ich ausgestiegen bin! Da war das Nashorn doch schon tot!«

»Ja, aber der andere?«, habe ich gesagt. Ich hatte ja gleich gemerkt, dass Onkel Vusi gestern Abend nicht alles so ganz richtig begriffen hatte. Es war gestern Abend einfach zu schnell gegangen für ein Gehirn, das seine Zeit braucht. »Hat dir vielleicht irgendwer deine Schuhe weggenommen, Onkel Vusi? Als du sie am Morgen angezogen hast, haben sie da an einer falschen Stelle gestanden? Oder haben sie sich angefühlt, als ob sie zwischendurch jemand anders angehabt hätte? Oder hat irgendwer gefragt, ob er sie ausleihen könnte?«

Onkel Vusi hat mich angesehen, als ob er an meinem Verstand zweifelte. »Meine Schuhe?«, hat er gefragt. »Warum sollte jemand meine Schuhe ausleihen?«

Ich habe geseufzt. »Um sie beim Nashornmord anzuziehen!«, habe ich gesagt. »Um durch die Fußspuren den Verdacht auf dich zu lenken! Ein Chinese vielleicht?«

Onkel Vusi hat den Kopf geschüttelt. »Was für ein schlechter Mensch!«, hat er gesagt. »Was für ein sündiger, schlechter Mensch!«

»Also, hat sie jemand ausgeliehen?«, habe ich gerufen. Dann waren wir der Aufklärung des Verbrechens doch endlich sehr viel näher gekommen! »Der Chinese? War es der?«

Jetzt hat Onkel Vusi endgültig verwirrt ausgesehen. »Welcher Chinese, Thabo?«, hat er gefragt. »Es hat doch niemand meine Stiefel ausgeliehen! Das sind Dienststiefel! Die gehören Seiner Majestät, dem König! Der König hat sie mir nur geliehen für meine Arbeit. Die kann ich doch niemandem geben, damit er schlimme Dinge tut!«

»Yebo«, habe ich gesagt. »Ich verstehe, Onkel Vusi.« Dann habe ich noch mal einen Anlauf genommen. »Aber heimlich?«, habe ich gesagt. »Kann es sein, dass jemand sie sich heimlich genommen hat? War vielleicht Schlamm daran, als du sie am Morgen anziehen wolltest? Oder waren sie verdächtig sauber gewischt?«

Ich habe gesehen, dass Onkel Vusi noch immer nicht richtig verstanden hatte, worum es ging. Er hat nicht nur ein langsames Gehirn, er sieht auch nie Filme. »Natürlich war am Morgen Schlamm daran!«, hat er gesagt. »Ich war ja im Park, nachdem es geregnet hatte! Du willst doch nicht sagen, dass du nicht weiß, dass Schuhe dann schlammig werden!«

Mein Herz hat zwei Schläge lang ausgesetzt. Gerade eben hatte Onkel Vusi zugegeben, dass er nach dem Regen im Park gewesen war! Also zur Tatzeit! Und ganz offensichtlich ja auch am Tatort.

»Und was hast du da gemacht, Onkel Vusi?«, habe ich vorsichtig gefragt. Jetzt brauchte Onkel Vusi eine sehr gute Erklärung. Und am besten noch einen Beweis dafür, dass diese sehr gute Erklärung wahr war. Oder einen sehr guten Zeugen.

23

Onkel Vusi hat mich immer noch angesehen, als ob er an meinem Verstand zweifelte. »Ich habe nach dem Zaun gesehen!«, hat er gesagt. »Ein Tourist hatte am Abend noch auf der Station angerufen und gemeldet, dass der Zaun an der Straße nach Maputo an einer Stelle beschädigt ist. Da bin ich losgefahren, sobald es hell genug war. Wir wollen ja nicht, dass unsere Löwen nach Mosambik auswandern, Thabo! Ohne Papiere!«

Er hat gelacht.

Sie wissen vielleicht nicht, dass es einen Zaun um Lion Park gibt, meine Damen und Herren, Lion Park ist so riesengroß, dass die Touristen den Zaun nicht bemerken müssen, wenn sie auf Safaritour sind. Aber sosehr die Touristen sich immer über Löwen für ihre Foto-Show zu Hause freuen, beim Bananenkaufen irgendwo an einer Straße im Land möchten sie ihnen nicht begegnen. Und niemand von uns im Königreich möchte, dass die Löwen nachts in seine Rinderherde einfallen oder sich eine Ziege holen. (Davor, dass die Löwen nach Mosambik auswandern, haben wir keine Angst. Das war nur ein Scherz von Onkel Vusi.) Darum müssen wir aufpassen, dass die Löwen bleiben, wo sie hingehören, und das ist der Park. Bei den Leoparden gelingt es uns nicht, sie kommen leicht über den Zaun. Sie leben überall im Land. Aber solange es genügend Antilopen für sie gibt, sind die Löwen sowieso zufrieden. Der Zaun darf nur niemals eine Lücke haben.

»Und? Hast du die Stelle gefunden?«, habe ich gefragt. Onkel Vusi hat den Kopf geschüttelt. »Der Tourist muss sich getäuscht haben«, hat er gesagt. »Ich habe beim Akazienwäldchen angehalten und bin zu Fuß am Zaun entlanggegangen. Es war nichts. Er war nirgendwo beschädigt.«

Das sollten Sie Onkel Vusi nicht nachmachen, meine Damen und Herren, so viel nur als kleiner Hinweis. Onkel Vusi kennt sich im Park aus, Sie nicht. Aber sogar die Ranger haben Respekt, wenn sie am frühen Morgen aus dem Wagen steigen. Eigentlich hätte Onkel Vusi den Hinweis des Touristen darum auch gar nicht auf diese Weise überprüfen dürfen. Er hätte den Zaun von außen von der Straße nach Mosambik aus überprüfen müssen. Aber der Weg wäre viel weiter gewesen. Er hätte draußen einen großen Bogen um Lion Park fahren müssen, bis er an die Stelle gekommen wäre. Ich konnte verstehen, dass er es lieber auf diese Weise gemacht hatte. Ich habe ihm geglaubt.

Aber auf diese Weise hatte er dann natürlich im Schlamm seine Fußspuren hinterlassen. »Und hast du vielleicht irgendwen mitgenommen, Onkel Vusi?«, habe ich gefragt.

Diese eine Hoffnung hatte ich noch. Dann hätte es einen Zeugen für Onkel Vusis Geschichte gegeben. Dann wäre Onkel Vusis Behauptung nicht mehr nur eine Behauptung gewesen, sondern ein Alibi. Und das Indiz wäre kein Indiz mehr gewesen.

Onkel Vusi hat den Kopf geschüttelt. »Warum sollte ich denn so früh morgens irgendwen wecken, sag mal, Thabo?«, hat er gefragt. »Schlafen tun wir doch alle gern! Und traust du mir nicht zu, dass ich den Zaun allein überprüfen kann?«

Er hatte noch immer nicht richtig begriffen, worum es ging! »Es gibt also niemanden, der bestätigen kann, dass du frühmorgens nur im Park warst, um den Zaun zu überprüfen?«, habe ich vorsichtshalber noch einmal gefragt. »Keiner hat dich gesehen?«

Onkel Vusi hat den Kopf geschüttelt. »Wie oft soll ich es denn noch erklären?«, hat er gesagt.

»Und das Nashorn lag da noch nicht am Wegrand?«, habe ich gefragt.

»Dann wäre ich doch am Nachmittag nicht mit euch dahin gefahren!«, hat Onkel Vusi gesagt. »Was denkst du denn, Thabo!«

In diesem Moment hat ein Auto vor dem Polizeiposten gehalten. Durch die Gittertür der Zelle und die geöffnete Tür des Wachraums konnte ich das Polizeifahrzeug erkennen. Inspector Gwebu war zurück.

»Warum hast du das Inspector Gwebu denn nicht gestern Abend gleich erklärt, Onkel Vusi?«, habe ich gezischt. »Dass du am Morgen einfach nur nach dem Zaun gesehen hast?«

Onkel Vusi hat verwirrt ausgesehen. »Quinton hat mich nicht danach gefragt!«, hat er gesagt. »Du warst selbst dabei!«

Draußen haben Inspector Gwebu und PC Sipho ein paar Worte gewechselt. Dann ist Inspector Gwebu in den Wachraum gekommen. Er hat durch die Gittertür mit uns gesprochen.

»Jetzt können wir das Verhör fortsetzen, Vusi Shongwe!«, hat er gesagt. Ein bisschen hatte ich wieder das Gefühl, als ob sein Atem nach Buganu roch. Aber das konnte natürlich nicht sein. Im Königreich ist, ich habe es schon erklärt, das Autofahren mit Alkohol im Blut verboten. »Ich musste dringend zu einer Familienfeier. Nun stehe ich wieder zur Verfügung.«

»Inspector Gwebu!«, habe ich gesagt und bin dabei aufgestanden. »Sir! Onkel Vusi war am Morgen einfach nur im Park, um nach dem Zaun zu sehen!«

»Behauptet er das jetzt?«, hat Inspector Gwebu gefragt. »Warum hat er mich nicht gleich gestern Abend darüber informiert?«

Ich habe die Stäbe umklammert. Es hat sich angefühlt, als ob ich auch ein Gefangener wäre. »Weil danach nicht gefragt worden ist!«, habe ich gesagt. Sollte ich das von Onkel Vusis langsamem Gehirn erklären? Nicht, solange Onkel

Vusi dabei war. Das verbot der Respekt. »Er wusste nicht, dass das wichtig ist!«

Inspector Gwebu hat PC Sipho ein Zeichen gegeben, dass der die Gittertür aufschließen sollte. »Thabo, mein lieber Junge!«, hat er gesagt. »Du wirst verstehen, dass mich das nicht überzeugen kann. Viel größer ist ja die Wahrscheinlichkeit, dass Vusi sich diese Ausrede erst nachträglich überlegt hat, weil sie ihm gestern Abend so schnell nicht eingefallen ist! Und jetzt hast du auch noch unbeobachtet mit ihm gesprochen! Wer sagt uns denn, dass du ihm das nicht gerade eben erst eingeflüstert hast?« Er hat das Gitter geöffnet. Ich habe die Zelle verlassen. Onkel Vusi musste bleiben. »Nein, nein, mein Junge! Das ist nur eine Behauptung, noch dazu eine verspätete Behauptung, für die es keinerlei Beweise gibt. Wenn eine Behauptung gegen ein Indiz steht, wiegt das Indiz schwerer. Das ist einfachstes kriminalistisches Wissen.«

Das Schlimme war, dass Inspector Gwebu recht hatte.

Ich war schon halb aus dem Wachraum, als mir noch etwas eingefallen ist. »Onkel Vusi!«, habe ich gerufen. »Der Anruf von dem Touristen! Der das mit dem Zaun gemeldet hat! Hat irgendjemand außer dir den Anruf mitgekriegt?«

Onkel Vusi hat den Kopf geschüttelt. »Das war doch am Abend, Thabo!«, hat er gesagt.

Also nicht mal das. Inspector Gwebu hatte recht. Indizien standen gegen eine Behauptung, und Indizien wiegen schwerer.

Als ich an Inspector Gwebus Schreibtisch vorbeigegangen bin, auf dem er gerade den Polizeicomputer hochgefahren hat, hatte ich wieder das Gefühl, dass er nach Buganu roch. Vielleicht gelten für die Polizei beim Autofahren andere Regeln.

24

Auf dem Rückweg stand die Sonne schon so hoch, dass ich wegen der Schlangen (Pythons und Kobras und Mambas, die kleineren interessieren mich nicht) noch vorsichtiger sein musste als auf dem Hinweg. Ich hatte keine Schuhe an. Aber gerannt bin ich trotzdem fast wie ein Kenianer.

Der Versuch, einen Beweis für Onkel Vusis Unschuld zu finden, war gescheitert. Jetzt blieb Emma, Sifiso und mir wirklich nur noch, den wahren Täter zu überführen. Wir mussten herausfinden, ob der Schuh mit der Sonne auf der Sohle dem Chinesen Mr Reginald Wu gehörte, der ein Amerikaner war. Das war unsere einzige Spur. Wenn auch sie uns nicht weiterführen würde, sah es schlecht aus.

Auf der Frühstücksterrasse von Lion Lodge (ich musste doch die leere Plastikdose zurückbringen!), saßen Emma und Miss Agatha an einem Tisch.

»Mon Dieu, ma petite!«, hat Miss Agatha gesagt. »Wie willst du durchs Leben kommen, wenn du kein Französisch sprichst? La table – der Tisch. Le poisson – der Fisch! La maison – das Haus! La souris – die Maus!« Und sie hat Emma triumphierend angeguckt.

»Ja, so hat man Französisch vielleicht zur Saurierzeit gelernt, als du zur Schule gegangen bist!«, hat Emma gesagt. (Wie oft habe ich schon erklärt, dass sie es Miss Agatha gegenüber an Respekt vermissen lässt?) »Damit hilfst du mir gar nicht! Ich muss den Lückentext da ausfüllen! Und das kriegst du auch nicht hin!«

Miss Agatha hat sich über Emmas Heft gebeugt. »Hm!«, hat sie gesagt. »Hm! Das ist tatsächlich ... Aber wir müssen es ja nicht jetzt gleich erledigen! Das machen wir, wenn wir mehr Ruhe haben, Emma. Wie ich sehe, ist Thabo gerade zurückgekommen. Vusis Schicksal ist jetzt wichtiger! Da geht es um Leben oder Tod!«

Mir ist eine Gänsehaut über den Rücken gelaufen. Es ging doch wohl für Onkel Vusi nicht wirklich um Leben oder Tod? Mir ist plötzlich klar geworden, dass ich keine Ahnung hatte, welche Strafe auf Nashornmord stand.

»Nur weil du es auch nicht weißt!«, hat Emma zu Miss Agatha gesagt und ihr Heft zugeknallt. »So ist es jedes Mal! Zuerst sagen Mama und du immer: ›Ach, das ist ja alles so einfach, warum kannst du das denn nicht, Emma? Als ich zur Schule gegangen bin, hat mir das sogar Spaß gemacht!‹ Aber sobald man euch dann bittet, einem wirklich mal zu helfen ...«

Miss Agatha hat getan, als ob sie Emma gar nicht hörte. »Thabo!«, hat sie gerufen und mich angestrahlt. »Und? Wie sieht es aus? Irgendwelche entlastenden Indizien?«

Da habe ich den beiden alles erzählt. Miss Agatha hat

vor lauter Grübeln wieder ein Gesicht gemacht wie Miss Marple. »Das sieht in der Tat nicht sehr vielversprechend aus!«, hat sie gemurmelt. »Hm! Hm! Keinerlei wirklich entlastendes Material! Und die Polizei verdächtigt wie üblich den Falschen, das kennen wir ja! Du hast recht, Thabo: Jetzt bleibt uns nur, den wirklichen Täter zu überführen. Und unsere einzige Spur ist Mr … wie?«

»Wu!«, hat Emma gesagt. »Nicht Wi.«

Es war ein Missverständnis, meine Damen und Herren.

Miss Agatha hat suchend über den Rasen geguckt, wo auf einer der Liegen am Swimmingpool jetzt auch Mr Reginald Wu saß, mit Papieren in der Hand, die sehr geschäftsmäßig aussahen. Und im Anzug. Warum sitzt einer im Anzug am Pool? Wenn einer im Anzug am Pool sitzt, macht ihn allein das schon verdächtig, finde ich. »Also, dieser Mr Wi«, hat Miss Agatha gesagt. »Dieser Mr Wi und die Schuhe mit der Sonne unter der Sohle!«

»Ach ja, und was willst du tun?«, hat Emma gefragt. Sie hat ihre Großtante nicht noch mal berichtigt. Sogar Emma wird vielleicht irgendwann höflicher. »Wie sollen wir jetzt rauskriegen, ob die Schuhe wirklich ihm gehören?«

»Hm!«, hat Miss Agatha wieder gemurmelt und die Unterlippe vorgestülpt, ohne Emma anzusehen. »Hm!«

Das murmelt Miss Marple auch immer, wie Sie wissen, und dann ist klar, dass sie eine Idee hat. Bei Miss Agatha war es genauso, meine Damen und Herren. Die vielen Filme haben sich ausgezahlt.

»Dumisani!«, hat Miss Agatha gerufen. »Sawubona, Dumisani! Unjani? Es ist etwas eingetreten …«

Dumisani hat sich zu ihr umgedreht. »Ngiyaphila?«, hat sie gesagt. Aber in einem fragenden Ton. (Sie hat verstanden, dass Miss Agatha nicht wirklich wissen wollte, wie es ihr geht.)

Dumisani war gerade mit einem Eimer und einem Mopp an einem langen Stiel auf dem Weg zu den Gäste-Cabins. Wenn man Dumisani auf ihrem Weg zu den Gäste-Cabins sieht, könnte man glauben, sie wäre die Enkelin einer Schnecke. Man kann sich nicht vorstellen, dass sie es schafft, an einem Tag auch nur eine einzige Cabin zu putzen. Sie schafft es aber. Sie schafft sogar viele. Wenn Dumisani die Cabins wieder verlässt, blitzen die Badezimmer (in der Lodge gibt es wunderbare Badezimmer, meine Damen und Herren, mit Waschbecken und Duschen und fließendem Wasser, warm und kalt, und Toiletten mit Spülung), die Betten sind aufgeschüttelt, und auch die letzte Ameisenstraße ist aufgespürt und weggewischt. (Die Touristen verstehen nicht, dass die Ameisen kommen, wenn man sie auch nur ein ganz kleines bisschen ermutigt: Schon ein winziger Krümel Brot oder Kuchen, ein einziger Tropfen verschüttete Limonade reichen aus. Wir werden den Krieg gegen die Ameisen niemals gewinnen, sagt Dumisani, aber wir können versuchen, sie jeden Tag in einer neuen Schlacht zu schlagen.) Nur die Fledermäuse entdeckt Dumisani nicht immer. Die Fledermäuse hängen am Tag versteckt unter den Deckenbalken, sie schlafen mit zusammengefalteten Flügeln im Schatten, und allmählich sind Dumisanis Augen nicht mehr so gut.

Dumisani ist das älteste Zimmermädchen in Lion Lodge, meine Damen und Herren. Sie ist so alt, dass sie nicht nur die Jahre noch erlebt hat, als die englische Königin noch unsere Königin war, sondern sogar die Jahre, als der Vater der englischen Königin noch unser König war. (Leider hat er das Königreich nie besucht. Dumisani hat aber in ihrer Hütte im Personalquartier einen sehr alten Becher mit seinem Bild. Natürlich hat sie auch ein Tuch mit dem Bild unseres eigenen Königs.)

Dumisani hat in Lion Lodge schon die Cabins geputzt, als ich noch nicht auf der Welt war. Sie hat sogar schon die Cabins geputzt, als Ms Wendy Chapman noch nicht auf der Welt war. Vielleicht war Dumisani sogar schon immer da. Lion Lodge ohne Dumisani kann es niemals gegeben haben.

»Ich brauch dich, Dumisani!«, hat Miss Agatha gesagt. »Bitte!«

Jetzt ist Dumisani stehen geblieben. »Ja, Miss Agatha?«, hat sie ein bisschen verwirrt gesagt. Dann hat sie ihren Eimer abgesetzt, wo sie stand, und ist mit Miss Agatha in den Speisesaal verschwunden, ohne zu fragen. (Sie hat nicht mal geseufzt.) Dumisani und Miss Agatha kennen sich schon fast ein Leben lang, manchmal sieht man sie miteinander lachen. Der Mann von Dumisanis Schwester ist der Cousin der Frau des Bruders der Mutter von unserer

INyanga. Jeder ist mit jedem verwandt im Königreich, das ist bekannt, nur die Touristen verstehen das nicht immer. Manchmal haben die Touristen sogar gar keine Familie, habe ich gehört! Eish! Ich weiß nicht, wie man ohne Familie leben kann. Was ist ein Mensch ohne Familie? Ohne Tanten und Großonkel und Cousins vierten Grades? Was wird da aus den Kindern ohne Eltern? Ein Mensch ohne Familie ist wie ein Baum ohne Wurzeln.

Emma hat die Brauen hochgezogen. »Was soll das da jetzt werden mit den beiden?«, hat sie gefragt und den alten Frauen hinterhergeguckt.

»Vielleicht wieder Rheuma?«, habe ich gesagt. Sie erinnern sich, gegen Miss Agathas Rheuma hilft nur das Muti unserer INyanga. Aus der Familie von Dumisani.

Aber wir brauchten gar nicht lange zu warten. Man staunt, wie schnell so alte Frauen manchmal sein können.

»So, meine lieben Kinder!«, hat Miss Agatha leise gerufen und dabei ein Auge zugekniffen. Hinter ihr stand Dumisani im türkisfarbenen Leinenkostüm mit weißer Schleifenbluse und sah nicht sehr glücklich aus.

25

Wenn Sie dieselben Filme gesehen haben wie Miss Agatha und ich, meine Damen und Herren, dann wissen Sie, dass Miss Marple bei der Aufklärung ihrer Fälle jedes Mal eine List anwendet. Sie verkleidet sich.

Einmal hat sich Miss Marple zum Beispiel auf ein Schiff geschlichen. Es war ein Mord passiert mit einer Schnupftabakdose. Miss Marple hat sich eine Marineuniform gekauft und sich verkleidet. Sie hat den Mord aufgeklärt. Sogar noch einen zweiten.

Einmal hat Miss Marple sich als Haushälterin bei einer reichen Familie eingeschlichen. Beim Mord war es um eine Erbschaft gegangen. Ich hatte ja schon erklärt, dass es bei Mord meistens um eine Erbschaft geht. In ihrer Verkleidung konnte Miss Marple den Mörder schnappen.

Einmal hat Miss Marple so getan, als ob sie eine Schauspielerin wäre mit einem großen Umhang. Da konnte sie sich bei einer Schauspieltruppe einschleichen. Und einmal hat sie so getan, als ob sie Reiterferien machen wollte. Sie ist in ein Pferdehotel gereist. Als Verkleidung hatte sie einen Sattel dabei. Immer hat sie den Mörder so fassen können.

Aber wenn sie sich nicht verkleiden würde, könnte Miss Marple keinen ihrer Fälle aufklären, so ist es bei Mord. Der Täter ist bei Mord sehr misstrauisch, daher muss man ihn täuschen. Jetzt wollte Miss Agatha *unseren* Täter täuschen.

»Und?«, hat sie gesagt und sich um sich selbst gedreht, als wäre eine Gogo nicht viel zu alt für eine Modenschau. »Wie sehe ich aus?« Dabei hat sie mit dem Schlüsselbund geklimpert, das an einem Haken am Gürtel ihres Putzkittels befestigt war.

Emma und ich haben sie angestarrt. Am Gürtel ihres Putzkittels? Natürlich besitzt Miss Agatha keinen Putzkittel! Miss Agatha hatte mit Dumisani die Kleider getauscht. Jetzt trug sie Dumisanis gelben Kittel der Hausmädchen mit dem Schriftzug »Lion Lodge« und einem eingestickten brüllenden Löwen über der Brust, und an ihren Füßen mit den leuchtend roten Nägeln Dumisanis ausgetretene Flip-Flops. Ihre grauen Haare hatte sie unter Dumisanis gestrickter Mütze versteckt.

»Was soll denn das?«, hat Emma gerufen.

Natürlich habe ich sofort geahnt, was Miss Agatha vorhatte. »Das wird Ihnen niemand abnehmen, Miss Agatha!«, habe ich gesagt. »Tun Sie es nicht! Sie begeben sich in große Gefahr!«

Miss Agatha hat getan, als ob sie mich nicht gehört hätte. Dann hat sie sich Dumisanis Eimer gegriffen, ein Auge zugekniffen und sich auf den Weg zu den Cabins gemacht.

Meine Damen und Herren, nun habe ich wirklich an Miss

Agathas Verstand gezweifelt! Der Kittel eines Zimmermädchens macht aus einer englischen Dame doch noch lange kein Zimmermädchen! Ein Zimmermädchen ist schwarz, und war Miss Agatha schwarz? Die Kleider konnte sie mit Dumisani tauschen, die Haut nicht. Wer glaubt denn, dass es weiße Zimmermädchen geben kann? Wer glaubt, dass weiße Frauen Cabins putzen? Was für ein Unfug! Miss Marple hätte das gewusst.

»Jetzt ist sie völlig durchgedreht!«, hat Emma gesagt und sich gegen die Stirn getippt. Hinter uns in der Tür zum Speisesaal hat immer noch Dumisani gestanden, barfuß und mit Miss Agathas Schuhen in der Hand.

»Die Ameisen!«, hat sie gemurmelt und dabei sehr sorgenvoll ausgesehen. »Miss Agatha hat doch keine Erfahrung! Aber sie wollte ja nicht, dass ich mitkomme!«

Ich habe natürlich gewusst, warum Miss Agatha das nicht wollte. Ihr ging es nicht um die Ameisen.

Auf seiner Liege am Pool hat der Chinese im Anzug in aller Ruhe seine Papiere durchgesehen. Miss Agatha ist am Pool vorbei hinter den Oleanderbüschen verschwunden, wo sich, eingewachsen von Bougainvilleen und Philodendron, die Cabins ducken. Eine davon gehörte dem Chinesen.

»*Völlig* durchgedreht!«, hat Emma wieder gesagt.

Aber da war ich mir auf einmal gar nicht mehr so sicher. Wie Miss Agatha jetzt zwischen den Büschen verschwand, sah man von ihr ohnehin nur ihren leuchtenden Kittel und die Strickmütze auf ihrem Kopf. Wer von den Gästen, die sich gerade am Pool rekelten, würde darauf achten, welche Farbe das Gesicht unter der Mütze hatte? Wer von den Gästen am Pool würde überhaupt auf ein Zimmermädchen achten, das auf dem Weg zu seiner Arbeit war?

»Sie braucht ja nicht lange, Emma!«, habe ich geflüstert. »Sie muss doch nur nachgucken, ob sie in seiner Cabin die Schuhe findet!«

»Wozu muss sie sich dafür Dumisanis Kittel anziehen?«, hat Emma gefragt.

Ich habe die Achseln gezuckt. »Wenn ein Gast sie zwischendurch in der Cabin erwischt …«, habe ich gemurmelt. Da war Zimmermädchen natürlich die beste Verkleidung.

Aber soll ich jetzt ehrlich sein? Ein wenig habe ich, bei allem Respekt, die Vermutung gehabt, dass Miss Agatha vor allem endlich einmal die Verkleidungstricks ausprobieren wollte, die sie von Miss Marple gelernt hatte. Und wir konnten nur hoffen, dass niemand sie tatsächlich erwischen würde.

Ich habe einen kurzen Blick zum Pool geworfen. »Emma!«, habe ich geflüstert. So musste es ja kommen!

In den Filmen kommt es auch manchmal so, meine Damen und Herren. Gerade wenn Miss Marple sich irgendwo eingeschlichen hat und einen Raum nach Indizien durchsucht, erscheint plötzlich in ihrem Rücken der Hauptverdächtige und überrascht sie dabei.

Unser Hauptverdächtiger war Mr Reginald Wu. Und ausgerechnet jetzt klopfte er auf der Liege seine geschäftsmäßigen Papiere Kante auf Kante und legte sie in einen Ordner. Bis zur Frühstücksterrasse konnte man hören, wie er den Ordner zuschlug. Es war klar. Mr Reginald Wu wollte zurück in seine Cabin.

Ich bin aufgesprungen. Noch bevor Mr Wu von seiner Liege aufgestanden war, war ich hinter den Oleanderbüschen verschwunden.

Miss Agatha und ich hätten natürlich ein Zeichen ausmachen müssen, mit dem ich sie hätte warnen können, das ist doch das kleine Einmaleins der kriminalistischen Arbeit! Ich weiß nicht, warum wir nicht daran gedacht hatten. Den Ruf des Nashornvogels zum Beispiel. Das Zwitschern des Webervogels. Sogar das Trompeten des Elefanten. Irgendetwas, das Miss Agatha signalisiert hätte, dass Gefahr im Verzug war. Aber wir hatten es versäumt. Jetzt war Mr Reginald Wu die Gefahr im Verzug. Mir blieb nichts anderes übrig, als zu versuchen, schneller zu sein als er.

»Miss Agatha!«, habe ich leise gerufen, als ich bei den Cabins angekommen war. Welche davon gehörte Mr Wu?

»Miss Agatha!«

Nur neben einer einzigen Eingangstür standen ein Eimer und ein Wischmopp. »Miss Agatha, er kommt!«

»Eine Sekunde!«, hat Miss Agatha von drinnen geantwortet. »Das ist ja unglaublich! Ich will nur noch schnell …«

»Miss Agatha!«, habe ich gefleht. »Bitte, Miss Agatha, der Chinese …!« Ich wollte gerade durch die Tür schlüpfen, als sich eine Hand auf meine Schulter gelegt hat wie die Pranke eines ausgewachsenen Löwen.

»Was machst du hier?«, hat Mr Reginald Wu gezischt. (Zum Glück hatte er *mich* erwischt, nicht Miss Agatha. Und Kindern gegenüber sind Erwachsene meistens nicht ganz so misstrauisch. Zumindest bei uns im Königreich. Ich weiß nicht, wie das bei den Chinesen ist.)

Trotzdem: Hilfe, meine Damen und Herren, Hilfe! Zum Glück hatte Mr Wu wenigstens keine Pistole in der Hand, nur den Ordner vom Pool. Aber wenn er tatsächlich der Nashornmörder war, würde er sicher nicht zögern, auch den Ordner als Waffe zu benutzen. Ein kurzer Schlag mit der Kante gegen meine Schläfe, und ich wäre k. o. Und hier hinter den Büschen konnte uns keiner sehen.

»Ngiyacolisa, Nkhosi!«, habe ich gerufen. »Ich wollte nur … !«

Mr Reginald Wu hat mir blitzschnell meinen rechten Arm auf dem Rücken umgedreht. Ein professioneller Polizeigriff! Wer den professionellen Polizeigriff beherrscht, macht sich verdächtig. Wer beherrscht denn schon den professionellen Polizeigriff? In meinem Kopf haben alle Warnleuchten geblinkt wie verrückt.

» … nur mal eben einbrechen?«, hat Mr Reginald Wu gefragt.

Ich habe den Kopf geschüttelt. Das war nicht leicht, mein Kopf hing ja jetzt gerade halb nach unten. Kopfschütteln hat wehgetan im professionellen Polizeigriff. Und weil mein Kopf nach unten hing, schoss jetzt außerdem gerade alles Blut in mein Gehirn. Vielleicht konnte mein Gehirn deshalb besser denken? (Ich konnte es Onkel Vusi vorschlagen. Vielleicht war es ein Trick, um schneller zu denken.) Auf einmal wurde mir klar, dass Mr Reginald Wu gar nicht begriffen hat, warum ich in seine Cabin wollte. Er hatte keine Ahnung, dass ich ihn des Nashornmords verdächtigte und deshalb ausspionieren wollte. Er hielt mich einfach für einen kleinen Dieb.

Natürlich, so musste es für Mr Wu aussehen! Die Tür zu seiner Cabin stand offen, und er hatte mich erwischt, als ich gerade hineinschlüpfen wollte. Mr Reginald Wu hielt mich einfach nur für einen kleinen Dieb. Dann war alles vielleicht nicht ganz so schlimm.

»Bitte, Nkhosi, Sir!«, habe ich mit gut durchblutetem Gehirn gesagt.

In diesem Augenblick hat Miss Agatha mich gerettet. »Oh, was ist das?«, hat sie fröhlich gerufen. Sie ist aus der Cabin gekommen und hat vor den Augen von Mr Reginald Wu mit einem Schlüssel von Dumisanis Bund die Tür abgeschlossen. Sie musste lange nach dem richtigen Schlüssel suchen, sie kannte sich ja nicht aus. Dumisani hätte ihn schneller gefunden. Aber Mr Reginald Wu ist nichts aufgefallen. »Haben Sie den kleinen Strolch gerade erwischt? Diese Kinder sind eine Plage! Sie schleichen sich in die Cabins und suchen nach Süßigkeiten. Es gibt immer Süßigkeiten in der Minibar. – Tsotsi! Hast du es wieder versucht?!«

Und sie hat mich an dem Arm gepackt, den Mr Reginald Wu in Ruhe gelassen hatte, und mich geschüttelt. Ich habe gebrüllt. Wenn einen ein Chinese im Polizeigriff hält, fühlt es sich nicht gut an, wenn jemand anders den anderen Arm schüttelt. (Das ist nur ganz vorsichtig ausgedrückt.) Aber Mr Reginald Wu hat meinen Arm jetzt losgelassen. Vielleicht hat er geglaubt, dass ich meine verdiente Strafe schon von Miss Agatha bekommen würde.

»Es tut mir leid, Sir!«, hat Miss Agatha gesagt. »Wir passen auf, wo wir können. Es ist auch noch nie etwas Wertvolles gestohlen worden. Immer nur Süßigkeiten oder Cola.« Sie hat geseufzt. »Leider muss ich Ihnen sagen, dass meine Kontrolle ergeben hat, dass Ihre Cabin noch keineswegs in Ordnung ist, Sir. Das Zimmermädchen hat sehr nachlässig gearbeitet. Ich schicke Ihnen noch mal jemanden vorbei!«

Und mit der Hand, mit der sie mich nicht gepackt hielt, hat sie nach dem Eimer gegriffen.

Mr Reginald Wu hat abgewinkt. »Lassen Sie!«, hat er gesagt.

Miss Agatha hat mich durch die Büsche bugsiert. Solange Mr Reginald Wu uns sehen konnte, hat sie mich noch festgehalten. Erst als wir im Speisesaal angekommen waren, hat sie meinen Arm freigegeben.

»So!«, hat Miss Agatha bedeutungsschwer gesagt und sich auf einen Stuhl fallen lassen. »Hm! Hm!«

»Miss Agatha, Madam?«, hat Dumisani gesagt und an sich heruntergesehen. »Können wir …?«

»Oh, natürlich, Dumisani, natürlich!«, hat Miss Agatha gesagt und ist sofort wieder aufgesprungen. »Einen Augenblick, Kinder! Dumisani möchte weiterarbeiten. Vielen Dank, Dumisani!«

Die beiden sind im Flur verschwunden, und ich habe mich gefragt, wieso Mr Reginald Wu der weißen Miss Agatha geglaubt hatte, dass sie zum Putzpersonal gehört, als Kontrolleurin. Aber ich weiß natürlich nicht, wer in China putzt. Vielleicht war er außerdem ja sowieso Amerikaner, mit mir hatte er englisch gesprochen. Und wer in Amerika putzt, weiß ich auch nicht.

26

»Also!«, hat Miss Agatha gesagt, als sie in ihrer eigenen Kleidung zurückgekommen ist. »Wenn es in dieser Lodge irgendwen gibt, der verdammt verdächtig ist, dann ist das dieser Mr Wi! Ich überlege, ob ich nicht Quinton Gwebu anrufen soll. Oder ob das voreilig ist.«

»Ja, was denn nun?«, hat Emma gefragt. »Wieso ist Mr Wu plötzlich verdächtig? Zu Thabo und mir hast du gesagt, wir sind Rassisten, nur weil wir einen Chinesen verdächtigen.«

Miss Agatha hat wieder ihr Miss-Marple-Gesicht gemacht. »Aber es sind eben leider doch alles nur Indizien!«, hat sie gemurmelt. »Keine Beweise! Thabo, ich glaube, wir sollten lieber noch weitermachen, bis wir ihn vollständig überführt haben. Wer weiß, ob Gwebu ihn allein aufgrund von Indizien verhaftet. Und dann wäre er gewarnt.«

»Onkel Vusi *hat* er allein aufgrund von Indizien verhaftet!«, habe ich gesagt.

Aber Onkel Vusi ist natürlich auch kein Tourist. Bei Touristen ist die Polizei vielleicht vorsichtiger.

»Du hast also die Schuhe mit der Sonne gefunden, Auntie Agatha?«, hat Emma ungeduldig gefragt. »Oder was? In seiner Cabin? Von welchen Indizien redest du?«

Miss Agatha hat wild den Kopf geschüttelt. Dabei hat sich die Schleife ihrer weißen Schleifenbluse gelöst. Sie hatte sie nach dem Kleidertausch nicht wieder richtig zugebunden.

»Liebe Kinder!«, hat sie gesagt. »Was ich bei Mr Wi gefunden habe …«

»Wu!«, haben Emma und ich jetzt gleichzeitig gesagt. Falls sie ihn bei Inspector Gwebu melden wollte, war es wichtig, dass sie den richtigen Namen kannte.

Miss Agatha hat abgewinkt. »… wiegt sehr viel schwerer! Die Schuhe waren nicht in seiner Cabin. Ich habe alles durchsucht. Den Schrank, das Badezimmer, seinen Koffer. Aber natürlich dürfte es ihm nicht schwergefallen sein, die Schuhe verschwinden zu lassen! Was ich bei dieser Gelegenheit in seinem Koffer gefunden habe«, sie hat geschnauft, »ist allerdings fast schon ein Beweis!«

Auf einmal habe ich gewusst, wie sich Mr Stringer fühlen muss, der Freund von Miss Marple, wenn Miss Marple einen Fall aufgeklärt hat und ihm die Zusammenhänge erklärt. Mein Herz hat schneller geschlagen.

»Fotomaterial!«, hat Miss Agatha geflüstert. »Papiere! Und wisst ihr, worum es bei allen ging?«

Emma und ich haben gleichzeitig unsere Köpfe geschüttelt.

»Nashörner!«, hat Miss Agatha gerufen. »Nashornwilderei! Fotos von abgeschlachteten Nashörnern …« Sie hat sich geschüttelt. »Und irgendwelche Artikel über Nashornwilderei im Krüger, ich hatte nicht die Zeit, sie genauer zu lesen! Wir sind auf der richtigen Spur!«

Jetzt hat mein Herz noch schneller geschlagen, ich konnte es heftig spüren. Und dazu die geschäftsmäßigen Papiere auf der Liege am Pool! Mr Reginald Wu war ein chinesischer Nashornmörder, der sich als amerikanischer Tourist tarnte.

»Wenn wir jetzt noch seine Schuhe hätten ...«, hat Miss Agatha geseufzt.

»Aber was würde das denn noch bringen?«, habe ich gerufen. »Wenn wir sie irgendwo anders als in seiner Cabin finden, beweisen die doch auch nicht mehr als die Papiere! Dann sagt Mr Reginald Wu einfach nur, dass sie ihm nicht gehören!«

Auf einmal war ich gar nicht mehr so froh. Miss Agatha hatte recht, im Augenblick hatten wir auch gegen Mr Reginald Wu nicht mehr als Indizien. Ob Indizien gegen einen Touristen für die Polizei ausreichen, weiß ich nicht.

Miss Agatha hat den Kopf geschüttelt. »Thabo!«, hat sie gesagt. »Streng doch mal deine kleinen grauen Zellen an! Wozu haben wir uns so lange in der Detektivarbeit geschult?«

Ich habe die Stirn gerunzelt. Ich wusste nicht, was Miss Agatha mir gerade sagen wollte. Ob wir die Schuhe jetzt noch irgendwo fanden, war schließlich wirklich ganz egal. Indizien sind einfach nur Indizien, keine Beweise. Das habe ich bei Miss Marple gelernt.

»DNA!«, hat Miss Agatha gerufen. »Thabo! Wenn wir die Schuhe mit der Sonne hätten, könnten wir überprüfen, ob Mr Wis DNA daran ist! Das wäre dann ein eindeutiger Beweis, dass sie ihm gehören! Und *das* würde bedeuten, dass er am Tatort war!«

Ich musste einen Augenblick nachdenken. Sie erinnern sich, meine Damen und Herren. Ich habe Ihnen von der Spucke und den Haaren erzählt. Diese DNA ist darin enthalten, und sie ist bei jedem Menschen verschieden. Darum ist diese DNA ein eindeutiger Beweis, genau wie ein Fingerabdruck. Aber kein Mensch spuckt ja wohl in seine Schuhe! Oder reißt sich die Haare aus und stopft sie rein. (Außer, wenn ihm die Schuhe zu groß sind, natürlich. Aber da müsste einer sich viele Haare ausreißen.)

»Na?«, hat Miss Agatha gerufen. »Na, Thabo?«

Ich habe kaum gewagt, es auszusprechen. Eine Möglichkeit gab es noch. »Fußschweiß?«, habe ich geflüstert. Ein wahrer Gentleman spricht nicht über solche Dinge, meine Damen und Herren. Ein Privatdetektiv muss es manchmal tun.

»Fußschweiß!«, hat Miss Agatha so begeistert gerufen, als ob es ein schönes Wort wäre. »Genau, Thabo, Fußschweiß!«

»Iiiiih!«, hat Emma gequiekt. »Hat der Chinese Schweißfüße?«

»Im Fußschweiß müsste meiner Einschätzung nach ebenso DNA enthalten sein wie in Blut und Speichel!«, hat

Miss Agatha gesagt. »Hm! Hm! Fußschweiß ist eine Körperflüssigkeit. In Körperflüssigkeiten findet sich DNA.«

»Dann ist es ja noch viel wichtiger, dass wir die Schuhe finden!«, habe ich gemurmelt. An DNA hatte ich vorher noch gar nicht gedacht. Auf einmal waren die Schuhe nicht mehr nur Indizien. Auf einmal konnten sie ein echter *Beweis* sein. Die Polizei musste dann nur auch noch Mr Reginald Wus DNA untersuchen. Um die von den Schuhen damit zu vergleichen.

Emma ist aufgesprungen. »So ein Mist!«, hat sie gesagt. »Wir müssen den Abfall durchwühlen, Thabo! Es hilft ja nichts! Vielleicht finden wir sie noch, wenn er sie weggeworfen hat!«

Es war keine schöne Vorstellung, meine Damen und Herren. Aber was getan werden muss, muss getan werden. Ein Privatdetektiv darf nicht zimperlich sein.

Miss Agatha hat abgewinkt. »Natürlich könnt ihr es versuchen, Kinder!«, hat sie gesagt. »Aber wie ich diesen Mr Wi einschätze, ist er viel zu schlau, um seine Schuhe hier in Lion Lodge in den Abfall zu werfen. Vermutlich hat er sie verbrannt. Aber natürlich solltet ihr es trotzdem versuchen. Wenn ihr sie nicht findet, wissen wir wenigstens, dass die Schuhe nicht im Abfall sind, und müssen uns nicht vorwerfen, dass wir etwas versäumt haben.«

»Dann an die Arbeit, Emma!«, habe ich gesagt. Schon als ich noch die Hoffnung hatte, die Schuhe im Abfall zu finden, hatte ich die Vorstellung nicht schön gefunden.

Jetzt, wo ich nicht mehr viel Hoffnung hatte, war sie noch ekliger.

In diesem Moment hat Sifiso seinen Kopf von draußen durch die Terrassentür gereckt. Pilot und Lemonade haben sich hinter ihm versteckt.

»Und, gibt es was Neues?«, hat er gefragt.

Ich habe Emma angesehen. Sie wissen, dass Emma sich eigentlich nicht darüber freut, dass Sifiso unser Partner bei der Detektivarbeit ist. Aber jetzt hat sie ihn genauso erleichtert angesehen wie ich. Ihn, und sogar Pilot und Lemonade.

Es ist ein einfaches Rechenexempel, meine Damen und Herren. Fünf Kinder suchen einen Müllberg schneller durch als zwei.

27

»Miss Agatha hat verdächtige Fotos und Papiere gefunden!«, habe ich gesagt. »In Mr Reginald Wus Cabin. Jetzt ist er noch verdächtiger! Wir müssen im Abfall nach seinen Schuhen suchen!«

Sifiso ist zusammengezuckt. Der Müllberg war für ihn auch keine schöne Vorstellung. »Ja, dann wünsche ich euch viel Spaß! Wir wollen gerade zur Schule, Maismehl holen.«

Das hat erklärt, warum Sifiso die beiden Kleinen dabeihatte. Sie konnten tragen helfen. Manchmal können Kinder ohne Eltern sich an der Schule Maismehl abholen, wenn es welches gibt. Bestimmt hatte Sifiso sich bis eben geärgert, dass er jetzt dahin musste, anstatt weiter mit Emma und mir an unserem Fall zu arbeiten. Darum hatte er wenigstens vorher noch kurz herausfinden wollen, wie weit wir inzwischen mit der Detektivarbeit gekommen waren. (Lion Lodge liegt nämlich nicht auf Sifisos direktem Weg zur Schule. Er hatte absichtlich einen Umweg gemacht.)

Aber jetzt, wo Sifiso merkte, dass die Detektivarbeit gerade an einem ekligen Punkt angekommen war, wollte er seinen Kopf natürlich aus der Schlinge ziehen.

»Nee, nee, nee!«, hat Emma gerufen. »Entweder du machst mit, Sifiso Lovejoy, dann machst du auch bei den fiesen Sachen mit! Oder du drückst dich, sobald es blöd wird. Dann brauchst du hier in Zukunft gar nicht mehr auftauchen! Dann bist du raus aus den Ermittlungen, Sifiso Lovejoy. Hamba kahle. Wir können nur zuverlässige Privatdetektive gebrauchen!«

Sifiso hat sie giftig angeguckt. »Eine Viertelstunde!«, hat er gesagt. »Nicht länger! Nicht dass nachher alles Maismehl verteilt ist!«

Da hatte Miss Marple es natürlich leichter mit ihren Ermittlungen. Niemand musste Maismehl holen. Und quengelige Geschwister hatte auch niemand dabei.

Der Müllberg hinter der Lodge war schon hoch, bestimmt würde der Gartenboy ihn heute noch abbrennen. Es war windstill, das ist wichtig dafür.

Ein hoher Müllberg, meine Damen und Herren, war einerseits gut: Wir hatten die Chance, die Schuhe zu finden, bevor der Abfall in Flammen aufging. Und in einem *großen* Müllberg war die Chance, etwas zu finden, natürlich auch größer als in einem *kleinen* Müllberg.

Aber ein großer Müllberg war andererseits auch schlecht. Einen *großen* Müllberg zu durchsuchen dauert länger als einen *kleinen* Müllberg. Und es ist auch noch ekliger.

»Los, los, los!«, hat Emma gesagt. »Haben die beiden Kleinen begriffen, worum es geht?«

Sifiso hat Pilot und Lemonade noch mal erklärt, dass sie

nach Schuhen Ausschau halten sollten. Dann haben wir zu fünft losgelegt.

Meine Damen und Herren, wenn Sie keine Privatdetektive sind, haben Sie vermutlich noch niemals einen Müllberg durchsucht. Es ist nicht schön.

Emma hat sich die ganze Zeit mit einer Hand die Nase zugehalten und nur ziemlich damenhaft mit den Fingerspitzen der anderen Hand gesucht. Natürlich hat sie so weniger weggeschafft als Sifiso und ich.

Die beiden Kleinen waren am wenigstens zimperlich. Plötzlich hat Lemonade aufgeschrien. »Ein Ball!«, hat sie gebrüllt und etwas durch die Luft geschwenkt. Es war tatsächlich ein schmutziger kleiner Ball aus pinkfarbenem Schaumstoff, groß wie eine Männerfaust. Ich konnte sofort sehen, warum die Touristen ihn in den Müll geworfen hatten. An einer Stelle fehlte ein großes Stück, so als hätte ein Hund es herausgebissen. (Oder ein Löwe. Aber der hätte den Ball wahrscheinlich eher geschluckt.) Und weil der Ball aus Schaumstoff war, war er trotzdem noch gut. Bei uns hätte ihn niemand weggeworfen. Ich habe es gesagt, die Touristen sind manchmal schwer zu verstehen.

Mit einem Satz war Pilot bei Lemonade. Er hat ihr den Ball aus den Händen geschnappt. »Ich habe einen Fußball gefunden!«, hat Pilot geschrien. »Einen englischen Fußball!«

Ein Fußball war es ja nun gerade nicht. Und außerdem hatte Lemonade ihn gefunden.

»Das ist meiner!«, hat Lemonade da auch schon gebrüllt und mit ihren kleinen Fäusten auf Pilot eingetrommelt. Hatte ich nicht gesagt, wie wenig ich Sifiso darum beneide, dass er immerzu auf diese beiden Streithähne aufpassen muss? Und bei der Detektivarbeit waren sie auch nur hinderlich. »Das ist meiner, Pilot! Gib den sofort her!«

Pilot hat gelacht. »Hol ihn dir doch!«, hat er gerufen. »Hol ihn dir, wenn du mich kriegst!« Dann ist er weggerannt. Dabei war der Müllberg noch lange nicht fertig durchsucht.

»Sifiso!«, hat Lemonade gebrüllt. »Pilot hat meinen Ball geklaut! Sifiso!«

Es war ein Glück, dass wir nicht im Garten der Lodge gesucht haben, sondern draußen hinter der Mauer, meine Damen und Herren. Was hätten die Touristen denn von uns denken sollen?

»Hol ihn dir!«, hat Pilot gerufen. »Hol ihn dir doch!«

Da ist Lemonade losgerannt, hinter Pilot her. Sie hat immer noch laut gekreischt und so wütend ausgesehen, dass ich ihr nicht gerne unter die Finger gekommen wäre.

Und Pilot wollte ihr auch nicht unter die Finger kommen. Lemonade hatte ihn fast erreicht, da hat Pilot einen Riesensatz gemacht. »Du kriegst mich nicht!«, hat er gebrüllt. »Du kriegst mich nicht, Lungile Lemonade!«

Aber Lemonade hat ihn sehr wohl gekriegt. Denn noch während er seine kleine Schwester ausgelacht hat, ist Pilot plötzlich lang hingeschlagen ins staubige Gras neben dem

Müllberg. Und Lemonade ist auf ihn losgegangen. Sie hat nicht nur den Geist eines Schwarms wilder Bienen in sich. Wenn es gegen Pilot geht, ist es eher der Geist eines Leoparden.

»Sifiso!«, hat jetzt Pilot gebrüllt. »Sifiso, Lemonade kratzt mich!«

Und ich habe die beiden angestarrt.

Meine Damen und Herren, bei Kriminalfällen ist logische Denkarbeit alles, das ist bekannt. Und Mut und List und vielleicht auch die Bereitschaft, Müllberge zu durchwühlen. Aber selbst der beste Privatdetektiv wäre verloren, wenn ihm nicht ab und zu der Zufall zu Hilfe käme, das sieht man sogar bei Miss Marple.

Plötzlich habe ich begriffen, warum Pilot lang hingeschlagen war. Er war gestolpert. Über seine Schuhe. Pilot hatte viel zu große Schuhe an, warum hatten wir das vorher nicht bemerkt? Viel zu große, fremde, hellbraune, fleckige Schuhe.

»Pilot?«, habe ich gerufen. »Pilot, woher hast du die Schuhe?«

Pilot hat sich an den Ball geklammert, und Lemonade hat versucht, ihn wegzureißen.

»Woher hast du die verdammten Schuhe, Pilot?« Ich konnte jetzt wirklich nicht auch noch darauf achten, nur Wörter zu verwenden wie ein Gentleman. »Genau solche suchen wir doch, verdammt!«

Dann habe ich mir den Ball geschnappt. »Hört auf, euch

zu streiten, Pilot und Lemonade!«, habe ich gerufen. »Und dich hab ich was gefragt, Pilot!«

Lemonade hat aufgehört zu kreischen. Stattdessen hat sie angefangen zu heulen. »*Ich* hab den gefunden!«, hat sie gebrüllt. »*Ich* hab den gefunden, Sifiso! Der gehört mir. Der gehört Thabo nicht!«

Pilot ist aufgestanden. »Ich hab sie am Fluss gefunden!«, hat er gesagt und auf seine Füße gestarrt. »Als ich vorhin Wasser holen wollte.«

28

Sifiso und Emma haben den Müllberg Müllberg sein lassen. Emma hat ihre Hände angestarrt und sie angewidert an ihren Shorts abgewischt. Sifiso hat das Gleiche getan. Dann sind sie zu Pilot und mir gekommen.

»Hast du nicht begriffen, dass wir genau solche suchen?«, habe ich gebrüllt. »Da hätten wir ja nicht im Dreck wühlen müssen!«

Pilot hat auf dem Boden gesessen und mit seinen Händen so fest die Schuhe an seinen Füßen umklammert wie eben noch den Ball. (Mit einer Hand rechts, mit einer Hand links.)

»Das sind meine!«, hat er gesagt. »Die waren nicht im Müll! Ich hab die am Fluss gefunden!«

Ich habe mich neben ihm ins staubige Elefantengras fallen lassen. Kleine Kinder als Zeugen in einem Kriminalfall sind schwierig, das ist bekannt. Man darf sie nicht einschüchtern, sonst schweigen sie und sagen gar nichts. Oder sie fangen an zu lügen.

Natürlich ist Pilot niemand, der sich so leicht einschüchtern lässt, ich kenne ihn. Wenn Pilot sich so leicht einschüchtern ließe, hätte Sifiso es einfacher. Und ganz sicher ist Pilot auch niemand, der ein Paar gefundene Schuhe so leicht wieder hergibt, selbst wenn sie zu groß sind. Sobald Pilot glaubte, dass ich ihm die Schuhe wegnehmen würde, wenn er die Wahrheit erzählte, würde er lügen, bis ihm eine lange Nase wuchs. (Das behaupten die Engländer, meine Damen und Herren. Dass einem Kind vom Lügen eine lange Nase wächst. Bei uns habe ich es noch nicht beobachtet.) Ich musste vorsichtig sein. Ich musste Pilot in Sicherheit wiegen.

»Das sind schöne Schuhe, Pilot!«, habe ich gesagt. »Da hast du ja Glück gehabt! Bisschen groß vielleicht, aber deine Füße wachsen ja auch noch!« Ich habe ihn aufmunternd angeguckt. Damit hatte ich hoffentlich deutlich genug erklärt, dass ich ihm die Schuhe nicht wegnehmen wollte, nur weil meine Füße größer waren als seine und vielleicht schon jetzt hineingepasst hätten.

Lemonade hat ein paar Schritte entfernt gestanden und geheult wie eine Hyäne in der Nacht. »Ich will den haben!«, hat sie dazwischengerufen. Dieses Kind kann jeden wahnsinnig machen. »Thabo hat den Ball geklaut, Sifiso! Dabei hab ich den gefunden!«

Sifiso hat mir einen Blick zugeworfen. Er hatte ja recht. Jetzt ging es nicht um den Ball.

»Da!«, habe ich gezischt und Lemonade den Ball zugeschmissen. »Und jetzt sei ruhig!«

Lemonade hat den Ball aus der Luft geschnappt und ist

sofort weggerannt, um ihn in Sicherheit zu bringen. »Du bist blöd, Thabo!«, hat sie gebrüllt. Ein bisschen Dankbarkeit wäre vielleicht angebrachter gewesen.

Aber ich hatte anderes zu tun, als Lemonade Benehmen beizubringen. Sifiso, Emma und ich hatten anderes zu tun.

»Ja, schöne Schuhe, Pilot!«, habe ich wieder gesagt. Nachdem ich Lemonade den Ball zugeworfen hatte, hat Pilot die Schuhe noch fester gegen seine Brust gedrückt. Ich bin ein Stück von ihm abgerückt, damit er nicht glauben sollte, dass ich sie ihm jetzt, wo ich die Hände frei hatte, gleich wegschnappen würde. »Und die hast du am Fluss gefunden?«

»Yebo!«, hat Pilot gemurmelt.

»Die haben da einfach so gelegen?«, habe ich gefragt.

Pilot hat genickt. Dann hat er den Kopf geschüttelt.

»Ja, was denn jetzt?«, hat Emma gerufen. Emma kann sehr ungeduldig sein, hatte ich das schon erwähnt? Ein guter Privatdetektiv braucht Geduld, vor allem bei kleinen Kindern.

»Die waren versteckt, oder?«, habe ich verschwörerisch gesagt. »Die hatte einer versteckt, und du hast sie gefunden!«

Pilot hat genickt. »Aber der wollte sie ja nicht mehr haben!«, hat er trotzig gesagt. »Die waren unter einem Felsen verbuddelt! Mit Erde darüber!«

Ich habe blitzschnell nachgedacht. Natürlich hatte Pilot recht: Der Besitzer wollte seine Schuhe ganz bestimmt nicht mehr. Wer vergräbt seine Schuhe unter einem Felsen am Fluss, wenn er sie noch haben will, meine Damen und Herren? Niemand vergräbt seine Schuhe unter einem Felsen am Fluss.

Der einzige Grund dafür, der mir bis gestern eingefallen wäre, war, dass es ein Geschenk für die Geister sein sollte. Manchmal, wenn ein Geist milde gestimmt werden muss, bringen wir ihm Milch. Ich weiß nicht, ob Milch die Geister wirklich milde stimmt. Ich weiß noch nicht mal, ob es die Geister wirklich gibt. (Miss Agatha sagt: Unfug.) Aber ich habe noch nie gehört, dass irgendwer den Geistern ein paar Schuhe gebracht hat.

Aber seit gestern gab es natürlich auch noch einen anderen Grund, warum irgendwer ein Paar Schuhe am Fluss vergrub.

»Die sehen ja wirklich noch ziemlich gut aus, Pilot!«, habe ich gesagt. »Kann ich mal die Sohle angucken?«

Pilot hat die Schuhe jetzt so fest umklammert, dass seine Fingerknöchel deutlich hervortraten. »Das sind meine!«, hat er gesagt. »Die waren in einer Plastiktüte, deshalb sehen sie so gut aus!«

Da hatte Pilot ja doppelt Glück gehabt. Auch noch eine Plastiktüte dazu! Aus nichts kann man so gute Fußbälle knoten wie aus Plastiktüten.

»Ich nehm sie dir nicht weg, Pilot!«, habe ich gesagt. »Ich will nur mal gerne die Sohle angucken.«

»Die ist auch noch gut!«, hat Pilot gesagt und keine Anstalten gemacht, wenigstens die Füße auszustrecken, um mir die Sohle zu zeigen. »Das sind meine!«

»Jetzt stell dich doch nicht so an!«, hat Emma gerufen. »Meine Güte!«

Da ist Pilot zusammengezuckt. Er hat ein ängstliches Gesicht gemacht. Ganz langsam hat er einen Schuh ausgezogen, und ganz langsam hat er ihn mir hingehalten, mit der Sohle zuerst. »Da!«, hat er gesagt.

Es wird Sie jetzt nicht mehr wundern, meine Damen und Herren, genauso wenig, wie es mich gewundert hat. In der Mitte der Sohle prangte eine große, rote Sonne.

29

»Na bitte!«, hat Emma gerufen.

Sofort hat Pilot den Schuh wieder zurückgezogen.

»Miss Agatha hatte recht!«, habe ich gesagt. »Mr Reginald Wu ist viel zu schlau, um die Schuhe einfach in der Lodge in den Abfall zu werfen! Wir haben ganz umsonst im Müllberg gesucht!«

Emma hat ihre Hände gespreizt und sich geschüttelt. Sie hat das Gesicht verzogen. »Ekelhaft!«, hat sie gemurmelt.

Ich habe Pilot angelächelt. »Pilot, kannst du uns deine Schuhe kurz ausleihen?«, habe ich gefragt. Mit einer ganz freundlichen Stimme, aber ohne große Hoffnung, das ist klar. Freiwillig würde Pilot seinen Fund nicht hergeben. Aber das war jetzt gleichgültig. Wir mussten die Schuhe so schnell wie möglich zum Polizeiposten Debedebe bringen, damit der Fußschweiß (ngiyacolisa, meine Damen und Herren, ngiyacolisa!) dort auf DNA untersucht werden konnte. »Du kriegst sie zurück! Und aus der Plastiktüte knote ich dir hinterher einen Fußball, versprochen!«

Einen guten Fußball zu knoten ist gar nicht so einfach. Kleinere Kinder kriegen es nicht so gut hin. Man muss die

Tüte ganz fest stopfen, mit Zeitungen (wenn man welche finden kann) oder Gras, und dass der Ball ganz und gar rund wird, ist auch nicht so leicht. Es war also ein gutes Angebot, das ich Pilot gemacht hatte.

Und noch dazu ein Angebot, das ein Privatdetektiv vielleicht nicht hätte machen dürfen. Es war ja klar, dass sich auch auf der Plastiktüte Spuren befinden konnten. Fingerabdrücke und sogar DNA. (Wenn Mr Wu daraufgespuckt hatte, zum Beispiel.)

Aber irgendetwas mussten wir Pilot schließlich anbieten im Tausch dafür, dass er die Schuhe hergab.

Das hatte auch Emma begriffen. »Von mir kriegst du eine Schachtel Jelly Beans!«, hat sie gesagt. »Eine ganze!«

Pilot hat gezittert von der Anstrengung, so fest hat er die Schuhe an sich gepresst. Er sah aus, als würden ihm gleich die Augen aus dem Kopf treten. Der Plastiktüten-Fußball und Emmas Jelly Beans hatten ihn jedenfalls nicht überzeugt.

»Her damit, Sibusiso Pilot!«, hat Sifiso gerufen. »Du weißt, was du von *mir* kriegst, wenn du Thabo die Schuhe jetzt nicht gibst!«

Ich habe lieber nicht nachgefragt. Ich wollte es gar nicht wissen. Miss Agatha sagt, man soll Kinder nicht mit Schlägen erziehen. Ich weiß aber nicht, ob sie viel Erfahrung mit Kindern wie Pilot und Lemonade hat. Sie war ja nie verheiratet.

Pilot wusste sofort, was Sifiso mit seiner Drohung gemeint

hat. »Nein!«, hat er gebrüllt. Jetzt hat er geheult wie vorhin Lemonade. Ich muss es noch einmal sagen, meine Damen und Herren: Miss Marple hatte es wirklich ungerecht leicht im Vergleich zu Emma, Sifiso und mir.

»Her damit!«, hat Sifiso gesagt und nach den Schuhen gegriffen. Die Schuhe waren Pilot wirklich viel zu groß, sodass Sifiso ihm sogar den einen, der noch am Fuß saß, leicht abstreifen konnte. Aber wenn es darauf verräterische Fingerabdrücke von Mr Reginald Wu gegeben haben sollte, waren sie jetzt jedenfalls verwischt, da konnte man sicher sein. Zum Glück ging es ja auch nicht um die Fingerabdrücke außen, sondern um den Fußschweiß innen.

»So!«, hat Sifiso geschnaubt und mir mit einem Seufzer die Schuhe gereicht. »Das Maismehl ruft! Wäre nett, wenn du nachher vorbeikommen würdest, um mir zu erzählen, was Inspector Gwebu gesagt hat, Thabo.«

Er hat getan, als ob Emma nicht da wäre. Ich habe mich gefragt, ob Emma Pilot die Jelly Beans trotzdem noch geben würde, obwohl er die Schuhe nicht freiwillig rausgerückt hatte.

»Wenn wir zurück sind, knote ich dir den Fußball, Pilot!«, habe ich gesagt. »Versprochen!«

Aber im Augenblick hat Pilot sich nicht für den Fußball interessiert. Er hat nur geheult.

»Emma?«, habe ich gesagt.

Emma hat auf die Stiefel in meiner Hand geguckt.

»Ja, die müssen so schnell wie möglich nach Debedebe!«,

hat sie gesagt. »Damit Onkel Vusi nicht ewig hinter Gittern schmoren muss!«

Sifiso hat zum Himmel hochgesehen. »Dann müsst ihr euch beeilen!«, hat er gesagt. »Und ich auch! Es gibt ein Gewitter!«

Auf den Himmel hatten wir gar nicht mehr geachtet, wir hatten so viel mit Pilot und Lemonade und den Schuhen zu tun gehabt. Aber Sifiso hatte recht. Über uns türmten sich gerade schwere blauschwarze Wolken auf. Kein Mensch von Verstand würde sich jetzt noch auf den Weg zur Schule machen, um Maismehl zu holen (es würde ohnehin auf dem Rückweg durchweichen). Oder zum Polizeiposten Debedebe.

Ich kenne mich mit dem Wetter bei Ihnen nicht aus, meine Damen und Herren. Ich möchte Ihr Wetter nicht herabsetzen. Ich möchte nicht behaupten, dass das Wetter bei Ihnen nicht auch furchtbar stürmisch und gefährlich sein kann, bitte missverstehen Sie mich nicht. Aber solange Sie noch nie ein Gewitter im Königreich erlebt haben, wissen Sie nicht, was ein Gewitter ist.

»Trotzdem, Thabo?«, hat Emma gefragt. »Vielleicht schaffen wir den Hinweg noch, bevor es losgeht? Ich finde, es ist dringend!«

Ich habe genickt. »Wir rennen!«, habe ich gesagt.

In jedem Jahr holen sich die Blitze im Königreich viele Menschen, meine Damen und Herren. Unsere Gewitter sind nicht zahm wie die Gewitter in anderen Ländern, von denen ich gehört habe, sie sind wie wilde, ungezähmte Tiere. Die Blitze zerschneiden den schwarzvioletten Himmel als lange, leuchtend weiße Schwerter. Dann stehen sie sekundenlang dort, drohend und still, bevor sie im Donner verschwinden und der Riss im Himmel sich wieder schließt. Sie sind hungrig wie Krokodile und holen sich Menschen und Vieh, und sie entzünden die Dächer unserer Hütten wie Fackeln.

Man kann sich nicht vor ihnen verbergen, sie finden ihre Opfer überall. Sie finden sie unter den Bäumen, denn die Bäume entzünden sie zuerst, und auf den Hütten brennt das Elefantengras. Aber am gefährlichsten ist es auf dem offenen Grasland, wenn der Blitz nach einem Ziel sucht und keinen Baum findet und keine Hütte und kein Rind. Wenn Donner und Blitz am Himmel toben, darf man niemals über das offene Grasland gehen. Jedes Jahr holen Blitz und Donner sich dort ihre Opfer.

Trotzdem habe ich mich zum zweiten Mal an diesem Tag auf den Weg nach Debedebe gemacht. Gemeinsam mit Emma. Die Zeit drängte.

Ich habe zum Himmel hochgesehen und versucht zu vergessen, was Reverend Hlope über Füße und Flügel gesagt hatte. Ich wollte rennen wie ein Kenianer.

Ich musste nicht mehr so vorsichtig sein wie am Morgen. Vor den Schlangen brauchte ich jetzt, wo der Himmel schwarz war, keine Angst mehr zu haben, sie hatten sich alle längst verkrochen. Und wenn dann der Regen auf die

Erde prasseln würde und den roten Sand in tiefen, cremigen Schlamm verwandelte, würde nirgendwo mehr eine Schlange zu sehen sein, keine Kobra und keine Python und keine Schwarze Mamba. (Die kleineren Schlangen interessieren mich nicht.) Keine Schlange liebt den Regen, und vor dem Gewitter verkriechen sie sich wie alle Tiere.

Hinter der Bergkette war ein lautes Grollen zu hören. Ich habe die Schuhe gegen meine Brust gepresst und sie festgehalten wie vorhin Pilot. Wenn wir in das Unwetter gerieten, bevor wir Debedebe erreicht hatten, durften die Schuhe nicht so nass werden, dass alle Spuren verwischt waren.

»Nun beeil dich doch mal, Thabs!«, hat Emma über ihre Schulter gerufen. »Da hätte ich ja genauso gut mit Auntie Agatha nach Debedebe laufen können!«

Ich lasse mich nicht gerne beleidigen, nicht mal von Emma. Ich war überrascht, wie schnell ich doch rennen konnte.

Als wir endlich die Kuppe des Hügels erreicht hatten, haben wir unter uns den Polizeiposten von Debedebe liegen sehen. Ein verirrter erster Regentropfen ist auf meinen Arm gefallen.

»Was ist denn da unten los, Thabs?«, hat Emma gesagt und ist so plötzlich stehen geblieben, als hätte irgendwer sie an einer Leine mit einem Ruck zurückgezerrt. »Verstehst du das?«

Für einen Augenblick habe ich das Gewitter vergessen

und das Grollen, das über die Berge näher kam, und die ersten Tropfen.

»Verdammt!«, habe ich gemurmelt. Vor dem Polizeiposten Debedebe standen fünf Polizeiwagen. Sie mussten aus der ganzen Region zusammengekommen sein. Polizisten in Uniform liefen gebeugt herum und starrten auf den Boden. Es war keine Frage, was sie da taten, bevor der Regen ihre Arbeit unmöglich machen würde. Sie suchten nach Spuren.

»Da ist was passiert!«, hat Emma gerufen. »Beeil dich, Thabo! Wir schaffen es noch, bevor das Gewitter richtig losgeht!«

Und Emma hatte recht. Gerade als wir den Platz vor dem Polizeiposten Debedebe erreicht haben, auf dem jetzt gerade noch ein sechstes Polizeifahrzeug angekommen war, teilte der erste Blitz den Himmel und blieb so lange dort stehen, bis er sicher sein konnte, dass alle zu ihm aufgesehen und ihn angstvoll bestaunt hatten. Es war ein sehr großer, sehr heller Blitz. Es würde ein sehr kräftiges Gewitter werden.

Aber Emma und ich hatten uns gerade noch rechtzeitig unter das vorspringende Wellblechdach des Polizeipostens gerettet. Wellblech verschmähen die Blitze. Wir waren mit Mr Reginald Wus Schuhen in Sicherheit.

30

Nach dem Blitz kam der Regen. Er fiel so heftig, dass es keinen Sinn hatte zu sprechen, man hätte es nicht hören können. Er trommelte auf das Wellblechdach des Polizeipostens und auf die Dächer der Polizeiautos. In Sekunden hatte der Regen den Platz vor dem Polizeiposten in Schlamm verwandelt, und alle Mulden im Boden füllten sich mit Wasser. Vom Dach strömte der Regen in Rinnsalen herunter, die sich zu Bächen vereinten und schließlich als breiter Wasservorhang nach unten stürzten, wo sie Emma und mich durchweichten und mit uns alle Polizisten, die sich jetzt wie wir unter dem überstehenden Dach versammelt hatten.

Eigentlich hätte genau dieses Regenwasser vom Dach in den großen grünen Tank fließen sollen, der neben dem Polizeiposten stand, aber irgendetwas war nicht richtig montiert. Inspector Gwebu würde es irgendwann reparieren müssen. Wenn er daran dachte.

Dann wurde aus dem Trommeln des Regens allmählich ein gleichmäßiges Rauschen. »Jetzt können wir es vergessen!«, hat ein Polizist gesagt, dessen Gesicht ich noch nie gesehen hatte. Er musste zu einem der fünf Wagen gehören, die von anderswo nach Debedebe gekommen waren. An seinen Schulterklappen habe ich erkannt, dass er genau wie Sipho Godbless auch erst Police Constable war. »Nach dem Regen sind jetzt bestimmt keine Spuren mehr zu finden.«

»Vor dem Regen waren auch keine Spuren zu finden!«, hat ein anderer Polizist gesagt, genauso jung, aber auf seinen Schulterklappen zeigte ein Winkel, dass er schon Sergeant war. »Oder hast du vorher irgendwo etwas entdeckt? Jetzt müssen wir das ganze Gebiet durchkämmen. Wir müssen eine Suchmeldung nach ihm herausgeben.«

Emma hat sich an die Stirn getippt und mit den Augen gerollt. (Niemand kann mit den Augen rollen wie Emma, das wissen Sie.) »Suchmeldung!«, hat sie geflüstert. »Wie denn wohl? Und wer liest die denn wohl? Wer liest denn wohl Zeitung hier in den Hügeln?«

Ich habe nicht geantwortet. Emma hatte natürlich recht. Und wer keinen Strom hatte, hörte auch nicht Radio oder sah Fernsehen. Oder ging ins Internet wie Miss Agatha (wenn sie es hinkriegte). Wenn die Polizei hier in den Hügeln eine Suchmeldung verbreiten wollte, musste sie einen Beamten von Hütte zu Hütte schicken. Mit einem Foto. Oder mit einem Namen, den jeder kannte. Vielleicht hatte der junge Sergeant das gemeint. Wenn es überhaupt ein Mensch war, nach dem sie suchten.

»Was ist denn passiert?«, habe ich gefragt. Der Regen wurde allmählich immer noch weniger. Je heftiger er fällt, desto kürzer sind oft die Schauer. Dann suchen sich die letzten Rinnsale noch ein paar Minuten lang ihren Weg auf dem roten, schlammigen Boden, bis zwischen den Wolken plötzlich wieder die Sonne erscheint und die Erde dampft: Nur wenige Stunden, dann ist es, als hätte es das Gewitter niemals gegeben. »Nach was für Spuren habt ihr gesucht?«

Es ist schon passiert, dass ein Löwe aus dem Park ausgebrochen ist, meine Damen und Herren, selten, aber es ist schon passiert. Dann durchkämmt die Polizei die Hügel, und mit ihr suchen die Soldaten, und wenn der Löwe gefunden ist, schießt einer der Ranger mit einer Betäubungsspritze auf ihn. Dann wird der schlafende Löwe auf einem Lastwagen in den Park zurückgefahren. Es ist schon passiert.

Und vorgestern erst hatte doch ein Tourist auf der Station angerufen und Onkel Vusi ein Loch im Zaun gemeldet!

»Ist ein Löwe ausgebrochen?«, habe ich gefragt.

Die Polizisten, die draußen unter dem Wellblechdach mit uns Schutz vor dem Regen gesucht hatten, haben sich alle gleichzeitig zu mir umgedreht.

»Ein Löwe? Wie kommst du denn darauf?«, hat ein älterer Polizist gefragt. Die drei Sterne auf seinen Schulterklappen bedeuteten Assistant Superintendent. »Der *Gefangene* ist ausgebrochen! Ein gewisser Vusi …«

»Shongwe!«, hat Emma geflüstert und den Assistant Superintendent angestarrt. »Onkel Vusi!«

»*Dein* Onkel Vusi?«, hat der Polizist gefragt und Emma ungläubig angesehen. So sieht sie natürlich nicht aus.

»*Sein* Onkel Vusi!«, hat Emma gesagt und auf mich gezeigt. »Aber der würde doch nie …«

Inzwischen war der Regen so leise geworden, dass auch die Polizisten drinnen im Gebäude hören konnten, was draußen gesprochen wurde. Einer von ihnen war Inspector Gwebu.

»Emma!«, hat er gesagt und den Kopf durch die Tür gesteckt. »Nisheline! Habe ich doch gedacht, dass ich deine Stimme höre!«

Dann hat er auch mich entdeckt und geseufzt. »Und nisheline, Thabo!«, hat er gesagt. »Warst du nicht so vollkommen überzeugt, dass dein Onkel unschuldig ist? Aber welcher Unschuldige bricht denn wohl aus, sobald sich ihm die Gelegenheit bietet? Welcher Unschuldige vertraut nicht auf die Gerechtigkeit?«

»Wie denn?«, habe ich geflüstert. Das sah nicht gut aus, meine Damen und Herren. Das sah gar nicht gut aus. »Wie konnte er denn ausbrechen?«

»Er wollte …«, hat Inspector Gwebu gesagt. »Der Police Constable war viel zu großzügig! Vusi sollte in die Stadt verlegt werden, da durfte er natürlich vorher noch … Nun ja! Aber dafür hatte er eigentlich einen Eimer in seiner Zelle!«

Da habe ich verstanden, Sie sicherlich auch. Der Polizeiposten Debedebe hat ein WC, mit Wasser, ich weiß nicht, ob ein Gentleman darüber redet. PC Sipho Godbless hatte

Onkel Vusi vor seiner Verlegung in die Stadt dorthin gehen lassen. Und Onkel Vusi hatte die Gelegenheit genutzt.

»Glaubst du es jetzt auch, Thabo?«, hat Inspector Gwebu gefragt. »Glaubst du jetzt auch endlich, dass dein Onkel Vusi unser gesuchter Nashornmörder ist?«

Ich habe den Kopf geschüttelt. Es war sehr, sehr dumm, was Onkel Vusi getan hatte, trotzdem konnte ich ihn verstehen. Mit seinem langsamen Gehirn hatte Onkel Vusi nicht wirklich begriffen, warum ausgerechnet er verdächtig war. Und noch viel weniger hatte er sich vorstellen können, wie er in der Stadt seine Unschuld beweisen sollte, wenn ihm selbst zu Hause niemand glaubte, wo doch jeder ihn kannte. Bevor er in der Stadt endgültig ins Unglück stürzte, war er weggelaufen, sobald sich ihm die Möglichkeit geboten hatte. Diese Möglichkeit war das WC gewesen.

»Jetzt gib dem Inspector doch endlich die Schuhe, Thabs!«, hat Emma ungeduldig gesagt. »Ihr müsst ihn gar nicht mehr suchen! Wir haben einen Beweis, dass Onkel Vusi es *nicht* war, Inspector Gwebu! Der, dem der Fußschweiß gehört, ist der Nashornmörder! Wir brauchen die DNA!«

»Fußschweiß?«, hat der Assistant Superintendent gefragt.

Der Police Constable hat gekichert.

»Das sind die Stiefel von Mr Reginald Wu!«, hat Emma gesagt. »Ziemlich sicher! Und wenn wir das beweisen können …«

»Mit der DNA!«, habe ich gerufen.

»Dann haben wir den Täter!«, hat Emma triumphierend gesagt.

Der Drei-Sterne-Polizist hat die Schuhe angesehen. »Ich behaupte nicht, dass ich verstehe, was ihr meint!«, hat er gesagt.

»Es gibt am Tatort nicht nur Spuren von Onkel Vusi, sondern auch einen Abdruck von diesem Schuh!«, habe ich gesagt. »Wo der Lehm hart war! Darum …«

»DNA-Untersuchungen können wir hier sowieso nicht durchführen. Dazu müssten wir die Stiefel nach Johannesburg schicken«, hat der Drei-Sterne-Polizist gesagt und abgewinkt. »Das kann dauern. Und solange wir von da keine Informationen haben, können wir auch nicht überprüfen, ob der Schuh eurem – Mr Wu gehört. Und überhaupt erscheint mir das doch sehr unwahrscheinlich. Darum suchen wir hier weiter nach unserem flüchtigen Täter! Gwebu? Die Schuhe!«

Emma hat einen Blick zum Horizont geworfen, der sich allmählich golden zu färben begann. »Thabo, wir müssen gehen!«, hat sie böse gesagt.

Inspector Gwebu hat mir die Schuhe abgenommen und sie in den Händen gedreht. »Das sieht alles gar nicht gut aus, Thabo, gar nicht gut!«, hat er wieder gesagt.

Was ist das für eine Polizei? Eish! Da bringen ihr zwei Privatdetektive einen Beweis, und sie sucht weiter nach Onkel Vusi! Die Polizei ist mit uns genauso umgegangen, wie die englische Polizei es immer mit Miss Marple tut, meine Damen und Herren, ich weiß es ja aus den Filmen. Soll ich ehrlich sein? Sie haben uns nicht ernst genommen, und das ist immer ihr größter Fehler. Die Polizei nimmt private Ermittler nicht ernst, das ist bekannt. Ich habe sehr gehofft, dass Inspector Gwebu die Schuhe trotzdem nach Johannesburg schicken würde. Aber jetzt war nicht der Moment, noch weiterzureden. Emma hatte recht, der Himmel färbte sich, jetzt drängte die Zeit.

Der Regen hatte aufgehört, und im Schlamm vor dem Polizeiposten war inzwischen jeder Fußabdruck verwischt. Jetzt konnten die Polizisten nur noch die ganze Gegend nach dem Flüchtigen durchstöbern, jede Hütte, jeden Baum und jeden Strauch. Fußspuren konnten ihnen nicht mehr helfen.

Aber das würde alles nicht mehr an diesem Abend passieren. Allmählich senkte sich die Dämmerung über die Hügel, und die Luft war erfüllt vom Sirren der Zikaden.

»Thabo, wir müssen gehen!«, hat Emma wieder gedrängt, und ich habe genickt.

Schon bald würde der Weg durch die Hügel viel zu gefährlich sein.

31

Aber ich, wohin sollte ich gehen, meine Damen und Herren? Was sollte ich denn jetzt allein in unserem Quartier in der Rangerstation? Wenn Onkel Vusi sich irgendwo in den Weiten des Graslands versteckte? Ich habe schnell ein Gebet zu Jesus geschickt (und vorsichtshalber auch noch zu den Ahnen), dass er dort in der Nacht sicher sein würde. In unserem Quartier in der Rangerstation war ich allein, da konnte ich genauso gut mit Emma nach Lion Lodge zurücklaufen. Vielleicht war Miss Agatha in Lion Lodge. Wir konnten ihr erzählen, dass wir die Stiefel gefunden hatten und dass Onkel Vusi ausgebrochen war.

Auf der Terrasse saßen die Gäste beim Abendessen. Die karierten Frauen mit den Wanderschuhen saßen wieder an ihrem Tisch, auch Mr Winterbottom an seinem; und zum Glück saß an einem einsamen kleinen Tisch auch Mr Reginald Wu. Das war natürlich das Erste, worauf ich geachtet hatte. Mr Reginald Wu war noch da, aber die Verliebten auf Hochzeitsreise und das ältere Paar waren abgereist. Dafür waren neue Gäste gekommen, viele neue Gäste. Kerzen flackerten in Windlichtern auf den Tischen, und Lachen und

Gesprächsfetzen flogen durch die Luft zu uns herüber. Für die Touristen ist ihre Zeit bei uns die schönste Zeit des Jahres, hat Miss Agatha mir erklärt, für die sie viel Geld bezahlen. Aber ich kann immerzu hier leben, immerzu, und ohne zu zahlen. Ich weiß, ich habe es gut.

Gleich hinter dem Eingangstor zur Lodge saß in der Dämmerung Sifiso mit Pilot und Lemonade auf einem Blumenkübel.

»Sifiso!«, habe ich gesagt. »Ich dachte, ihr wolltet Maismehl holen?«

Sifiso hat abgewinkt. »Bei dem Regen vorhin?«, hat er gesagt. »Wie stellst du dir das vor? Morgen vielleicht! Wenn es morgen noch welches gibt.«

Ich habe nicht gefragt, warum er dann vorhin nicht wenigstens mit seinen Geschwistern nach Hause gegangen war. Das wäre schließlich auch im Regen möglich gewesen. (Nicht im Gewitter, meine Damen und Herren. Bei Blitz und Donner nicht.) Aber ich kannte ja die Antwort. Ein Privatdetektiv bleibt schließlich immer gerne auf der Höhe des Geschehens. Und Sifiso war, wie Sie sicher schon bemerkt haben, ein guter Privatdetektiv.

Jetzt stellte er darum auch gleich die entscheidende Frage. »Was ist mit den Schuhen? Hat Inspector Gwebu sie untersucht? Ist es der Chinese?«

Emma hat den Kopf geschüttelt. »Das dauert!«, hat sie gesagt. »Die müssen nach Johannesburg! Aber Onkel Vusi …«

»Onkel Vusi ist ausgebrochen!«, habe ich gerufen. »Sifiso, sie suchen ihn mit sechs Streifenwagen! Jetzt ist er erst recht verdächtig! Und mit den Schuhen kann es dauern!«

»Verdammt!«, hat Sifiso gesagt und ist aufgestanden. (Kein wahrer Gentleman, ich weiß.)

»Wollt ihr mit mir essen?«, hat Emma blitzschnell gefragt. Es war bestimmt nicht nur Freundlichkeit, meine Damen und Herren, wenn Sie das vielleicht vermutet haben. Weil Emma doch wusste, dass Sifiso nun kein Maismehl geholt hatte und es bei ihm zu Hause nichts zu essen gab. Oder Höflichkeit, weil wir im Königreich alle sehr gastfreundlich sind. Ich glaube eher, Emma wollte einfach noch nicht, dass wir gingen, weil sie mit uns weiter über unseren Fall beratschlagen wollte. So ging es mir ja auch.

»Können wir dann hinterher bei dir bleiben, Thabo?«, hat Sifiso gefragt und einen Blick in die Dunkelheit geworfen. Schon der kurze Weg von der Lodge zu Onkel Vusis Quartier in der Rangerstation würde später nicht ohne Gefahr sein, das wissen Sie, meine Damen und Herren, ich habe es erklärt. Und bis zu Sifisos Hütte wäre dann niemand mehr gerne gegangen. Schon gar nicht mit zwei jüngeren Geschwistern.

»Ich habe jetzt ja Platz!«, habe ich gesagt. »Wenn Onkel Vusi nicht da ist. Aber drei Matten für euch habe ich nicht.«

Sifiso hat abgewinkt. »Nicht nötig!«, hat er gesagt. »Dann ngiyabonga, Emma! Wir bleiben gerne noch ein bisschen zum Essen.«

Auf Lemonade hatten wir nicht geachtet, während wir geredet hatten, das war ein Fehler. Es ist immer ein Fehler, Lungile Lemonade nicht die ganze Zeit im Blick zu behalten. (Sie erinnern sich an den Schwarm wilder Bienen.) Sobald Lemonade begriffen hatte, dass sie bleiben durfte und dass es Essen geben würde, ist sie sofort auf die Terrasse gestürzt, geradewegs zu Mr Winterbottoms Tisch.

»Sawubona!«, hat sie verschwörerisch gesagt. Bestimmt hat sie nicht erwartet, dass Mr Winterbottom ihr antworten würde. Unsere Begrüßungsworte müssen die Touristen nicht lernen, sie finden sie lang und schwierig, und wir kennen ja ihre. Lungile hat gelächelt und dann ein bisschen unhöflich auf Mr Winterbottoms Teller gestarrt.

»Lemonade!«, hat Sifiso verzweifelt gerufen.

Dieses Mal war es auch mir peinlich. Irgendwann würde sogar der nette Mr Winterbottom genug haben von der aufdringlichen Lemonade. Andererseits sollten wir vielleicht sowieso mit ihm reden.

Natürlich gehörte er nicht wirklich zu unserem Ermittlungsteam, aber irgendwie beinahe doch. Immerhin war er bei der Entdeckung des toten Nashorns dabei gewesen. Und heute Morgen am Swimmingpool hatten wir uns mit ihm beraten. Außerdem ist es immer gut, einen Erwachsenen bei den Ermittlungen dabeizuhaben; manche Dinge können leider nur Erwachsene erledigen, das ist ein Fakt. Und sosehr ich auch geguckt habe, Miss Agatha war nicht da.

»Schon alles in Ordnung, Jungs!«, hat Mr Winterbottom

gesagt, als ob er gemerkt hätte, wie unangenehm uns Lemonades Bettelei war. »Setzt euch doch zu mir!« Dann hat er Emma einen entschuldigenden Blick zugeworfen. »Jungs *und Mädchen*!«, hat er gesagt. »Ich lade euch ein!«

War das nicht nett von Mr Winterbottom? Er konnte ja nicht wissen, dass Emma uns gerade sowieso schon eingeladen hatte.

»Vielen Dank, das ist nicht nötig«, hat sie auch gleich gesagt. Natürlich hat sie gewusst, dass wir sonst Ärger mit ihrer Mutter kriegen würden. Ziemlichen Ärger. (Sie erinnern sich an die Meerkatzen.)

Emma ist für einen Augenblick im Speisesaal verschwunden, wo Ms Wendy Chapman wie immer bei den Mahlzeiten die Aufsicht führte. Danach ist sie zurückgekommen. »Habt ihr es ihm schon erzählt?«, hat sie gefragt. Es war ja klar, dass sie das nicht gut gefunden hätte.

Mr Winterbottom hat gespannt ausgesehen. »Erzählt? Was?«, hat er gefragt. Die ganze Zeit hat Lemonade weiter auf seinen Teller gestarrt.

»Wir haben auf dich gewartet, Emma!«, habe ich gesagt. »Wir sind doch ein Team!«

Es gab ja eine ganze Menge zu erzählen. Schließlich hatten wir zuletzt am Morgen mit Mr Winterbottom gesprochen, und seitdem war einiges passiert.

»Onkel Vusi ist ausgebrochen!«, hat Emma gesagt.

»Was?«, hat Mr Winterbottom gerufen. An den anderen Tischen haben die Gäste sich zu uns umgedreht.

»Entschuldigung!«, hat Mr Winterbottom geflüstert. »Aber das … das wertet die Polizei doch jetzt bestimmt geradezu als Eingeständnis seiner Schuld!«

Wir haben genickt.

»Er hat einfach nur Angst gehabt!«, habe ich gesagt. »Bitte, glauben Sie uns! Onkel Vusi war es nicht! Es war der Chinese!«

Mr Winterbottom hat sehr, sehr nachdenklich ausgesehen. »*Ich* glaube euch ja!«, hat er gemurmelt. »Obwohl die Flucht deines Onkels es natürlich schwerer macht, Thabo. Aber wie wollt ihr seine Unschuld unzweifelhaft beweisen? Oder Mr Wus Schuld? Das wird nicht einfach!«

Sein Essen hat er nicht mehr angerührt, Messer und Gabel haben in der Luft geschwebt. Ich hatte Angst, dass Lemonade gleich einfach auf seinen Teller langen würde.

»Pilot hat seine Schuhe gefunden!«, hat Emma geflüstert. »Mr Wus Schuhe! Unten am Fluss!«

»Nein!«, hat Mr Winterbottom gerufen und sein Besteck auf den Tisch geknallt, dass die anderen Gäste schon wieder zu uns hingesehen haben. So hätten wir Kinder uns mal aufführen sollen, meine Damen und Herren! Ich muss Ihnen nicht sagen, was Ms Wendy Chapman dann getan hätte. Aber Touristen sind schließlich Touristen. »Das ist ja großartig!«

Lemonade hat ihn bittend von unten angesehen und an seinem Ärmel gezupft. Mr Winterbottom hat ihr seufzend eine Hähnchenkeule gegeben.

»Lungile Lemonade!«, hat Sifiso gezischt. Wahrscheinlich war die Keule aber sowieso längst kalt.

Mr Winterbottom hat genickt. »Allerdings …«, hat er gemurmelt.

Jetzt hat Pilot auf Mr Winterbottoms Teller gestarrt, und Sifiso hat Pilot angestarrt. Ich konnte wirklich verstehen, dass Sifiso allmählich am liebsten im Boden versunken wäre. Zum Glück ist da aus dem Speisesaal Ms Wendy Chapman persönlich mit einem großen Tablett gekommen.

Sie hat es auf unserem Tisch abgestellt. »So, ich hoffe, es schmeckt!«, hat sie gesagt. »Und ich hoffe, die Kinder stören Sie nicht, Mr Winterbottom?« Da war ja klar, warum sie das Tablett persönlich gebracht hatte.

Mr Winterbottom hat gelacht. »Wenn man so allein durch die Welt reist wie ich, freut man sich immer über nette Gesellschaft!«, hat er gesagt. Das hatte er Sifiso am Morgen ja auch schon erzählt.

Ms Wendy Chapman hat gelächelt. »Also, guten Appetit!«, hat sie gesagt und wollte schon wieder im Speisesaal verschwinden. Aber dann hat sie sich noch einmal umgedreht. »Es ist übrigens ein Kopfhörer gefunden worden!«, hat sie gesagt. »Von einem Ranger im Park. So einer mit zwei kleinen Ohrstöpseln! Für ein Handy, denke ich, oder einen MP3-Player. Es ist nicht zufällig Ihrer, Mr Winterbottom? Sie vermissen nichts?«

Mr Winterbottom hat freundlich den Kopf geschüttelt. »Nein, ich vermisse nichts!«, hat er gesagt.

Da ist es mir zum Glück wieder eingefallen. Wie das Liebespaar seinen Löwenfilm angesehen hatte. Und wie Mr Reginald Wu seine Kamera die ganze Zeit nicht abgesetzt hatte, als Einziger. Schon da hätte ich doch auf ihn aufmerksam werden können! »Mr Winterbottom!«, habe ich gesagt. »Wissen Sie nicht mehr? Auf der Safari! Da haben Sie nach Ihrem Kopfhörer gesucht!«

Mr Winterbottom hat sich gegen die Stirn geschlagen. »Natürlich, Ms Chapman!«, hat er gesagt. »Das hatte ich in all der Aufregung ja schon ganz vergessen! Vielen Dank, Thabo! Ich hole sie mir nachher ab, Ms Chapman. Und natürlich gibt es Finderlohn für den ehrlichen Finder.« Es war klar, dass es für Mr Winterbottom im Augenblick Wichtigeres gab als seine Kopfhörer. Aber natürlich durfte er zu Ms Wendy Chapman nicht unhöflich sein. Er konnte sie nicht bitten zu verschwinden, auch wenn wir bei dem geheimen Gespräch über unsere Detektivarbeit gerade an einen kritischen Punkt gekommen waren.

»Allerdings …!«, hat Mr Winterbottom wieder gemurmelt, sobald Ms Wendy Chapman endlich im Speisesaal verschwunden war, und ist damit zu unserem wichtigen Thema zurückgekehrt. »Euch ist schon klar, dass selbst die Schuhe leider noch gar nichts beweisen, solange wir nicht zweifelsfrei wissen, dass sie Mr Wu gehören? Und der wird das natürlich abstreiten!«

Und da hatten wir ihm ja nun einiges zu berichten.

32

»Aber das wissen wir ja bald!«, hat Emma gerufen. Wir anderen hatten gerade den Mund viel zu voll, um zu reden. »Inspector Gwebu schickt die Schuhe nach Johannesburg! Da untersuchen sie sie auf DNA! Dann ist die Sache klar, und er kann nicht mehr leugnen!«

Mr Winterbottom hat Emma angestarrt. »Genial!«, hat er geflüstert. »Absolut genial!«

Er hat sich aus seiner Schüssel noch ein Stück Hähnchenfleisch genommen. Ein bisschen Soße ist auf den Tisch getropft.

»Allerdings …«, hat er wieder geflüstert. Allmählich habe ich geglaubt, dass das vielleicht sein Lieblingswort war. »Jetzt haben wir ein Problem, Kinder! Verdammt! Wann bekommt Inspector Gwebu den Bescheid über die DNA? Rechnet mal nach! Die Schuhe müssen erst mal in Johannesburg sein, und zwölf Stunden dauert so eine Untersuchung doch selbst mit modernsten Methoden! Vor morgen Abend hat Inspector Gwebu ganz sicher kein Ergebnis!«

»Ja, das ist dumm!«, habe ich gesagt. Auf dem Tablett

waren so viele unterschiedliche Sachen zu essen, dass ich mich gar nicht richtig auf Mr Winterbottom konzentrieren konnte. »Vor allem für Onkel Vusi!« Und ich habe an meinen Onkel Vusi mit dem langsamen Gehirn gedacht, der jetzt irgendwo in der Dornbuschsteppe hockte und sich versteckte und nur darauf hoffen konnte, dass in der Nacht kein unfreundliches Nilpferd ihn besuchen kam und kein hungriges Krokodil. Aber wenigstens war kein Löwe aus dem Park ausgebrochen.

Mr Winterbottom hat unruhig ausgesehen. Mit dem Zeigefinger hat er uns herangewinkt, dass wir uns alle über den Tisch beugen sollten, näher zu ihm hin. Nur so konnte er flüstern. Es war klar, dass jetzt etwas kommen würde, was niemand außer uns hören sollte.

»Es ist eine verdammte Schande!«, hat Mr Winterbottom verschwörerisch geflüstert. »Jetzt, wo wir so dicht daran sind, ihn zu überführen! Aber er will abreisen! Verdammt, Kinder, vielleicht hätte ich das ernster nehmen sollen! Aber ihr wart ja nirgends zu erreichen!«

»Was hätten Sie ernster nehmen sollen?«, habe ich geflüstert.

Und »Woher wissen Sie das?«, hat Emma gefragt.

Jetzt haben wir alle aufgehört zu essen. (Pilot und Lemonade natürlich nicht. Pilot und Lemonade haben ja nicht wirklich verstanden, worum es bei alldem ging.)

»Er hat telefoniert!«, hat Mr Winterbottom geflüstert. »Er hat mich nicht gesehen, weil ich hinter einem großen

Philodendrongebüsch gestanden habe. Er hat gesagt, dass er sich noch morgen früh vor dem Frühstück auf den Weg machen will! Wahrscheinlich hat er mit seinen Kumpanen telefoniert! Warum habe ich das bloß nicht ernster genommen?«

Ja, warum hatte Mr Winterbottom das bloß nicht ernster genommen? Aber natürlich konnten wir ihm nicht vorwerfen, dass er keine Erfahrung in der Detektivarbeit hatte. Nicht jeder hat Miss Agathas Filme gesehen.

»Wir müssen Inspector Gwebu Bescheid geben!«, habe ich gezischt. »Sofort! Rufen Sie ihn an, Mr Winterbottom! Er muss Mr Reginald Wu festnehmen, bevor der das Weite sucht!«

Mr Winterbottom hat den Kopf geschüttelt. »Und du glaubst, das wird die Polizei tun?«, hat er geflüstert. »Einen Touristen festnehmen? Ohne jeden Beweis? Allein auf euren Verdacht hin?« Er hat den Kopf geschüttelt. »Niemals!«, hat er geflüstert. »Allerhöchstens werden sie mit ihm reden. Und dann ist Mr Wu gewarnt. Nein, wir müssen selbst etwas unternehmen! Wir müssen ihn festhalten, bis das Ergebnis aus Johannesburg kommt!«

»Und wie soll das gehen?«, hat Emma gefragt.

Es war ja logisch, dass Mr Winterbottoms Vorschlag das einzig Richtige war. Nur wenn es uns gelang, Mr Reginald Wu festzuhalten, bis morgen Abend das Ergebnis aus Johannesburg da sein würde (und wir konnten nur hoffen, dass Inspector Gwebu die Schuhe wirklich nach Johannesburg geschickt hatte!), und wenn dieses Ergebnis im Vergleich mit Mr Wus DNA bewies, dass Mr Wu der Nashornmörder war, war Onkel Vusi nicht länger verdächtig. (Wenn ihn bis dahin kein Krokodil verspeist hatte.) Der Chinese durfte uns nicht entkommen.

Mr Winterbottom hat die Stirn gerunzelt. »Die einzige wirklich sichere Lösung ist also, ihn an der Abreise zu hindern!«, hat er gemurmelt. »Stimmt ihr mir zu? Und zwar noch heute Abend. Wir müssen ...« Er hat erst mich angesehen und dann Emma. Immer abwechselnd. »Am besten wäre es natürlich, wir könnten ihn irgendwo festsetzen, bis euer Inspector Gwebu das Ergebnis aus Johannesburg hat. Damit er nicht abreisen kann. Aber wo? Gibt es hier einen Raum, aus dem er nicht entkommen könnte? Emma? Thabo?«

»Hier in der Lodge?«, hat Emma gefragt.

Meine Damen und Herren, meine Damen und Herren! Jetzt war es wirklich genau so, wie echte Detektivarbeit sein muss. Als Privatdetektiv bügelt man die Fehler der Polizei aus. Man hält den Verdächtigen fest, bis die Polizei in ihrer Langsamkeit endlich selbst darauf kommt, wer der Täter ist. Für einen Privatdetektiv gehört das zum täglichen Brot. Aber wir hatten einfach noch nicht so viel Erfahrung.

»Wir sollen ihn hier in Lion Lodge einsperren?«, hat Emma gefragt. »Da hören ihn doch die Gäste, wenn er um Hilfe schreit! Und der schreit ganz bestimmt um Hilfe, Mr Winterbottom, da können Sie sicher sein! Dieser Verbrecher lässt sich nicht so einfach einsperren!« Sifiso und ich haben genickt. »Und dann kriegen noch *wir* den Ärger, Mr Winterbottom!«

»Oder wollen Sie ihn etwa knebeln, damit er nicht schreien kann?«, habe ich gefragt. »Nach meinen Kenntnissen ist das nicht ganz ungefährlich! Nachher erstickt er uns noch!«

Mr Winterbottom hat genickt. Er hat enttäuscht ausgesehen. »Nicht knebeln also!«, hat er gemurmelt. »Ja, dann wird es schwierig! Wenn wir Mr Wu nicht gefangen setzen können, müssen wir ihn wohl morgen früh abreisen lassen. Sehr ärgerlich, wirklich ärgerlich! So kurz vor dem Ziel! Sehr ärgerlich vor allem für deinen Onkel Vusi, Thabo!«

Aber ich wusste ja längst, was wir tun konnten!

»Ich habe Onkel Vusis Schlüsselbund!«, habe ich gesagt. »In Lion Park gibt es doch die Geräteschuppen. Da hört ihn niemand, wenn er brüllt.«

Wir brauchen viele Schuppen, meine Damen und Herren, wir bewahren immer alles auf bei uns. Motorenteile, Auspufftöpfe, alte Gartengeräte, Schrauben, Schnur. Man weiß nie, wann man die Dinge noch einmal gebrauchen kann. Und wenn ein Schuppen zusammenzubrechen droht, reißen wir ihn nicht ab. Wir bauen daneben einen neuen. In Lion Park, nicht weit vom Parkplatz, haben unsere Schuppen Nummern. Es sind sechs.

»Und wie willst du Mr Wu da hinschaffen?«, hat Sifiso gefragt. Vielleicht hatte er jetzt genug gegessen. »Ohne dass er auf dem Weg brüllt wie ein Löwe? Das ist ja nun nicht direkt um die Ecke von hier!«

Das war natürlich ein Problem.

Aber Mr Winterbottom hat gelächelt. »Das überlasst nur mir, Kinder!«, hat er gesagt. »Ein sehr guter Vorschlag, Thabo! Und bei der Überführung des Täters muss der Ermittler, wie ihr vielleicht wisst, immer wieder einmal zu einer List greifen!«

Und das wusste ich ja von Miss Marple.

33

Ich kann Ihnen gar nicht sagen, wie froh wir waren, dass wir Mr Winterbottom eingeweiht hatten. Ohne ihn hätten wir uns zufrieden schlafen gelegt in der Hoffnung darauf, dass das Untersuchungsergebnis aus Johannesburg am nächsten Tag Mr Wus Schuld beweisen würde. Aber am nächsten Tag wäre Mr Wu ja längst über alle Berge gewesen! Ohne Mr Winterbottom hätten wir niemals erfahren, dass unser Hauptverdächtiger sich am nächsten Morgen klammheimlich aus dem Staub machen wollte.

Und selbst wenn wir es erfahren hätten, was hätten wir dagegen tun können? Jetzt war es Mr Winterbottom, der alle Fäden in der Hand hielt.

»Haltet euch bereit!«, hat er geflüstert. »Sobald er bei den Geräteschuppen ankommt, müssen wir ihn überwältigen! Es ist nicht auszuschließen, dass er eine Waffe hat! In der Tat, verdammt, das ist sogar höchst wahrscheinlich!«

Mir ist ein eiskalter Schauer über den Rücken gelaufen. Aber Emma hat wie immer praktisch gedacht.

»Und wieso sollte er zu den Schuppen kommen?«, hat sie gefragt. »Er ist doch nicht blöd!«

Mr Winterbottom hat gelächelt. »Ruf mich an, Thabo!«, hat er geflüstert und etwas auf einen Zettel gekritzelt. »Hast du dein Handy dabei? Ruf mich gleich an, aber halte das Handy dabei um Himmels willen unter dem Tisch verborgen! Sobald ich hinter den Bananenstauden dahinten angekommen bin, kann unser guter Mr Wu mich hören, erst dann wähle diese Nummer!« Er hat mir den Zettel zugeschoben. »Und danach treffen wir uns alle sofort auf dem Parkplatz bei meinem Wagen. Bitte seid schnell!«

Dann ist er aufgestanden, als ob er in seine Cabin schlendern wollte. Die Bedienung hat ihn kurz angesprochen. Bestimmt hat Mr Winterbottom ihr gesagt, dass sie das Essen auf die Zimmerrechnung setzen soll.

Meine Finger haben gezittert, als ich unter dem Tisch die Nummer vom Zettel eingetippt habe. Ich wusste nicht, warum ich Mr Winterbottom anrufen sollte, obwohl er doch offenbar gar nicht mit mir sprechen wollte. Und ich hatte Angst, dass ich mich vielleicht vertippen würde. Vielleicht hing von meinem Anruf alles ab! Mr Winterbottoms ganze List, was immer er auch geplant hatte! Sifiso und Emma haben auf meine Hände gestarrt. Nur Pilot und Lemonade haben weitergegessen. Die beiden essen immer auf Vorrat. Solange etwas zu essen da ist, hören sie nicht auf.

Hinter den Bananenstauden hat ein Handy geklingelt.

»Es hat geklappt!«, hat Emma geflüstert.

Was genau geklappt hatte, wusste keiner von uns.

Mr Reginald Wu hat über seinen Teller gebeugt gesessen,

als hätte er das Klingeln nicht gehört. Aber für den winzigen Bruchteil einer Sekunde hat er den Löffel, mit dem er gerade seine Nachspeise löffelte (sie heißt Tiramisu, meine Damen und Herren, und die Touristen bestellen sie immerzu bei Ms Wendy Chapman), in der Luft schweben lassen.

Unter dem Tisch kam Mr Winterbottoms Stimme aus meinem Handy.

»Ah, du bist es, Miller!«, hat er gesagt. Ganz sicher konnte Mr Reginald Wu jedes Wort verstehen. Mr Winterbottom hat ziemlich laut gesprochen. Sonst hätten wir es ja nicht so deutlich aus dem Handy hören können, das ich meilenweit von unseren Ohren entfernt unter dem Tisch in der Hand hielt. »Ja, natürlich weiß ich, wo das Horn ist! Wir müssen uns beeilen!« Dann war er still. Ich habe Emma und Sifiso angesehen. Aus dem Handy kam kein einziger Ton. Natürlich nicht! In Wirklichkeit telefonierte Mr Winterbottom ja auch mit mir! Es gab keinen Mr Miller auf der anderen Seite, der ihm hätte antworten können. Er wollte schließlich nur, dass Mr Reginald Wu ihn hörte, das war mir jetzt klar. Aber ich, was sollte ich dabei tun?

»Nein, komm zu diesen alten Geräteschuppen im Park!«, hat Mr Winterbottom gesagt, als hätte ihm Mr Miller gerade einen anderen Ort genannt. »Dann sehen wir weiter! Wir müssen das Horn wegschaffen, bevor dieser Chinese …! Ja, keine Sorge! Sonst bleibt alles wie geplant!«

Einen Augenblick hat er noch geschwiegen, als käme von der anderen Seite eine Antwort; dann hat Mr Winterbottom »Bis später!« gesagt, und das Gespräch war beendet.

»Wahnsinn!«, hat Emma geflüstert.

Was für eine großartige List! Mr Winterbottom hatte so getan, als wüsste er, wo Mr Reginald Wu das Horn versteckt hatte, und als würde er es von dort in Sicherheit bringen, das hatten wir verstanden. Und wenn Mr Wu dann kam, um herauszufinden, ob er es wirklich wusste, würde Mr Winterbottom schon mit uns gemeinsam auf ihn warten. Man musste kein Hellseher sein, um zu begreifen, dass Mr Wu sich jetzt sofort auf den Weg machen würde.

Tatsächlich hat er seine Serviette zusammengefaltet und ist aufgestanden, ohne sein Tiramisu fertig zu essen. Brauchten wir noch mehr Beweise? Meine Damen und Herren!

Quer durch den Garten von Lion Lodge sind Emma, Sifiso und ich zum Parkplatz gestürmt, während Pilot und Lemonade uns hinterhergebrüllt haben.

»Sifiso! Wohin läufst du denn? Sifiso, warte auf uns!«

Über die Schulter habe ich gesehen, wie die Bedienung auch Mr Reginald Wu angesprochen hat, bevor er verschwinden konnte, aber der wollte genauso wenig bezahlen wie vorhin Mr Winterbottom. Wozu gab es schließlich die Zimmerrechnung, wenn man es eilig hatte? Uns gab der kleine Wortwechsel einen wichtigen Vorsprung.

»Sifiso!«, haben Pilot und Lemonade wieder gebrüllt. »Lauf nicht weg, Sifiso!«

Aber darauf konnten wir jetzt leider nicht hören. Hier in

Lion Lodge waren die Kleinen sicher, bis wir zurückkamen. Und wir mussten uns jetzt beeilen. Wir mussten uns sogar verdammt beeilen. (Ngiyacolisa.) Wir mussten vor Mr Reginald Wu bei den Geräteschuppen sein.

34

Sie hätten dabei sein müssen, meine Damen und Herren! Sie hätten erleben müssen, wie wir den Verbrecher Mr Reginald Wu in den Geräteschuppen (Nummer drei) gesperrt haben! Kein Film von Miss Agatha könnte spannender sein, und in keinem Film gehen die Privatdetektive geschickter vor. Es ist schade, dass uns niemand gefilmt hat. Aber ich hatte von uns Kindern schließlich das einzige Handy, und ich konnte mich ja wohl schlecht selbst filmen.

Als Sifiso, Emma und ich am Parkplatz von Lion Lodge angekommen sind, hatte Mr Winterbottom schon den Motor seines Defenders angelassen. Wir sind in den Geländewagen gesprungen, und er ist losgefahren, noch bevor wir die Türen zugeschlagen hatten. Es war wichtig, dass wir verschwunden waren, bevor Mr Reginald Wu auf den Parkplatz kam. Und dass wir vor ihm bei den Geräteschuppen waren.

Mit dem Auto ist der Weg zwischen dem Park und der Lodge ein bisschen weiter als zu Fuß. Man kann mit dem Auto schließlich nicht über den Hügel fahren, einfach so durchs Grasland, nicht mal mit einem Defender wie dem von Mr Winterbottom. Aber dafür ist ein Auto natürlich auch schneller als jeder Mensch. (Sogar schneller als Richard »Concorde« Mavuso und die Kenianer.) Auf dem Parkplatz von Lion Park hat Mr Winterbottom seinen Geländewagen zwischen den Safari-Jeeps der Ranger geparkt (unauffällig, meine Damen und Herren, unauffällig!) und die Scheinwerfer ausgeschaltet. Dann sind wir alle vier aus dem Wagen gesprungen.

»Und jetzt, wo genau?«, hat Mr Winterbottom gefragt.

Die Geräteschuppen eins bis fünf sind verdeckt von einem dichten Akaziengebüsch. Geräteschuppen wollen die Touristen nicht so gerne, sie wollen lieber Busch und Natur. Und wenn sie all die rostigen Motorenteile sehen könnten und das Werkzeug und den alten Kühlschrank aus der Lodge, die die Ranger im Schuppen Nummer drei gelagert haben, wären sie bestimmt sehr unzufrieden. Busch und Natur und Löwen und Elefanten wollen die Touristen lieber ohne rostige Motoren.

»Die Tür auf, Thabo!«, hat Mr Winterbottom gezischt. »Schnell!«

Schon wieder haben mir die Finger gezittert, die Onkel Vusis Schlüsselbund hielten, ich schäme mich, es zu gestehen. Miss Marple bleibt immer ruhig, egal was passiert. Aber sie ist ja auch eine erfahrene Ermittlerin. Vielleicht würden meine Hände auch nicht mehr zittern, wenn ich erst so alt war wie sie.

Vom Parkplatz haben wir ein Motorengeräusch gehört, dann war es still.

»Jetzt!«, hat Mr Winterbottom geflüstert. »Ihr versteckt euch in den Büschen! Sobald er nur noch ein paar Schritte vom Schuppen entfernt ist, hustet einer von euch. Du, Thabo! Das lenkt ihn ab, er guckt zu euch hin, und ich kann ihn schnappen. Nur wenn es mir nicht alleine gelingt, kommt ihr mir zu Hilfe. Aber erst dann!«

Die Zweige haben meine Arme zerkratzt, das war klar. Ich hätte gerne gewusst, ob Emmas und Sifisos Herzen genauso wild gehämmert haben wie meins. Ich hatte Angst, dass Mr Reginald Wu es womöglich hören konnte, so laut hat es geschlagen. Schon wieder sollte alles von mir abhängen! Davon, dass ich im richtigen Augenblick hustete. In diesem Moment, das gebe ich gerne zu, wäre es mir lieber gewesen, wenn Sifiso diese Aufgabe zugefallen wäre. Oder Emma.

Aber wenigstens mussten wir nicht lange warten. Der Strahl einer Taschenlampe näherte sich vom Parkplatz her, dann hörten wir die Schritte nur wenige Meter von uns entfernt. Durch die dornigen Zweige konnte ich Mr Wu auf den Schuppen zuschleichen sehen, gebückt und vorsichtig. Sobald der Lichtstrahl die Tür erreicht hatte, hat Mr Reginald Wu seine Taschenlampe ausgeschaltet und sich an den Gürtel gegriffen. Sie wissen, was das bedeutet, meine Damen und Herren. Am Gürtel tragen die Verbrecher immer ihre Waffen.

Ich habe gehustet.

Mr Wu hat sich blitzschnell zu uns umgedreht. Und obwohl die Nacht dunkel war, konnten wir die Pistole in seiner Hand gut erkennen. Er hat mit ihr auf das Gebüsch gezielt, in dem Sifiso, Emma und ich zitternd vor Angst gehockt haben. Es konnte keinen Zweifel mehr geben.

Wenn man die Filme bei Miss Agatha sieht, wünscht man sich immer, auch einmal selbst einen Verbrecher festzusetzen. Genau solche Situationen, wie wir sie jetzt gerade erlebt haben, wünscht man sich.

Aber nun, meine Damen und Herren, wo es endlich so weit war, hätte ich alles dafür gegeben, im gemütlichen Kerzenlicht auf der Terrasse von Lion Lodge zu sitzen und die Moskitos auf meinen Armen totzuschlagen oder in Onkel Vusis Hütte auf meiner Matte von einem Verbrechen einfach nur zu träumen. Auf einmal erschien mir nichts so wünschenswert wie ein ereignisloses Leben. Im Angesicht eines schwarzen Pistolenlaufs in der Nacht erscheint vermutlich den meisten Menschen nichts so wünschenswert wie ein ereignisloses Leben.

»Hallo?«, hat Mr Wu gerufen. Er hat seine Pistole nicht gesenkt. Gleich würde er unser Versteck erreicht haben, und dann …

»Waffe auf den Boden, Wu!«, hat Mr Winterbottom gebrüllt. Von hinten hatte er sich an Mr Reginald Wu herangeschlichen, als wäre er aus der Dunkelheit gewachsen, und hat ihm den linken Arm um den Hals geschlungen, um ihm die Luft abzudrücken. Mit der rechten Hand hat er ihm etwas in den Rücken gepresst. »Waffe auf den Boden und in den Schuppen, wenn du nicht willst, dass ich noch in dieser Sekunde abdrücke! Waffe auf den Boden und Hände in die Luft!«

Mr Winterbottom hatte auch eine Pistole! Was für eine Erleichterung! Das hätte er uns vielleicht vorher ruhig sagen sollen. Wir hätten uns ganz sicher alle drei ein bisschen besser gefühlt.

Vor Mr Winterbottom schlug etwas ins Gras.

»Aufheben, Thabo!«, hat Mr Winterbottom gezischt. »Mit dem Lauf nach unten! Wahrscheinlich ist sie entsichert!«

Man denkt, dass man gerne einmal eine echte Pistole in der Hand haben möchte, im Sonnenschein auf der gemütlichen Terrasse von Lion Lodge oder abends im Quartier auf der Schlafmatte denkt man das. Aber wenn so eine Pistole in der Dunkelheit der Nacht unsichtbar vor einem auf dem Boden liegt und man weiß, dass sich bei jeder falschen Bewegung ein Schuss lösen kann, würde man sie am liebsten liegen lassen, bis Mr Winterbottom den Verbrecher in den Schuppen gesperrt hat und sie selbst aufheben kann, glauben Sie mir. Aber wenn man ein Privatdetektiv ist, kann man sich nicht drücken.

Ich habe vorsichtig das Gras abgetastet, bis ich das kalte Metall unter meinen Fingern gespürt habe. Ganz, ganz langsam habe ich die Pistole aufgehoben, am Griff und ohne den Abzug zu berühren. Sie hat sich anders angefühlt, als ich es mir vorher vorgestellt hatte. Viel schwerer. Ich hätte alles darum gegeben, dieses gefährliche Stück schwarzes Metall nicht in meiner Hand halten zu müssen.

»Gib sie mir, Thabo!«, hat Mr Winterbottom gesagt und den linken Arm von Mr Wus Hals gelöst. Die andere Hand mit seiner Pistole hat er Mr Wu dabei noch einmal kräftig in den Rücken gestoßen.

Es hat sich wunderbar angefühlt, als Mr Winterbottom die Pistole an sich genommen hat. Dann hat er gelacht. »So, Wu!«, hat er gesagt. »Und jetzt gehen wir brav in den Schuppen. Das hättest du wohl nicht gedacht, was?«

»Das ist noch nicht das Ende!«, hat Mr Reginald Wu gezischt. »Ich bin nicht allein! Ihr glaubt doch nicht …«

»Nein, *du* glaubst doch wohl nicht!«, hat Mr Winterbottom gesagt. »Du glaubst doch wohl nicht, dass ich nicht Ernst mache! Eine falsche Bewegung, und ich drücke ab!«

Ich war so froh, dass nicht ich das sagen musste. In dem kurzen Augenblick, in dem die Pistole schwer und gefährlich in meiner Hand gelegen hatte, hatte ich begriffen, dass ich ganz sicher nicht so leicht abdrücken konnte, nicht mal bei einem Verbrecher wie Mr Reginald Wu. Man glaubt, dass man es könnte. Aber in der Wirklichkeit ist alles anders als im Film. Und auch im Film hat Miss Marple nie jemanden erschossen. Vielleicht mag sie es auch nicht so gerne.

Bevor er Mr Reginald Wu in den Schuppen gestoßen hat, hat Mr Winterbottom sich noch einmal zu uns umgedreht. »Das Handy!«, hat er gerufen. »Einer von euch muss es ihm abnehmen! Schnell! Wo hast du dein Handy, Wu?«

Mit dem Kinn hat Mr Wu ein Zeichen nach unten gemacht. Die Arme durfte er ja nicht herunternehmen. »Rechte hintere Hosentasche!«, hat er gesagt. Seine Stimme, das muss ich leider zugeben, hat kein bisschen eingeschüchtert geklungen.

Und dieses Mal hat Emma die Arbeit gemacht. Vielleicht hätten meine Finger inzwischen auch viel zu sehr gezittert. Mit drei Schritten war Emma bei Mr Wu, und mit einem einzigen Griff hat sie ihm das Handy aus der Hosentasche gezogen.

»Jetzt kann er uns keinen Ärger mehr machen!«, hat Mr Winterbottom gesagt. »Keine Kumpane mehr anrufen, was, Wu?« Dann hat er den Chinesen endlich mit einem kräftigen Stoß in den Schuppen befördert und die Tür zugeschlagen. Mit einem einzigen Griff hat er sie abgeschlossen.

»So, Emma!«, hat er gesagt. »Jetzt das Handy! Wer weiß, was wir darauf noch für Beweismittel finden! Und welche Telefonkontakte! Das übergeben wir morgen der Polizei. Die sollten sich wirklich freuen, dass wir den ganzen Fall für sie gelöst haben!«

Emma hat ihm mit spitzen Fingern das Handy gegeben.

Aus dem Schuppen Nummer drei kam kein einziger Laut. Mr Reginald Wu hat gar nicht erst versucht zu brüllen. Wer hätte ihn hier wohl auch hören sollen? Nashörner, Nilpferde und Krokodile? Ja, leider Pech, Mr Reginald Wu, die werden Sie wohl kaum befreien!

»Wollen wir fahren?«, hat Mr Winterbottom gefragt.

Wir haben genickt. Auf einmal habe ich mich so erschöpft gefühlt, als wäre ich noch ein drittes Mal den ganzen Weg zum Polizeiposten Debedebe gerannt, in der Mittagshitze. Wir waren alle sehr schweigsam.

»Woher hatten Sie eigentlich Ihre Pistole, Mr Winterbottom, Sir?«, hat Sifiso gefragt, als wir im Wagen langsam zurück nach Lion Lodge gefahren sind. Jetzt hatten wir keine Eile mehr. Der Mond war (noch immer) hinter einer Wolke verborgen, aber so viele Sterne wie bei uns gibt es sonst nirgendwo am Himmel, nirgendwo auf der ganzen Welt. In der Nacht ist das Land bei uns schwarz und silbern.

Mr Winterbottom hat gelacht. »Meine Pistole?«, hat er gesagt. »Du meinst, die ich dem alten Wu in den Rücken gedrückt habe? Das war ein Zweig, Sifiso! So leicht kann man nicht ehrlich an eine Pistole kommen, wenn man kein Gangster ist. Und die Waffe von Mr Wu werde ich auch schön einschließen, bis wir sie morgen Abend Inspector Gwebu übergeben, gemeinsam mit dem Gefangenen und seinem Handy. Aber erst, wenn wir den Beweis aus Johannesburg haben!«

Oh, Mr Winterbottom war listig! Fast so listig wie Miss Marple, vielleicht sogar noch listiger als sie. Mit dem Telefonanruf hatte er Mr Wu zum Geräteschuppen gelockt, und mit einem einfachen Zweig hatte er ihn dazu gebracht, seine Waffe fallen zu lassen. Es war ein großes Glück, dass wir Mr Winterbottom eingeweiht hatten. Mit ihm gemeinsam hatten wir für die Polizei einen gefährlichen Verbrecher festgesetzt.

Das, meine Damen und Herren, tun Privatdetektive in Filmen; und das hatten wir in dieser Nacht am Schuppen Nummer drei von Lion Park auch getan. Ich fand es nur schade, dass Miss Agatha nicht dabei sein konnte.

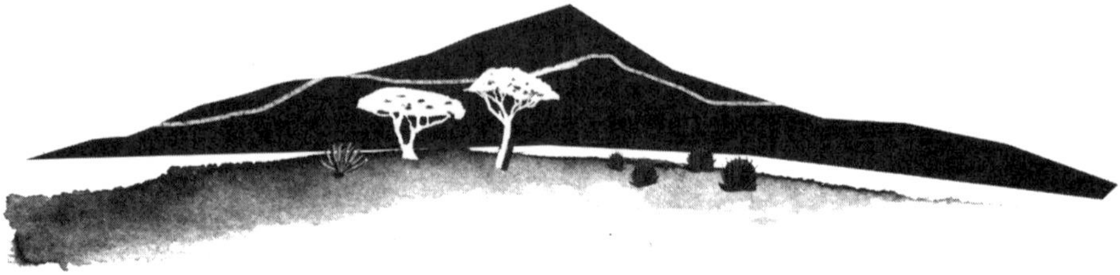

35

»Da sitzt der Verbrecher jetzt sicher verwahrt im Schuppen Nummer drei, bis ihn die moderne Kriminaltechnik morgen endgültig überführt haben wird!«, hat Mr Winterbottom zufrieden gesagt, als er sich auf dem Parkplatz von Lion Lodge von uns verabschiedet hat. »Was für ein Glück, Kinder, dass wir ihn noch einsperren konnten, bevor er sich abgesetzt hat! Morgen früh wäre er längst über alle Berge gewesen!«

Pilot und Lemonade haben auf demselben Blumenkübel gesessen wie vorhin. Sobald sie Sifiso gesehen hat, hat Lemonade angefangen zu heulen. »Du sollst das nicht!«, hat sie geschrien und Sifiso so lange geboxt, bis er ihre Hände gepackt und festgehalten hat. »Du sollst nicht einfach weggehen!«

So führt sie sich leider immer auf, wenn Sifiso sich mal erlaubt, sie allein zu lassen. Vielleicht hat sie Angst, dass er genauso wenig zurückkommt wie ihre Eltern. Für Sifiso ist es anstrengend.

»Ich bin ja wieder da!«, hat Sifiso gesagt und sie geschüttelt. »Reg dich nicht auf!«

Ich hab aber gesehen, dass auch Pilot ziemlich erleichtert gewirkt hat.

Emma hat gegähnt, und wir anderen mussten uns auf den Weg zu den Ranger-Unterkünften machen. Für mich wäre es einfacher gewesen, gleich dazubleiben. Aber ich konnte Sifiso schließlich nicht allein lassen mit Pilot und Lemonade.

Wirklich weit war es nicht, wie Sie wissen, aber in der Dunkelheit war es doch ein bisschen unheimlich. Wenn ich ehrlich bin, hatte ich eigentlich gehofft, dass Mr Winterbottom Sifiso, die Kleinen und mich noch mal mit dem Auto zurückfahren würde. Aber man kann verstehen, dass ihm das zu viel Hin und Her gewesen wäre.

»Eigentlich wäre der ganze Aufstand nicht nötig gewesen!«, hat Sifiso plötzlich gesagt. »Mit dem Einsperren. Wir hätten Mr Reginald Wu ja auch einfach nur die Reifen zerstechen können!«

»Man darf keine Reifen zerstechen!«, hat Lemonade streng gesagt. Wenigstens hatte sie aufgehört zu heulen. »Das darf man nicht.«

Pilot war mehr an praktischen Fragen interessiert. »Womit?«, hat Pilot gefragt. »Womit wolltest du das machen, Sifiso? Messer?«

Sifiso und ich hatten beide keine Lust, den Kleinen zu antworten. »Dann hätte der sich doch morgen früh einfach ein Taxi gerufen!«, habe ich gesagt. »Mr Wu wäre trotzdem abgehauen, Sifiso!«

»Mit dem Horn?«, hat Sifiso gefragt. Vor uns waren schon die Hütten der Ranger zu erkennen. »Im Taxi? Wie hätte das denn klappen sollen? Und der hätte doch seine Beute niemals zurückgelassen!«

Die Ranger-Unterkünfte waren allesamt dunkel, und ich habe den Finger auf die Lippen gelegt, damit Pilot und Lemonade still sein sollten. Xolani und Bongani und Sipho Joyful und Sipho Happy mussten den ganzen Tag hart arbeiten, da sollten sie sich nachts auch ausruhen dürfen, sogar wenn ausnahmsweise Pilot und Lemonade zu Besuch waren. Ich habe die Tür zu unserer Hütte aufgestoßen.

Vielleicht hätte ich schon draußen etwas hören können, wenn ich nicht so abgelenkt gewesen wäre. Aber ich hatte natürlich nicht damit gerechnet.

»So, herzlich willkommen!«, habe ich gesagt. »Fühlt euch wie zu Hause!«

Ich habe auf den Lichtschalter gedrückt. (Sie erinnern sich. Wir haben elektrischen Strom in den Ranger-Quartieren.) Auf seiner Matte lag Onkel Vusi und hat geschnarcht.

»Onkel Vusi!«, habe ich gerufen.

Meine Damen und Herren, natürlich habe ich mich gefreut! Es hätte ja leicht sein können, dass Onkel Vusi nach seiner Flucht aus dem Polizeiposten Debedebe im Busch zu Schaden gekommen wäre. Schlangen, meine Damen und Herren, Kobras und Pythons und Mambas! Nilpferde! Auch wenn Onkel Vusi sich besser im Busch zurechtfindet als irgendwer sonst, den ich kenne, es hätte passieren können. Stattdessen lag er friedlich schnarchend auf seiner Matte in unserer Hütte.

Natürlich habe ich mich also gefreut! Aber gleichzeitig habe ich auch gewusst, dass dies für Onkel Vusi der unsicherste Aufenthaltsort von allen war. Wo sucht die Polizei einen flüchtigen Häftling zuerst? Natürlich in seinem eigenen Haus. Onkel Vusi hat leider ein langsames Gehirn.

»Onkel Vusi! Hier finden sie dich doch!«

Onkel Vusi hat endlich die Augen aufgeschlagen. »Hallo, Thabo!«, hat er gemurmelt und sich so langsam aufgesetzt, wie Schnecken kriechen. »Hallo, Sifiso! Ich konnte da nicht mehr bleiben! Es war so eng!«

»Eng?«, habe ich gesagt. Natürlich hatte die Zelle im Polizeiposten Debedebe kein Fenster, das war nicht schön, aber zu eng war sie mir eigentlich nicht vorgekommen.

»Als es dunkel geworden ist, haben sie aufgehört zu suchen!«, hat Onkel Vusi gesagt. »Die ganze Truppe! Die anderen Polizisten sind alle mit ihren Wagen zu ihren Polizeiposten zurückgefahren. Da konnte ich raus.«

Ich habe ihn angestarrt. »Raus warst du doch vorher schon!«, habe ich gesagt. »Onkel Vusi! Darum ging es doch! Darum haben sie dich doch gesucht!«

Dass Onkel Vusis Gehirn langsam war, hatte ich ja immer gewusst. Aber wirr war es eigentlich nie gewesen. Bisher hatte er sich niemals Dinge eingebildet, die gar nicht passiert waren. Aber vielleicht war es jetzt der Schock. Denn wenn Onkel Vusi nicht auf irgendeine merkwürdige Art unsichtbar gewesen war, meine Damen und Herren – diese Dinge kann es geben, aber doch vielleicht nicht gerade bei uns! –, dann hatte er vorhin nicht mehr in seiner Zelle gesessen, das hatten ja auch Emma und ich selbst gesehen.

»Ja, aber sie haben mich nicht gefunden!«, hat Onkel Vusi zufrieden gesagt. »Weil sie *draußen* nach mir gesucht haben. Dummköpfe!« Er hat gelacht.

Lemonade und Pilot haben meine Matte ausgerollt. Ganz selbstverständlich! Dann haben sie sie geteilt, jeder hat sich an ein Ende gelegt, mit den Füßen einander gegenüber. Was sollte ich tun? Na schön, eine Nacht konnte ich gut auf dem Boden schlafen. Und Sifiso auch. Jetzt gerade ging es erst mal um Onkel Vusis Verwirrung.

»Und wo warst du, wenn du nicht draußen warst?«, habe ich gefragt. Ich habe tatsächlich fast darauf gewartet, dass Onkel Vusi uns jetzt erzählen würde, dass er unsichtbar geworden war. Dann musste ich über sein Gehirn noch mal neu nachdenken.

»Im Dach!«, hat Onkel Vusi zufrieden gesagt. »Zwischen der Zwischendecke und dem Wellblech! Es war sehr eng!«

Sifiso hat ihn angestarrt. »Genial!«, hat er geflüstert.

Onkel Vusi hat gelächelt. »Sie haben ein sehr schönes WC mit Spülung im Polizeiposten Debedebe!«, hat er stolz gesagt. »Ich bin auf den Rand gestiegen. Von da aus konnte man leicht in die Zwischendecke klettern. Sie haben kein einziges Mal nach oben gesehen! Sie waren so sicher, dass ich durchs Fenster in den Busch geflohen war! Dummköpfe!«

Das war nun beinahe ein Schock. Da hatte ich nun fast mein ganzes Leben lang geglaubt, dass sein Gehirn zu langsam war, um sich listige Tricks auszudenken; und dann hatte er die Besatzung von sechs Polizeiposten (sogar einen Drei-Sterne-Polizisten!) hereingelegt.

Onkel Vusi hat mich entschuldigend angesehen. »Ich musste es tun, Thabo!«, hat er gesagt. »Ich weiß, dass die Polizei mich jetzt erst recht für schuldig hält, aber ich konnte doch nicht zulassen, dass sie mich ins Gefängnis in der Stadt bringen! Das verstehst du doch!«

Ich habe genickt.

»Morgen Abend ist sowieso alles klar, Onkel Vusi!«, hat Sifiso gesagt. »Dann kriegt Inspector Gwebu den Beweis für den echten Täter aus Johannesburg. Dann kannst du dich wieder zeigen, dann nimmt dich keiner mehr fest.«

Onkel Vusi hat genickt. »Ich hab gehört, wie ihr die Schuhe gebracht habt!«, hat er zufrieden gesagt. »Da hab ich gewusst, dass ich nicht mehr lange warten muss. Ihr habt zu Inspector Gwebu gesagt, es ist ein Mr Wu.«

»Und jetzt haben wir ihn eingesperrt!«, hat Sifiso gesagt. Von der Matte der beiden Kleinen kam ein gleichmäßiges Schnaufen. Pilot und Lemonade waren eingeschlafen. »Der kann nicht mehr entkommen!«

Onkel Vusi hat gelacht. »Ja, da könnt ihr mal sehen!«, hat er gesagt. »Ihr habt den Verbrecher eingesperrt! Ihr Kinder! Nicht die Polizei! Nicht mal der Spezialagent aus der Anti-Wilderer-Brigade! Da müsstet ihr ja eigentlich auch …«

»Spezialagent?«, haben Sifiso und ich gleichzeitig gerufen.

Lemonade hat sich mit einem kleinen Schrei aufgesetzt; dann hat sie gesehen, dass Sifiso neben ihr war, und hat sich zurückfallen lassen. Noch bevor Onkel Vusi uns antworten konnte, war Lemonade wieder eingeschlafen.

»Das habe ich auch oben im Dach gehört!«, hat Onkel Vusi wichtig gesagt. »Oh, was glaubt ihr, was ich alles da oben im Dach mitgehört habe! Aber das sind Polizeigeheimnisse, die kann ich nicht verraten.«

»Spezialagent?«, haben Sifiso und ich noch mal gefragt. Es war ja klar, dass Onkel Vusi in Wirklichkeit darauf brannte, davon zu erzählen. Er wollte uns nur noch ein bisschen zappeln lassen.

»Wenn ihr schwört, es nicht weiterzuerzählen!«, hat Onkel Vusi gesagt. »Eish! Ich habe mitgekriegt, wie Inspector Gwebu in der Stadt angerufen hat, um zu berichten, dass sein Gefangener geflohen war. Da haben sie ihm etwas erzählt, das konnte ich nicht hören. Das war ja am Telefon.«

»Das ist klar, Onkel Vusi!«, habe ich ungeduldig gesagt. »Aber wenn du es nicht hören konntest …«

»Danach hat er es ihnen erzählt!«, hat Onkel Vusi triumphierend gesagt. »Inspector Gwebu hat es den anderen Polizisten erzählt! In der Stadt hatten sie gerade erst Bescheid bekommen, dass seit einiger Zeit – wie lange schon, weiß ich nicht, Thabo! – ein internationales Spezialkommando gegen Wilderer unterwegs ist. Im Krüger. Aber wahrscheinlich auch bei uns. In-kog-ni-to!« Das letzte Wort hat er sehr vorsichtig gesagt. Es bedeutet, wie Sie vielleicht wissen, in Verkleidung und unerkannt. Bestimmt hatte Onkel Vusi es gerade erst gelernt. (Ich kannte es schon aus Miss Agathas Filmen.)

»Eish!«, hat Sifiso gerufen.

Onkel Vusi hat genickt. »Und weil es in-kog-ni-to ist, wusste nicht mal die Polizei davon! Warum die in der Stadt es Inspector Gwebu vorher nicht erzählt haben, versteh ich aber nicht.«

Ich hab es natürlich verstanden, Sie wahrscheinlich auch, meine Damen und Herren. Wer konnte denn ausschließen, dass einer der Polizisten bei der Wilderei mit von der Partie war? Niemand konnte das ausschließen. Auch Polizisten sind manchmal in Verbrechen verwickelt, es ist eine gute Tarnung und sie haben Insiderwissen. Genau darum musste ja ein internationales Spezialkommando eingesetzt werden! Wenn die Polizei vielleicht an den Nashornmorden mitverdient, könnte man sie sonst niemals aufklären.

»Thabo?«, hat Sifiso geflüstert. »Thabo, glaubst du, was ich glaube?«

Genau in diesem Augenblick war mir der Gedanke auch gekommen. Natürlich! Wo sollte so ein Spezialagent in unserer Gegend denn wohnen? Die ganze Zeit in seinem Auto schlafen wollte der bestimmt auch nicht. Es blieb nur Lion Lodge. Und die beiden karierten alten Frauen konnten es doch wohl nicht sein. Oder die deutschen Verliebten. (Obwohl es Filme gibt, da tun die Ermittler mit Absicht so, als ob sie verliebt wären, und küssen sich immerzu, wenn sie dem Verdächtigen auflauern, damit der nicht merkt, dass er beobachtet wird. Das ist noch ein Nachteil bei diesem Beruf. Ich möchte nicht gerne irgendeine fremde Ermittlerin küssen müssen. Sifiso bestimmt auch nicht.)

»Mr Winterbottom!«, hat Sifiso geflüstert. Pilot hat sich so auf seiner halben Matte gewälzt, dass Lemonade seine Füße fast im Gesicht hatte. Sifiso wollte sie nicht auch noch durch lautes Gerede wecken. »Da hätten wir wirklich schon früher drauf kommen können!«

Meine Damen und Herren, wie blind darf man sein, wenn man ein professioneller Privatdetektiv werden will? Wieso hatten wir nicht schon vorher die Zeichen erkannt, die doch die ganze Zeit offensichtlich gewesen waren? Auf einmal war klar, dass Mr Winterbottom sich nur so viel mit uns unterhalten hatte, weil er auf Informationen hoffte. Weil er sich langweilte, als Reisender so allein, psh! Wie albern war das? Aber wir hatten ihm geglaubt!

Und seine Informationen hatte er ja auch bekommen. *Wir* hatten ihm von Mr Reginald Wus Schuhen mit der Sonne erzählt; *wir* hatten ihm geholfen, den Verbrecher festzusetzen. Und warum war mir gestern Abend nicht aufgefallen, dass Mr Winterbottom so überraschend genau über DNA Bescheid wusste und darüber, wie lange es dauert, sie zu untersuchen? Warum hatte ich mich nicht darüber gewundert, wie clever er Mr Wu ausgetrickst hatte? Internationale Spezialagenten durchlaufen eine Spezialausbildung, da werden sie auf jede Art von kniffliger Situation vorbereitet. So eine Art von kniffliger Situation war es vorhin gewesen. Darum hatte Mr Winterbottom auch immer genau gewusst, was zu tun war.

»Dann war das bestimmt kein Zweig!«, hat Sifiso wieder geflüstert. »Glaubst du auch, Thabo? Was er diesem Verbrecher in den Rücken gedrückt hat! Das war doch bestimmt eine echte Pistole!«

»Eish!«, habe ich geflüstert.

Natürlich, wenn Mr Winterbottom inkognito bleiben wollte, durfte er nicht zeigen, dass er eine Pistole besaß, nicht einmal uns. Darum hatte er uns das Märchen von dem Zweig erzählt. Aber eigentlich hätte uns gleich auffallen können, wie unglaubwürdig das war. Fühlte ein Zweig im Rücken sich an wie ein Pistolenlauf? Eish!, zum zweiten Mal! Und ein gewiefter Verbrecher wie Mr Wu hätte doch den Unterschied bestimmt sofort gespürt! Der wäre doch nicht auf einen Zweig im Rücken hereingefallen! Der hatte in seinem Leben doch bestimmt ständig mit Pistolen zu tun!

Auf einmal habe ich mich sehr erleichtert gefühlt. Wenn wir einen echten Spezialagenten auf unserer Seite hatten, konnte wirklich nichts mehr passieren. Und außerdem war es nun endlich ganz und gar wie in einem Film.

»Und jetzt will ich schlafen!«, hat Onkel Vusi gesagt.

36

Einen Augenblick lang habe ich noch überlegt, ob wir Onkel Vusi nicht vielleicht besser in irgendein Versteck bringen sollten. Sobald die Polizei morgen früh ihre Suche nach ihm wieder aufnahm, würden die Ranger-Unterkünfte bestimmt das erste Ziel sein.

Aber dann war ich einfach zu müde, meine Damen und Herren. Ich schäme mich ein bisschen, es zuzugeben. Ich kann mich nicht erinnern, dass Miss Marple jemals zu müde war, wenn es um etwas Wichtiges ging. Nicht mal Mr Stringer.

Aber ich habe gleich gesehen, dass es Sifiso genauso ging wie mir, auch ihm fielen fast die Augen zu. Es war ein anstrengender Tag gewesen. Und ein aufregender Tag und ein langer Tag. Und morgen würde alles weitergehen. Irgendwann mussten wir einfach auch schlafen dürfen.

Dass ich dann wirklich eingeschlafen bin, habe ich wieder nur daran gemerkt, dass mich plötzlich jemand an der Schulter gerüttelt hat.

»Thabo! Wie lange wollt ihr denn noch schlafen?«, hat Emma gezischt. »Weißt du, wie spät es ist!« Sie hat auf ihre

Uhr geguckt. »Und seid ihr verrückt? Wieso ist Onkel Vusi hier?«

Durch das Fenster fielen Sonnenstrahlen, und winzige Staubteilchen tanzten darauf in der Luft. Es sieht schön aus, das Morgenlicht über den Hügeln, meine Damen und Herren. Wenn das Morgenlicht durchs Fenster fällt, will man nicht länger schlafen. Man will den Tag begrüßen.

Ich habe mich aufgesetzt. »Wieso bist denn *du* hier, Emma?«, habe ich gefragt.

Emma hat geschnaubt. »Hier sucht die Polizei deinen Onkel doch zuerst!«, hat sie wieder gezischt. Aber sie musste gar nicht mehr leise sein. Inzwischen haben sich auch Sifiso und seine beiden kleinen Geschwister ihre Augen gerieben. Nur Onkel Vusi schnarchte noch immer.

»Die Polizei schläft noch!«, hat Sifiso gesagt. »Und bis sie dann hier sind – vor allem die von den anderen Polizeiposten … « Er hat die Schultern gezuckt. »Außerdem haben sie doch jede Wette gestern schon gleich als Erstes hier nach ihm gesucht, vielleicht kommen sie heute gar nicht mehr. Seit wann bist du denn schon auf den Beinen?«

Emma hat sich gar nicht erst zu uns auf den Boden gesetzt. »Habt ihr nicht mal *einen* Augenblick nachgedacht?«, hat sie gefragt. »Privatdetektive, ja? Privatdetektive! Warum ist der Wu denn überhaupt hier? Mr Reginald Wu?«

»Um Nashörner abzuschlachten!«, habe ich gesagt. »Und dann ihr Horn zu verkaufen.«

»Du bist so klug, Thabo!«, hat Emma spöttisch gesagt. »Und wo ist das Horn jetzt?«

Ich habe Sifiso angesehen. Über das Horn hatten wir noch gar nicht nachgedacht.

»Ich hab heute Morgen zuerst überall in seiner Cabin gesucht!«, hat Emma gesagt. Wann war sie denn aufgestanden? »Er konnte mich ja nicht erwischen, er ist ja eingesperrt. Und Auntie Agatha hat recht, da liegt ein ganzer Ordner über Nashornwilderei! Aber kein Horn. Nicht im Schrank und nicht im Koffer. In seiner Cabin war es nicht.«

»Das war klar!«, habe ich gesagt. »Die wird schließlich jeden Tag geputzt. Da wäre es nicht sicher gewesen.«

»Besserwisser!«, hat Emma gesagt. »Genau! Ist es also schon von seinen Komplizen abgeholt worden? Hat er selbst es längst weggeschafft? Oder ist es hier noch irgendwo zwischengelagert? Dass er es längst weggeschafft hat, glaube ich nicht. Warum wäre er denn sonst selbst noch hiergeblieben?«

An Emmas Stimme habe ich erkannt, dass sie die Fragen nicht ernst gemeint hat. Sie wusste die Antwort längst. Sie war viel zu aufgeregt.

»Sag schon!«, habe ich gesagt.

Emma hat die Augen zusammengekniffen. »Kommt mit!«, hat sie gesagt.

Da sind wir alle aufgestanden. (Leider auch Pilot und Lemonade.) Nur Onkel Vusi haben wir schlafen lassen.

(Natürlich war er hier in seiner Hütte nicht sicher, es sei denn, die Polizei hatte sie gestern schon durchsucht. Aber draußen würden sie ihn wahrscheinlich noch viel schneller aufspüren.)

Auf dem Weg haben wir Emma erzählt, wo Onkel Vusi sich im Polizeiposten versteckt und was er belauscht hatte. Aber sie hat gar nicht richtig zugehört, so eilig hatte sie es.

Emma ist quer über den Parkplatz gelaufen. Zuerst dachte ich, sie wollte wieder zum Schuppen Nummer drei, aber kurz vorher ist sie abgebogen und hat den Weg zur alten Farm eingeschlagen. Früher, als noch viel mehr Engländer in unserem Königreich gelebt haben (ich war da natürlich noch nicht auf der Welt), war hier die Farm von Miss Agathas Vater gewesen. Miss Agathas Vater hatte Rinder gezüchtet, jeder Mann züchtet Rinder bei uns im Königreich, meine Damen und Herren. Jedenfalls *möchte* jeder Mann Rinder züchten. Wenn Sie sich eine Frau nehmen wollen, brauchen Sie schließlich Rinder für die Lobola, den Brautpreis. Und was ist ein Mann ohne ein Rind? Das haben damals selbst die Engländer verstanden. Die Engländer hatten große Herden.

Aber dann war vor vielen Jahren Miss Agathas Vater gestorben, und aus der Farm war Lion Park geworden, und Miss Agathas Bruder hatte Lion Lodge aufgebaut, der war der Vater von Ms Wendy Chapman. Darum lag das alte Farmhaus jetzt verfallen in der Dornbuschsteppe. Auf dem Weg wucherte das Elefantengras schulterhoch, und die Äste einer Akazie hatten sich längst durch das löchrige Dach gebohrt. Der Brunnen war ausgetrocknet, und unter der Last von Philodendron und im Sturm herabgefallenen Zweigen sah das alte Gebäude aus, als wollte es beim nächsten Windhauch zusammenbrechen.

»Hier?«, habe ich gefragt. Niemand geht gerne zur alten Farm, meine Damen und Herren, nicht mal bei Tag. Es heißt, es hausen dort Geister. Bongani hat sogar vor gar nicht langer Zeit, als er mit seinem Wagen auf einer Nacht-Safari vorbeigefahren ist, ein flackerndes Licht hinter den Fenstern gesehen; und als er sich angeschlichen hat (seine Gäste hat er vielleicht mit ihrem Tee allein gelassen auf ihrer Aussichtsplattform, ich weiß es nicht), hat er von drinnen Stimmen gehört, die nicht geklungen haben wie Menschenstimmen.

Als ich Miss Agatha davon erzählt habe, hat sie gesagt, na, wenn das Geister gewesen wären, könnten Schweine fliegen. »Wessen Geist soll denn das gewesen sein, Thabo?«, hat sie gefragt. »Das müsste dann doch jemand aus meiner Familie sein, die hat da schließlich gewohnt, und das wüsste ich doch wohl! Mein Vater ist es bestimmt nicht, der hat nachts immer viel zu gerne geschlafen, also spukt er doch jetzt nicht rum! Und meine Mutter hatte sogar Angst in der Dunkelheit, als das Haus noch bewohnt war, da glaubst du doch nicht, dass die freiwillig dort rumgeistert, so einsam, wie es da jetzt ist!« Sie hat den Kopf geschüttelt. »Liebespaare!«, hat sie gesagt. »Thabo, da treffen sich bestimmt nachts die Liebespaare! Vielleicht sollten wir denen mal auflauern?« Sie hat gekichert.

Bongani hat trotzdem gesagt, es waren Geister, er hat es gespürt. Darum geht jetzt niemand mehr gerne zum alten Farmhaus. Nicht in der Nacht und auch nicht am Tag.

Aber Emma ist natürlich Miss Agathas Großnichte, deshalb hat sie sich getraut. Dass Emma nicht an Geister glaubt, weiß ich schon lange. Ich hoffe, sie erlebt nicht eines Tages einmal eine böse Überraschung.

37

»So!«, hat Emma gerufen. »Bitte sehr!«

Inzwischen stand die Sonne so hoch über der Steppe, dass alle Dinge nur noch kurze Schatten warfen, und vor den Dornbäumen hat die Luft geflirrt. Die Wärme lag über allem wie eine schwere Decke. Am Mittag würde die Hitze unerträglich sein.

»Hereinspaziert!«, hat Emma gesagt.

Sifiso und ich haben uns einen Blick zugeworfen. Pilot und Lemonade haben sich an der Hand gefasst. Jetzt mussten sie sich plötzlich mal nicht streiten.

»Und stopp!«, hat Emma gerufen.

Nachdem die knarrende Eingangstür hinter uns zugeschlagen war, überfiel uns im Dämmerlicht die Kühle der Diele. Die Fenster waren von außen mit rotem Staub überzogen und ließen kaum Licht herein. Es schien, als hätte der Staub Besitz vom ganzen Haus ergreifen wollen: Durch alle Ritzen und zerbrochenen Scheiben war er geweht und hatte den Boden mit einer zarten roten Schicht bedeckt.

Und darum konnten wir es sehen.

»Die Sonne!«, hat Sifiso geflüstert.

Die Fußspuren, die auf dem staubigen Boden von der Eingangstür geradewegs zum Seitenflügel führten, in dem die Küche und die Räume für das Personal lagen, kannten wir besser als irgendwelche sonst auf der Welt.

»Er ist wirklich hier gewesen!«

»Nicht verwischen!«, hat Emma gebrüllt. »Vorsicht!«

Als ob wir das nicht selbst gewusst hätten! Hier gab es also einen weiteren Beweis dafür, dass der Besitzer der Schuhe mit der Sonne unter der Sohle wirklich der Nashornmörder war. Natürlich nur, falls wir hier auch das Horn finden würden. Aber daran habe ich keine Sekunde gezweifelt. Emma hätte uns nicht so siegessicher hierhergeführt, wenn sie das Horn nicht längst entdeckt hätte.

»Pilot!«, hat Sifiso gerufen. »Pilot, was machst du in der Küche?«

Während wir uns über die verräterischen Spuren beugten, waren die beiden Kleinen längst im Seitentrakt verschwunden. Nicht, dass wir sie wirklich vermissten.

»Hier sind Sachen!«, hat Pilot gerufen. »Küchensachen, Sifiso! Hier sind ...«

»Ein Löffel!«, hat Lemonade geschrien. »Das ist aber meiner!«

Sifiso hat geseufzt. »Dann haben wir wenigstens unsere Ruhe!«, hat er gesagt.

Emma hat ungeduldig eine schmale Tür aufgerissen. »Und voilà!«, hat sie gerufen. (Sie erinnern sich, Emma lernt auf ihrem Internat in England Französisch. Sifiso und ich lernen das nicht. Wir haben aber verstanden, was sie gemeint hat.)

Der Raum hinter der Tür hatte keine Fenster, und meine Augen mussten sich erst an die fast vollkommene Dunkelheit darin gewöhnen. Sifiso hat nach dem Lichtschalter getastet. Es gab aber natürlich keinen Strom mehr im Haus. Wir haben die Tür weit offen gelassen.

Das Erste, was uns entgegenschlug, war der Gestank. Es war ein grässlicher, fauliger Gestank, und vielleicht hätte er uns sogar schon auf dem Flur auffallen können.

Ich habe mir mein T-Shirt vor die Nase gehalten.

»Iiiiih!«, hat Lemonade gerufen und einen Satz zurück gemacht. Und wir hatten gehofft, die beiden wären erst mal für eine Weile in der Küche beschäftigt! (Zum Glück ist Lemonade Pilot bei ihrem Rückwärtssatz nicht auf den Fuß getreten. Sonst hätte es nur wieder Beulen gegeben.)

Auf dem Boden der Kammer, in der die Hausmädchen früher Besen und Schrubber und Eimer aufbewahrt hatten (ein alter Besen mit zerbrochenem Stiel lehnte sogar jetzt noch an der Wand), lag etwas Großes eingeschlagen in ein Stück Plane in einer Ecke und gab den ekelhaften Geruch von Verwesung von sich.

»Das Horn!«, habe ich geflüstert. Da musste ich nicht mal die Plane zurückschlagen.

Im Dunkel der Kammer sah das Horn viel größer aus, als ich gedacht hatte. Damit wir uns nicht missverstehen, meine Damen und Herren: Ich habe schon viele Nashörner gesehen in meinem Leben, fast jeden Tag. Man sieht viele Nashörner, wenn man in Lion Park lebt. Aber solange das Horn noch dem Nashorn gehört, sieht es viel kleiner aus, das ist ein Fakt. Wenn Lemonade sich jetzt neben die Plane auf den Boden gelegt hätte, ich weiß nicht, was länger gewesen wäre. Wahrscheinlich das Horn. Das Horn war riesengroß.

Ich hab nach einem Zipfel der Plane gegriffen.

»Du musst nicht mehr nachgucken, das ist kein Weihnachtsgeschenk, das irgendwer hier vor der Bescherung versteckt hat!«, hat Emma gesagt. »Das ist wirklich das Horn, das wir suchen, okay? Und hier hat Mr Wu es zwischengelagert!«

Aber ich wollte mich doch noch selbst überzeugen.

An der Stelle, an der der Wilderer es dem armen Tier vom Kopf gesägt hatte, sah das Horn grauenvoll aus, Blut und zerfetzte Haut, ich will es nicht beschreiben. Ich schlug das Tuch schnell wieder darüber. Lemonade und Pilot mussten so etwas Schreckliches ja nicht unbedingt sehen.

»Ich will auch mal gucken!«, hat Lemonade geschrien. »Zeig uns das auch, Thabo!«

Ja, jetzt haben die beiden sich natürlich verbündet!

Es hat ihnen aber nichts genützt. Sifiso hat sie ziemlich unsanft aus der Kammer geschoben. »Das gehört dem gemeinen Mr Wu!«, hat er gesagt. »Das müsst ihr gar nicht sehen! Geht spielen!«

Lemonade hat die Augen zusammengekniffen. »War der

hier?«, hat sie interessiert gefragt. »Woher weißt du das, Sifiso? War das nicht der nette Mann?«

Sifiso hat gelacht. »Nein, der hier war, das war der *gemeine* Mann!«, hat er gesagt. »Das war Mr Wu.«

»Das kannst du an den Fußspuren erkennen, Lemonade!«, habe ich gesagt. Es ist nie zu früh, Kinder mit den Methoden der Kriminalistik vertraut zu machen. »Siehst du, hier? Die Sonne, siehst du die? Das sind Mr Wus Schuhe!«

Lemonade hat sehr ernsthaft genickt. »Alle haben die!«, hat sie gesagt. »Alle Touristen. Das sind Engländerschuhe.«

Ich habe gelacht. Mir sind die beiden karierten Frauen eingefallen. Die hatten nun ganz bestimmt keine Sonne unter den Sohlen.

»Nein, die hat nur Mr Wu!«, habe ich gesagt. »Und Pilot hat die gefunden. Erinnerst du dich nicht mehr?«

Aber jetzt hat Lemonade richtig böse ausgesehen.

»Alle haben die!«, hat sie gerufen. »Der Nette hat die auch! Unten drunter! Mit Sonne!«

Ich habe es nicht sofort begriffen, meine Damen und Herren. Es hat einen Augenblick gedauert. Aber dann wäre mir beinahe übel geworden.

38

Ja, so beschämend das ist für einen Privatdetektiv: Es hat einen Augenblick gedauert, bis ich begriffen habe, was das bedeutete. Sifiso und Emma ging es, glaube ich, genauso.

Falls Lemonade die Wahrheit sagte.

»Mr Winterbottom?«, habe ich geflüstert und bin vor Lemonade in die Knie gegangen, damit ich ihr besser ins Gesicht gucken konnte. »Wann hast du das gesehen, Lemonade? Bist du dir sicher?«

»Das hab ich doch gesagt!«, hat Lemonade böse gerufen. »Beim Frühstück war das! Da hat der solche Schuhe angehabt! Mit Sonne.« Sie hat geseufzt. »Solche will ich auch!«

»Ja, schon alles gut, Lemonade!«, hat Sifiso gesagt. »Wir glauben dir ja! Aber warum hast du uns das denn nicht früher erzählt?«

Lemonade hat verwirrt ausgesehen. »Warum?«, hat sie gefragt.

Und das war ja eigentlich logisch. Warum hätte Lemonade uns denn erzählen sollen, wie Mr Winterbottoms Schuhe von unten aussahen? Wenn man kleine Kinder nicht in die

Detektivarbeit einbezieht, kann man auch nicht erwarten, dass sie einem von Indizien berichten, sobald sie darauf stoßen.

Und als wir Pilot die Schuhe abgenommen und über die Sonne und Mr Wu geredet hatten, hatte Lemonade abseits gestanden und ihren Ball verteidigt. Woher hätte sie wissen sollen, dass diese Information wichtig war?

Emma hat sich mit dem Rücken an der Wand der Kammer nach unten gleiten lassen.

»Ich glaub, ich werde ohnmächtig!«, hat sie geflüstert. »Ist euch klar, was das bedeutet? Wenn Lemonade recht hat, haben wir den Falschen eingesperrt!«

»Eish!«, hat Sifiso geflüstert und sich auch auf den Boden gesetzt. Ich auch. Der Gestank war uns jetzt gerade ganz und gar gleichgültig. »Wenn Lemonade die Wahrheit sagt …«

»Die sag ich!«, hat Lemonade empört gerufen.

»… dann ist Mr Winterbottom unser Nashornmörder, nicht Mr Wu!«

»Vielleicht haben die beide solche Schuhe?«, hat Emma vorgeschlagen.

Es war ein schwacher Versuch. Darauf haben Sifiso und ich nicht mal geantwortet.

»Und wir haben ihn noch gewarnt!«, hat Sifiso gerufen. »Wir waren so dumm, Thabo! Wir haben ihm gestern Morgen am Pool von den Fußspuren erzählt! Da hat er seine Schuhe natürlich sofort weggeschafft! Da hat er begriffen, dass der Schuhabdruck ihn überführen kann! Und wir sind schuld!«

»Also hat Winterbottom die Schuhe am Fluss versteckt, nicht Wu!«, hat Emma geflüstert. »Aber wer konnte das denn auch ahnen?«

Mir ist plötzlich wieder eingefallen, wie sehr uns Mr Winterbottom in unserem Verdacht gegen Mr Reginald Wu bestärkt hatte. Natürlich, etwas Besseres hätte ihm ja gar nicht passieren können! Und warum hatten wir Mr Wu sofort verdächtigt? Ich schäme mich, es zu sagen: weil er ein Chinese war! (Ein amerikanischer Chinese.) Miss Agatha hatte recht gehabt. Dabei war Mr Winterbottom doch, wenn man es recht bedachte, von Anfang an genauso verdächtig gewesen. Aber er sah nicht aus wie ein Chinese.

(Und außerdem war Mr Wu natürlich auch sehr viel unfreundlicher gewesen. Ich sage das, meine Damen und Herren, um zu beweisen, dass es noch einen anderen Grund für unseren Verdacht gegeben hatte. Sifiso und Emma und ich waren vielleicht doch keine Rassisten gewesen.)

»Komm mit, Pilot!«, hat Lemonade genörgelt. »Komm raus! Mir ist langweilig. Das riecht hier so schlecht!«

Ich habe Sifiso einen fragenden Blick zugeworfen.

»Lass sie gehen!«, hat Sifiso gesagt. »Mehr kriegen wir aus ihr sowieso nicht raus.«

Pilot und Lemonade sind losgerannt. Wir haben gehört, wie die Haustür hinter ihnen ins Schloss gefallen ist. Eine Weile waren wir still.

»Und die Pistole!«, hat Emma dann gesagt. »Also, der Zweig! Die Pistole hatte Mr Winterbottom dann auch nicht, weil er ein Spezialagent ist! Die hatte er, weil er ein Verbrecher ist.«

»Aber Mr Wu!«, habe ich gerufen. »Der hatte doch auch eine!«

Wir haben einander angestarrt. Natürlich. »Wir haben nicht nur den Falschen eingesperrt!«, hat Emma gemurmelt. »Wir haben sogar zusammen mit dem Verbrecher den Spezialagenten eingesperrt, der den Verbrecher schnappen sollte.«

»Verdammt!«, habe ich gesagt. (Womit ich bewiesen habe, dass ich nicht nur kein wahrer Privatdetektiv bin, sondern auch kein wahrer Gentleman. Aber das war in diesem Augenblick wirklich egal.)

Und dann ist mir noch etwas anderes eingefallen.

»Und der Kopfhörer!«, habe ich gerufen. »Wie konnte ich so blöd sein! Der Kopfhörer, Mann!«

Emma und Sifiso haben verwirrt ausgesehen.

»Einer von den Rangern hat doch den Kopfhörer im Park gefunden!«, habe ich gesagt. »Und Mr Winterbottom hat zu deiner Mutter gesagt, dass er den nicht vermisst, Emma! Wisst ihr nicht mehr? Erst als ich ihn daran erinnert habe, dass er ihn auf unserer Safari nicht finden konnte, hat er es zugegeben!«

»Ja, und?«, hat Emma gefragt. »Was beweist das?«

Aber Sifiso hatte begriffen. »Dass er ihn schon *vor* der

Safari da verloren hatte, natürlich!«, hat er gerufen. »Im Park! Also muss er schon *vorher* dort gewesen sein! Deshalb hat er auch zuerst so getan, als ob er ihm nicht gehörte, als deine Mutter gefragt hat! Er hat sofort begriffen, dass der ein wichtiges Indiz ist!«

»Und als er es nicht mehr leugnen konnte, weil ich Bescheid wusste, hat er ganz schnell abgelenkt!«, habe ich gesagt. »Ich könnte mich ohrfeigen! Das hätte mir doch auffallen müssen!«

Leider hat mir von den beiden anderen keiner widersprochen.

»Zum Glück wird ihn die DNA überführen!«, hat Sifiso stattdessen gesagt. »Heute Abend. Sein Fußschweiß in seinen Schuhen. Dann kann er nicht mehr leugnen.«

»Und wenn er vorher abhaut?«, habe ich gefragt.

»Ohne das Horn?«, hat Emma spöttisch gesagt. »Träum weiter!«

Und wir haben wirklich alle drei in der Kammer gesessen, drei fast erfahrene Privatdetektive, und nicht begriffen, was das bedeutet hat.

Und die Tür stand immer noch offen.

39

»Ruf Inspector Gwebu an!«, hat Sifiso gesagt. »Sie müssen Mr Winterbottom festhalten! Oder wenigstens beschatten, damit er nicht abhauen kann!«

»Und Mr Wu freilassen!«, hat Emma gesagt. »Wenn du dich traust, Inspector Gwebu zu erzählen, dass wir ihn im Schuppen eingesperrt haben, Thabo.«

Hatten wir eine Wahl?

Hatte ich eigentlich erzählt, dass die Kammer kein Fenster hatte? Ich sage das jetzt als Erklärung. Fast schon als Entschuldigung. Natürlich hätten wir auf Geräusche achten müssen, die von draußen zu uns hereindrangen, auch ohne Fenster, wenigstens ein bisschen. Aber die Besenkammer lag eben auf der Rückseite des Gebäudes, Sie erinnern sich. Im Dienstbotentrakt. Vielleicht genügt das als Erklärung dafür, dass wir nichts bemerkt haben.

Ich habe also mein Handy entsperrt. Die Nummer der zuständigen Polizei hat ein wahrer Privatdetektiv immer gespeichert, meine Damen und Herren. Unter »D« wie Debedebe erschien sie sofort auf dem Display.

Ich weiß, was Sie jetzt denken. Wenn dies hier ein Film

wäre (oder ein Buch), wäre an dieser Stelle mein Akku leer gewesen und ich hätte Inspector Gwebu nicht anrufen können, einfach nur damit für die Zuschauer (oder Leser) alles spannender würde. Aber dies hier war kein Film und kein Buch, dies hier war die Wirklichkeit. Und ich bin immer sehr sorgfältig mit dem Aufladen meines Akkus. Wir haben ja elektrischen Strom in unserer Hütte.

Auf der anderen Seite tutete es. »Hier ist der Polizeiposten Debedebe!«, hat eine Stimme gesagt, aber ich habe gleich gehört, dass sie nicht von einem lebendigen Menschen kam. Es war eine Stimme vom Band. »Leider sind zurzeit alle Beamten im Einsatz ...«

»Verdammt!«, habe ich wieder gerufen. Jetzt kam es schon nicht mehr darauf an.

»Geht keiner ran?«, hat Emma gefragt. Ich habe den Kopf geschüttelt.

»Auntie Agatha!«, hat Emma gesagt. »Ruf die an! Die verzeiht uns sonst nie, dass wir sie nicht eingeweiht haben!«

Aber natürlich hat auf meinen Anruf auch da niemand reagiert. Wahrscheinlich lag Miss Agathas Handy wieder irgendwo, wo sie das Klingeln unmöglich hören konnte. Manchmal hat sie es tagelang nicht bei sich. (Einmal hatte sie es aus Versehen in die Gemüseschale im Kühlschrank gelegt.) Wenigstens eine SMS konnte ich ihr aber schreiben. Dann konnte sie mir später keine Vorwürfe mehr machen, dass ich sie bei unserem ersten echten Kriminalfall nicht eingeweiht hatte.

Mr Wu im Schuppen Nr. 3 eingesperrt!, habe ich gesimst. ***Irrtum! Befreien ihn jetzt!***

»Fertig?«, hat Sifiso ungeduldig gefragt. »Also, als Erstes zu Mr Wu? Der ist Spezialagent! Der weiß bestimmt, was als Nächstes getan werden muss!«

Wir sind alle drei aufgestanden.

Und das hätten wir schon früher tun sollen. Aber wir hatten ja unbedingt noch die Polizei informieren wollen! Und sogar noch Miss Agatha! Dabei hätten wir das auch gut auf dem Weg erledigen können. Wo die Polizei sowieso nie da ist, wenn man sie braucht.

Sifiso war als Erster an der Tür. Es hat ihm nichts genützt.

»Ja, das ist dann wohl leider anders gelaufen als geplant!«, hat eine Stimme von draußen gesagt. Noch bevor Mr Winterbottoms Gesicht im Türrahmen aufgetaucht ist, haben wir seinen Pistolenlauf gesehen. »Ich dachte, ich hole mir nur schnell das Horn ab, bevor ich verschwinde, und was finde ich stattdessen?« Er hat gelacht. »Meine guten alten Kumpels!«

Einen Augenblick habe ich noch gehofft, wir könnten ihm vielleicht etwas vormachen. Dass wir glaubten, das Horn gehöre Mr Reginald Wu, zum Beispiel. Und dass wir ihn kein bisschen im Verdacht hätten. Aber an seinem Gesicht konnte ich sehen, dass er uns schon längere Zeit belauscht hatte.

Und selbst wenn er uns nicht belauscht hätte! Er wäre ja niemals ohne seine Beute abgehauen, und wie hätte er uns wohl glaubhaft machen können, dass *er* mit dem Horn wegfuhr, wenn doch *Mr Wu* der Täter war?

Im Bruchteil einer Sekunde begriff ich, dass Mr Winterbottom nicht nur durchschaute, dass wir jetzt alles wussten, sondern dass er uns auch auf jeden Fall aus dem Verkehr ziehen musste. Schon heute Abend würde Inspector Gwebu aus Johannesburg den Beweis dafür bekommen, dass Mr Winterbottom der Nashornwilderer war, und bis dahin musste er längst über alle Berge sein. Weit über alle Berge.

Der Spezialagent Mr Wu war keine Gefahr für ihn, der saß ohne Handy im Schuppen Nummer drei, weil wir so freundlich gewesen waren, Mr Winterbottom dabei zu helfen, ihn einzusperren. Die einzige Gefahr für Mr Winterbottom waren wir Kinder. Nun musste er also nur uns noch ausschalten.

»Dein Handy, Thabo!«, hat er gesagt. »Da bin ich gerade noch rechtzeitig gekommen, was?«

Er hat die Linke nach meinem Handy ausgestreckt. Mit der Rechten hielt er immer noch seine Pistole auf uns gerichtet. Ich kann das Gefühl, wenn man in einen Pistolenlauf guckt, nicht beschreiben, meine Damen und Herren. Es ist kein schönes Gefühl.

In einem Film oder einem Buch hätte ich mein Handy jetzt vielleicht festgehalten. Es wäre mir vielleicht sogar gelungen, mit einer Kurzwahltaste unbemerkt die Rangerstation anzurufen oder Lion Lodge, die dann alles mitgehört hätten, ohne dass der Verbrecher es gemerkt hätte. Aber genau wie eben schon beim Akku verhielt es sich auch jetzt in der Wirklichkeit ganz anders. Allmählich habe ich das Gefühl, dass manches in der Wirklichkeit anders sein könnte als in Miss Agathas Filmen.

»Das Handy!«, hat Mr Winterbottom wieder gesagt. Der Pistolenlauf ist näher gekommen.

Wie kann man sich nur so in einem Menschen täuschen? Ein echter Privatdetektiv muss zuallererst ein guter Menschenkenner sein. Wir hatten Mr Wu verdächtigt, nur weil er unfreundlich war (und, ich schäme mich, es zu sagen, ein Chinese), und wir hatten Mr Winterbottom in unsere Ermittlungsarbeit einbezogen, weil er freundlich getan hatte und aussah wie der Held in amerikanischen Filmen.

Aber mit der Freundlichkeit war es jetzt vorbei, kann ich Ihnen sagen, damit war es vollkommen vorbei! Vielleicht können Menschen zwei Gesichter haben.

Ich habe ihm das Handy gegeben. Meine Hand hat so gezittert, dass es mir fast vorher auf den Boden gefallen wäre. (In einem Film oder einem Buch hätte der Privatdetektiv nur so getan, als ob seine Hand zitterte. Das wäre nämlich der Augenblick gewesen, in dem er unbemerkt die Kurzwahltaste gedrückt hätte.) Mr Winterbottom hat gelacht.

»Ja, tut mir leid, meine Freunde!«, hat er gesagt. »Das war so nicht geplant, glaubt mir! Ich wollte mir nur das Horn schnappen und dann ab über die Grenze! Warum müsst ihr eure hübschen kleinen Nasen auch überall reinstecken?«

»Solange wir Mr Wu verdächtigt haben, haben Ihnen unsere Nasen ganz gut gepasst!«, hat Emma gesagt.

Oh, wie mutig Emma war! Es könnte vielleicht sein, meine Damen und Herren, dass Mädchen und Frauen für diese Art der Tätigkeit (Kriminalistik) besser geeignet sind als Jungs und Männer. Immerhin ist Miss Marple auch eine Frau. Aber Miss Agatha würde diesen Gedanken wahrscheinlich schon wieder so was wie Rassismus nennen. Miss Agatha würde sagen, es geht nicht danach, ob einer ein Chinese ist oder ob einer ein Mädchen ist. Bei Mr Wu hatte sie natürlich recht gehabt.

»Nicht frech werden!«, hat Mr Winterbottom gezischt, und seine Pistole hat jetzt mehr auf Emma gezeigt als auf mich. »Gleich kannst du das deinen Freunden erzählen!«

Er hat sich das Horn geschnappt und die Tür hinter sich zugezogen. Der Schlüssel hat sich im Schloss gedreht. Mr Winterbottom hatte uns im alten Farmhaus eingesperrt.

40

In der Kammer war es jetzt stockfinster. Und trotzdem, meine Damen und Herren: Einen Augenblick lang war ich unendlich erleichtert. Wenn man in den Lauf einer Pistole geblickt hat, fühlt sich hinterher alles andere besser an als das, glauben Sie mir. Einen Augenblick lang hätte ich tanzen können vor Freude, und Sifiso und Emma ging es sicher genauso.

Dann haben wir gehört, wie das Auto weggefahren ist. Doch, man *konnte* es hören hier in der Besenkammer, sogar bei geschlossener Tür. Jedenfalls, wenn man gut hingehört hat.

Sifiso ist als Erster aus der Erstarrung erwacht. »Komm, wir brüllen um Hilfe!«, hat er gesagt. Sehen konnte ich ihn nicht. Sehen konnte ich nur einen schmalen Lichtstreifen unter der Tür. »Wenn Pilot und Lemonade noch in der Nähe sind, können sie uns gleich rauslassen!«

Pilot und Lemonade! Die beiden hatte ich ganz vergessen! Man glaubt es nicht, aber manchmal können nervige kleine Geschwister vielleicht die Rettung sein. Wo waren Pilot und Lemonade gewesen, als Mr Winterbottom vorgefahren war? Hatten sie sich blitzschnell irgendwo versteckt, als das Auto gekommen war, hinter irgendeinem Strauch, einem Nebengebäude, und Mr Winterbottom hatte sie nicht entdeckt? Dann hatten wir Glück gehabt. Dann würden sie gleich herauskommen. Dann würden sie uns befreien.

»Pilot!«, haben wir gebrüllt. »Sibusiso Pilot! Lungile Lemonade! Lasst uns raus!«

Aber draußen hat sich nichts gerührt. Konnten sie uns nicht hören? Oder hatte Mr Winterbottom sie vielleicht vor dem Haus entdeckt? Und wenn ja, was hatte er mit ihnen gemacht?

»Pilot!«, hat Sifiso wieder gebrüllt. Seine Stimme hat schon fast heiser gelungen. »Verdammt, Pilot, wenn ihr uns jetzt nicht sofort rauslasst, kriegst du hinter die Ohren!«

(Miss Agatha würde jetzt sagen, dass so eine Drohung für Kinder nicht gut ist. Aber Miss Agatha war ja auch noch nie von Mr Winterbottom in der Besenkammer im alten Farmhaus eingesperrt worden.)

»Nichts«, hat Emma schließlich gesagt. »Hört auf zu brüllen. Die sind weg.«

Pilot und Lemonade sind noch sehr jung, meine Damen und Herren. Sie verstehen die Dinge noch nicht so. Dass sie sich sofort blitzschnell versteckt hatten, sobald Mr Winterbottoms Wagen aufgetaucht war, so blitzschnell, dass er sie gar nicht erst entdeckt hatte, war nicht sehr wahrscheinlich.

Und wenn er sie entdeckt hatte – Mr Winterbottom hatte

immerhin eine Pistole. Weil wir letzte Nacht so dumm gewesen waren, hatte er sogar zwei.

»Glaubst du, er hat die beiden auch eingesperrt?«, hat Emma gefragt.

In einem Film oder einem Buch hätte Mr Winterbottom Pilot und Lemonade natürlich in seinem Kofferraum verstaut, aber bisher war ja nichts so gewesen wie in einem Film oder einem Buch. Konnten wir uns darauf verlassen, dass es auch weiterhin so bleiben würde? Mr Winterbottoms Defender hatte keinen Kofferraum. Aber wer zwei kleine Kinder einsperren und abtransportieren wollte, konnte das mit einem Defender trotzdem wunderbar erledigen. Vielleicht mussten Pilot und Lemonade sich die Rückbank jetzt mit dem stinkenden Horn teilen.

»Und was macht er dann mit ihnen?«, habe ich geflüstert. Zwei Pistolen.

»Brauchen kann er sie nicht, das ist klar!«, hat Emma ins Dunkel gesagt. »Lösegeld erpressen – von wem denn wohl? Sie stören ihn also nur! Aber dass er sie deswegen gleich umbringt – ngiyacolisa, dass ich es überhaupt erwähne, Sifiso! –, glaube ich trotzdem nicht. Er schmeißt sie an irgendeiner einsamen Stelle raus, das ist mein Tipp, und zwar noch vor der Grenze. Über die Grenze nimmt er sie jedenfalls nicht mit. Er will doch keine Schwierigkeiten kriegen, wenn er da kontrolliert wird!«

Ich habe den Kopf geschüttelt, auch wenn das keiner sehen konnte. Meine Theorie, dass Mädchen und Frauen vielleicht für den Privatdetektivberuf besser geeignet sind als Jungs und Männer, ist zerbröselt wie Lehm unter den Füßen in der Trockenzeit. »Der geht sowieso kein Risiko ein, dass er an der Grenze kontrolliert wird!«, habe ich gesagt. »Mit dem Horn hinten im Wagen! Der fährt irgendwo schwarz über die Grenze! Und da kann er Pilot und Lemonade genauso gut mitnehmen.«

Ich konnte mir allerdings nicht vorstellen, dass irgendwer Lemonade freiwillig länger bei sich behielt als nötig, aber konnten wir es wissen? Einen Augenblick waren wir alle still. Wir haben uns Sorgen um die beiden Kleinen gemacht.

Vielleicht ist man ja nach dem Blick in einen Pistolenlauf einfach für ein paar Minuten langsamer im Denken. Erst nach einer Weile ist mir klar geworden, dass auch für uns die Situation nicht wirklich lustig war, und da rede ich nicht davon, was die Polizei später mit uns machen würde, weil Mr Winterbottom uns entkommen war und wir Mr Wu eingesperrt hatten. Davon rede ich nicht. Aber was sollte aus uns werden hier in der dunklen Besenkammer, die auch jetzt, nachdem das Horn verschwunden war, noch immer faulig nach Verwesung roch? Wer würde nach uns suchen?

Onkel Vusi musste sich noch immer vor der Polizei versteckt halten, auf den konnten wir nicht zählen; und Sifiso hatte außer Pilot und Lemonade nur Hlahla Delighty. Und die war bei ihrer Tante Bongwe in Mantongomane. Wie früh würde sie also ihre Geschwister vermissen? Auf

Delighty brauchten wir also auch nicht zu hoffen. Blieb Emma.

Wie schnell würde Ms Wendy Chapman bemerken, dass ihre Tochter verschwunden war? Wo sie sich doch immer darüber beschwerte, dass Emma einfach durch die Gegend stromerte, anstatt Französisch zu lernen? Und wo sie glaubte, dass Emma ihr Handy ständig extra in Lion Lodge zurückließ, damit niemand sie unterwegs erreichen konnte? Ms Wendy Chapman würde wütend auf ihre Tochter sein. Sorgen machen würde sie sich nicht.

»Aber heute Abend!«, hat Emma gesagt, als hätte sie meine Gedanken gelesen. »Da merkt meine Mutter, dass ich nicht freiwillig weg bin!«

Sifiso hat sich bewegt, ich habe es rascheln hören. »Aber wenn sie erst in der Dunkelheit anfangen, nach uns zu suchen …«, hat er gesagt. »Und wie schnell kommen sie wohl auf das alte Farmhaus?«

Ich habe die Achseln gezuckt. (Auch das konnte natürlich niemand sehen. Deshalb macht man es aber auch nicht. Es passiert einfach so, man nennt es einen Reflex.) »Irgendwann kommen sie drauf!«, habe ich gesagt. »Und man kann drei Tage ohne Wasser überleben! Ohne Essen noch viel länger. Sie haben drei Tage Zeit, uns zu finden, das schafft ja wohl selbst die Polizei.« Uns und Mr Wu, habe ich gedacht. Mr Wu war schließlich schon eine Nacht länger eingesperrt, im Schuppen Nummer drei. Auch Mr Reginald Wu musste befreit werden.

»Ja, so dumm ist nicht mal die Polizei, dass sie das in drei Tagen nicht schafft!«, hat Emma aufmunternd gesagt. »Es wäre natürlich netter, wenn wir wenigstens Licht hätten.«

»Und wenn es nicht so stinken würde«, hat Sifiso gesagt.

So haben wir versucht, uns unsere Angst nicht anmerken zu lassen.

41

Damit war alles gesagt. Worüber soll man reden, eingesperrt in einer dunklen Kammer, wenn man über seine Angst nicht sprechen will?

In Filmen, (ngiyacolisa, dass ich schon wieder davon rede!) erzählen die Eingesperrten sich lustige Geschichten und halten sich mit Witzen bei Laune; oder ihnen fällt plötzlich doch noch ein Trick ein, wie sie sich befreien können.

Uns ist leider nichts eingefallen.

Es war dunkel, und allmählich hat auch in der Besenkammer die Hitze zugenommen. Ich wollte es den anderen nicht sagen, aber dass man ohne Wasser drei Tage auskommen kann, ändert nichts daran, dass es ohne Sauerstoff nur drei Minuten sind. Für wie lange gab es in der Besenkammer genug Sauerstoff für drei Kinder? Oder kam durch den schmalen Schlitz unter der Tür vielleicht immer genug frische Luft nach? Würde der Sauerstoff bis heute Abend reichen? Der Schlitz war wirklich ziemlich schmal.

»Wie spät ist es?«, hat Emma irgendwann gefragt. »Ich kann auf meiner Uhr nichts erkennen.«

Ich hatte keine Uhr. Und mein Handy hatte Mr Winterbottom. Und Sifiso hatte gar nichts. »Bestimmt schon Nachmittag!«, habe ich gesagt. In Filmen muntern sie einander immer auf. »Irgendwann bald fangen sie doch bestimmt an, nach uns zu suchen!«

Keiner hat mir geantwortet. Nicht mal, um mich zurück aufzumuntern.

Darum habe ich versucht einzuschlafen. Während wir hier saßen und nichts tun konnten, war Mr Winterbottom längst über alle Berge. An Pilot und Lemonade wollte ich gar nicht denken.

Und gerade, als ich gemerkt habe, wie die Angst mir in dem stillen, dunklen Raum allmählich in alle Glieder gekrochen ist, ist die Tür mit einem wilden Ruck aufgeflogen.

»Hab ich's mir doch gedacht!«, hat Miss Agatha gerufen. »Hier sind sie, Mr Wi! Natürlich in der Besenkammer! Mein Gott, was für ein Gestank!« Sie hat uns missbilligend angeguckt.

»Auntie Agatha!«, hat Emma gerufen.

Ich habe mir einen Arm vor die Augen gehalten. Das Licht hat mich geblendet.

»Oh, Miss Agatha!«, habe ich gerufen. »Miss Agatha, wir haben alles missverstanden! Mr Winterbottom ist der Verbrecher, nicht Mr Wu! Wir müssen sofort …«

Dann habe ich auch Mr Wu gesehen. Er stand neben Miss Agatha und hat gelächelt. Ich glaube, das war das erste Mal, dass ich ihn habe lächeln sehen. (So viel zu dem Vorurteil, dass Chinesen immerzu lächeln. Amerikanische Chinesen vielleicht nicht.)

»Ja, da ist einiges falsch gelaufen«, hat er gesagt. »Kommt raus.«

»Danke für deine SMS, Thabo!«, hat Miss Agatha gesagt. »Stell dir vor, als ich mir zum Mittag eine Suppe auftauen wollte, habe ich mein Handy auf der Gefriertruhe gefunden! Ich wusste doch, dass es irgendwo sein musste!«

Vor dem Farmhaus stand ihr alter offener Jeep. Jeder in der Gegend um Hlatikulu weiß, dass Miss Agatha fährt wie der Teufel. Alle haben ein bisschen Angst vor ihr, wenn sie hinter dem Lenkrad sitzt.

Und auf der Rückbank saßen Pilot und Lemonade.

»Pilot!«, hat Sifiso gebrüllt und ist hingerannt. »Lemonade!«

»Dann haben sie Mr Winterbottom also schon geschnappt, Miss Agatha?«, habe ich gerufen. Wieso sonst saßen wohl die beiden Kleinen in ihrem Wagen?

Miss Agatha hat den Kopf geschüttelt. »Wie kommst du darauf?«, hat sie gefragt. »Nein, leider nicht, soweit ich weiß! Ich bin nach deiner SMS natürlich sofort zum Schuppen Nummer drei! Ich dachte, ich treffe euch da vielleicht noch. Aber da wart ihr niemals angekommen! Und Mr Wi saß immer noch fest.«

»Und dann haben Sie ihn freigelassen!«, habe ich gesagt.

Miss Agatha hat genickt und ihren Wagen angesehen. Ich

wusste, sie hat überlegt, wie sie uns alle zusammen reinkriegen konnte.

»Aber ich habe mir Sorgen gemacht, wo ihr wohl geblieben wart!«, hat sie gesagt. »Mr Wi hat auf meinem Handy nachgeguckt, wann du mir deine SMS geschickt hattest, Thabo! Wusstest du, dass man das sehen kann?«

Ich habe genickt. Man darf Miss Agatha nicht zu viel Technik zumuten. Es ist schon gut, dass sie inzwischen simsen kann.

»Da war ja klar, dass euch etwas passiert sein musste!«, hat sie gerufen. »Wenn ihr nach so langer Zeit noch nicht am Schuppen angekommen wart! Ich habe Quinton Bescheid gegeben. Und Mr Wi hat mir erklärt, dass Mr Winterbottom unser Täter ist. Er war ihm schon die ganze Zeit auf den Fersen, stellt euch vor. Wir haben uns große Sorgen gemacht, was wohl mit euch passiert sein könnte!«

»Wir wussten das aber!«, hat Lemonade gerufen. »Wir haben das erzählt!«

Miss Agatha hat uns Kindern ein Zeichen gegeben, dass wir uns auf die Rückbank quetschen sollten. Emma und die Kleinen hatten Platz auf dem Sitz, und Sifiso und ich haben uns rechts und links auf die Türen gesetzt. »Wir haben die beiden kurz vor Lion Lodge an der Straße getroffen!«, hat Miss Agatha gesagt. »Sie haben uns erzählt, was Mr Winterbottom mit euch gemacht hat. Sie wollten Hilfe holen. Darum sind wir jetzt hier.«

»Danke, Pilot! Danke, Lemonade!«, hat Sifiso gesagt.

Er hat ausgesehen, als ob er ziemlich stolz auf seine beiden kleinen Geschwister wäre.

Emma hat die Lippen zusammengekniffen, da hab ich gewusst, dass sie genau das Gleiche gedacht hat wie ich. Es wäre ja viel einfacher gewesen, wenn Pilot und Lemonade gleich die Tür zur Besenkammer aufgeschlossen und uns rausgelassen hätten!

Miss Agatha fährt wirklich wie der Teufel, meine Damen und Herren, der Fahrtwind hat mir den Kopf gekühlt. Die ganze Zeit war Mr Wu mit seinem Handy beschäftigt.

»Sie haben überall Straßensperren aufgebaut!«, hat er gesagt. »Es ist ein Wunder, dass sie diesen Winterbottom noch nicht geschnappt haben. Und alle Grenzposten sind informiert.«

Wir haben nicht gesagt, dass das nicht helfen würde. Mr Wu wusste es ja genauso gut wie wir: Niemals würde Mr Winterbottom mit dem Horn im Gepäck an einem normalen Grenzübergang über die Grenze fahren, nicht nach Südafrika und nicht nach Mosambik. Aber es gibt viele andere Möglichkeiten, über die Grenze zu kommen, das Land ist weit und an vielen Stellen entlang der Grenze fast unbewohnt, und ganz sicher hatte Mr Winterbottom längst einen Plan, wo er sie heimlich überqueren konnte.

Ich habe Mr Wu bewundert. Nicht, weil er ein internationaler Spezialagent war, das allein würde ja schon für Bewunderung reichen. Sondern weil er es geschafft hat, uns nicht anzubrüllen. Oder zu verprügeln. Schließlich war er

Mr Winterbottom tagelang auf den Fersen gewesen und hatte ihn schon halb geschnappt. Dass Mr Winterbottom hatte entkommen können, war ganz allein unsere Schuld, Sifisos, Emmas und meine. Aber das hat Mr Wu mit keinem Wort erwähnt. (Jedenfalls im Augenblick nicht.)

»So, da wären wir!«, hat Miss Agatha gerufen, als sie auf dem Parkplatz von Lion Park mit einem Ruck angehalten hat. »Aussteigen, Kinder! Erholt euch von dem Abenteuer!«

Emma ist natürlich sitzen geblieben, die konnte ja mit Miss Agatha zur Lodge zurückfahren, aber Sifiso und die Kleinen sind nach mir aus dem Auto geklettert.

»Vielen Dank, Miss Agatha!«, habe ich gesagt. »Für ... alles.«

Dabei habe ich aber Mr Wu angesehen. Er sollte wissen, dass ich mich auch bei ihm bedanken wollte. Und entschuldigen.

Als sie mit ihrem Jeep mit quietschenden Reifen vom Parkplatz gefahren ist, wäre Miss Agatha fast mit einem Polizeiwagen zusammengestoßen, der mit mindestens ebenso großer Geschwindigkeit durch die Einfahrt kam.

»Inspector Gwebu!«, habe ich gerufen.

Inspector Gwebu hat sein Fenster heruntergekurbelt und kurz etwas zu Miss Agatha gesagt. Dann ist er im Schritttempo auf uns zugerollt gekommen.

»Gott sei Dank!«, hat er gerufen und ist ausgestiegen. »Ihr lebt! Ich wollte nachsehen, ob du wieder zurück bist,

Thabo! Na, ihr habt uns vielleicht einen Schrecken eingejagt!«

»Ngiyacolisa, Inspector Gwebu!«, habe ich geflüstert.

Als Privatdetektiv wünscht man sich nicht, dass man sich bei der Polizei entschuldigen muss, das ist ein Fakt. Man wünscht sich, dass es umgekehrt wäre. In Filmen ist es immer umgekehrt.

Inspector Gwebu hat geschnaubt. »Dann suchen wir jetzt also nur noch nach dem Halunken!«, hat er gesagt. »Wenigstens euch Kinder haben wir wieder!«

Wir haben nichts gesagt.

Aber dann ist es mir eingefallen. »Ist der Bescheid aus Johannesburg gekommen?«, habe ich gefragt. Solange die Polizei Mr Winterbottom noch nicht mit dem Horn geschnappt hatte, hatte sie keinen Beweis dafür, dass er der Täter war. Und dass die Aussage von fünf Kindern als Beweis ausreichen würde, habe ich nicht geglaubt.

Und was hieß das für Onkel Vusi?

Inspector Gwebu hat den Kopf geschüttelt. »Noch nicht«, hat er gesagt. »Leider. Und im Augenblick …« Er hat unserer Hütte einen kurzen Blick zugeworfen, dann hat er ihr schnell den Rücken zugekehrt. »Im Augenblick …«

Das wusste ich ja selbst.

»Ist Onkel Vusi noch verdächtig?«, habe ich gefragt.

Inspector Gwebu hat ein bisschen hilflos ausgesehen.

»Solltest du ihn zufällig irgendwo treffen«, hat er gemurmelt, »dann sag ihm, er soll sich weiter verstecken. Bis wir den Kerl geschnappt haben! Danach ist alles klar. Dann kann niemand mehr behaupten, dass Vusi es war. Aber bis dahin – sagt ihm, er soll sich weiter verstecken.« Er hat geseufzt.

Kann man sich so was vorstellen, meine Damen und Herren? Die Polizisten in Miss Agathas Filmen hätten sich niemals so verhalten. Ich will natürlich nicht schlecht über Ihre Polizei reden, in England oder wo immer Sie leben, aber überlegen Sie bitte, ob Ihre Polizei sich so großartig verhalten hätte wie Inspector Gwebu!

»Ich gebe euch sofort Bescheid, sobald wir diesen Winterbottom geschnappt haben!«, hat Inspector Gwebu zum Abschied gesagt. »Dann kann Vusi wieder raus.«

Wir haben genickt und Inspector Gwebu hinterhergewinkt, als er vom Parkplatz gefahren ist. Leider haben wir nicht geglaubt, dass die Polizei Mr Winterbottom so schnell schnappen würde.

42

Onkel Vusi kauerte tatsächlich noch immer in unserer Hütte. Er hat auf den Eingang gestarrt. »Ist Quinton weg?«, hat er geflüstert. »Wo wart ihr so lange?«

Da haben wir ihm alles erzählt. Von Mr Wu und Mr Winterbottom und vom Farmhaus und vom Horn. »So ein schlechter Mensch!«, hat Onkel Vusi gesagt und ungläubig den Kopf geschüttelt. »So ein sündiger, schlechter Mensch!«

Mich hat Onkel Vusi auf eine ganz merkwürdige Weise angesehen. Vielleicht hatte er genau wie ich immer geglaubt, dass mein Gehirn nicht nur *schneller* war als sein Gehirn. Sondern, dass es überhaupt besser funktionierte als seins. In den letzten beiden Tagen hatte ich nun eher das Gegenteil bewiesen.

»Du musst dich noch ein bisschen verstecken, Onkel Vusi!«, habe ich gesagt. »Die Polizei wird diesen Verbrecher ja nicht so schnell kriegen! Da können sie die großen Grenzübergänge sperren, solange sie wollen. Dieser Winterbottom ist wahrscheinlich längst in Mpumalanga.«

Was ich nicht gesagt habe, meine Damen und Herren,

war: *Vielleicht schnappen sie Mr Winterbottom nie.* Was sollte denn dann aus Onkel Vusi werden? Eish! Er konnte sich doch nicht für den Rest seines Lebens in unserer Hütte verkriechen!

Onkel Vusi hat einen Augenblick gegrübelt, man sieht es ihm immer an, wenn er denkt. Dann hat er genickt. »Das ist leicht!«, hat er gesagt.

Lemonade hat sich vorgedrängt. »Was ist leicht, Onkel Vusi?«, hat sie gefragt.

»Sei still, Lemonade!«, hat Sifiso gesagt und sie am Ärmel zur Seite gezerrt.

Aber Onkel Vusi ist nett zu kleinen Kindern. »Über die Grenze zu kommen!«, hat er gesagt. »Hinter der Grenze ist ein anderes Land, Lemonade. Weißt du, was eine Grenze ist?«

Lemonade hat einen Augenblick nachgedacht. »Ist da ein Strich?«, hat sie gefragt. »Dahinter ist das andere Land?«

Onkel Vusi hat den Kopf geschüttelt. »Man kann nicht sehen, wo die Grenze ist!«, hat er gesagt. »Dahinter sieht es genauso aus wie davor. Und einen Strich gibt es nicht. Nur an den Straßen, da stehen Soldaten. Da kommt man nicht so leicht rüber.«

Lemonade hat ihn schlau angeguckt. »Warum gehen die Leute denn da?«, hat sie gefragt. »Wo die Soldaten sind? Die sind ja dumm!«

»Mr Winterbottom tut das auch ganz bestimmt nicht, das kannst du mir glauben, Lemonade!«, habe ich gesagt.

»Onkel Vusi, wenn *du* heimlich über die Grenze müsstest, wie würdest du das machen?«

Niemand kennt sich ja bei uns in der Gegend aus wie Onkel Vusi. Niemand kennt jeden kleinsten Pfad so wie er. (Vielleicht noch Bongani, das kann sein. Vielleicht.)

Onkel Vusi hat wieder nachgedacht. »Mit Seitenschneider?«, hat er gefragt.

Ich habe ungeduldig genickt. Es war doch unwahrscheinlich, dass jemand wie Mr Winterbottom keinen Seitenschneider dabeihatte.

»Durch Lion Park!«, hat Onkel Vusi gesagt. »Und hinter der Felsengruppe mit dem großen Baobab, du weißt schon, Thabo!, würde ich den Zaun durchtrennen und dann weiter übers offene Grasland. Damit hat der Jeep kein Problem. Dann komm ich hinter Josefsdal wieder auf die Straße. Josefsdal ist schon Südafrika.«

Ich habe Sifiso angeguckt. »Für den Defender ist das Grasland auch kein Problem!«, hat Sifiso gesagt und sich zur Bekräftigung mit der rechten Faust in die linke Handfläche geschlagen. »Eish! So hat der Tsotsi es gemacht!«

Ich war mir auch fast sicher.

»Irgendwer muss das überprüfen«, hat Sifiso gesagt und sehnsüchtig auf Onkel Vusis Wagen geguckt. Ich wusste, wen er gemeint hat.

Ich habe genickt. Wenn Mr Winterbottom nicht geschnappt wurde, was sollte aus Onkel Vusi werden? (Ich hatte es schon einmal gesagt.) Wenn Mr Winterbottom über die Grenze nach Südafrika gefahren war, dann konnte unsere Polizei ihn nicht mehr festsetzen, es hat mir leidgetan für Inspector Gwebu. Aber unsere Polizei konnte wenigstens der südafrikanischen Polizei einen Tipp geben, an welcher Stelle der Verbrecher in ihr Land eingereist war. Und der internationalen Spezialeinheit. Dann konnten sie in Südafrika gleich in der richtigen Gegend nach ihm fahnden.

Wir waren schuld daran, dass Mr Winterbottom hatte entkommen können. Dass er doch noch geschnappt wurde, meine Damen und Herren, war darum unsere Verantwortung. Ein Privatdetektiv hat seine Ehre.

Und außerdem hatte Onkel Vusi mich schon eine ganze Weile nicht mehr den Jeep fahren lassen.

»Ja, irgendwer muss das überprüfen!«, habe ich auch gemurmelt.

Aber Onkel Vusi hat erschrocken den Kopf geschüttelt. »Ich fahre nicht!«, hat er gesagt. »Wenn sie mich erwischen …! Ihr habt ja gehört, was Quinton gesagt hat! Es geht nicht!«

Sifiso hat die Augen zusammengekniffen, bis sie nur noch schmale Schlitze waren.

»Mach die Augen zu, Onkel Vusi!«, hat er geflüstert. »Und halt dir kurz die Hände vor die Ohren!«

Dann hat er nach dem Schlüssel gegriffen, der an einem Haken an der Wand neben der Tür hing.

Einen Augenblick habe ich wieder gedacht, dass Onkel

Vusis Gehirn zu langsam war, um zu begreifen, aber dann hat er gelächelt. »Benzin ist noch genug drin!«, hat er mit geschlossenen Augen gemurmelt.

Ist es nicht ein Glück, meine Damen und Herren, dass ich Onkel Vusi mit dem Safari-Jeep manchmal ausgeholfen hatte? Sonst hätten wir jetzt nicht fahren können. Und glauben Sie mir, ich fahre gut.

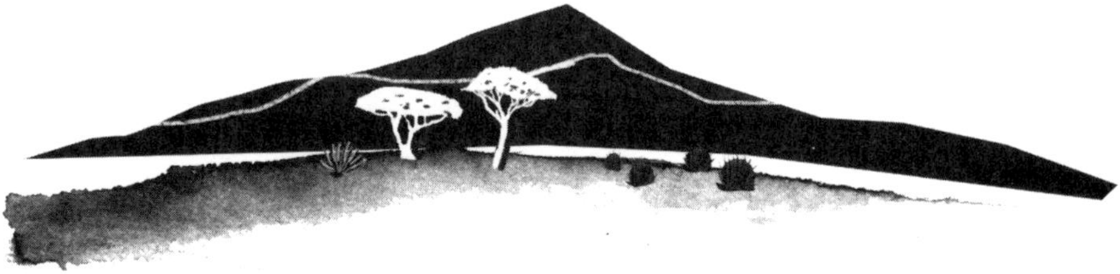

43

Das einzige Problem waren Pilot und Lemonade.

»Fuchtele nicht immer so mit dem Messer rum, Pilot!«, hat Sifiso gesagt. »Woher hast du das überhaupt? Aus der Farmhausküche? Gib her!«

Pilot hat die Lippen zusammengepresst.

Sifiso hat geseufzt und ihm das Messer abgenommen. »Wir müssen die Kleinen mitnehmen, Thabo!«, hat er gesagt. »Sonst gibt es womöglich noch ein Unglück!«

»Yebo«, habe ich gemurmelt. »Steigt ein!« Ich habe Pilot und Lemonade ein Zeichen gegeben. »Aber oben!«

Pilot hat vor Begeisterung gequietscht. Sifiso hat sich auf den Beifahrersitz gesetzt und ich mich hinters Steuer. Der Jeep ist ganz leicht angesprungen. Ich habe mit dem rechten Fuß sanft das Gaspedal heruntergedrückt. Ich weiß nicht, wie es Ihnen geht, meine Damen und Herren. Ich finde immer wieder, es ist wie ein Wunder, dass eine so große, schwere Maschine mir gehorcht.

»Und weißt du, was ich glaube, Thabo?«, hat Sifiso gesagt. »Weil Onkel Vusi doch das mit dem Loch im Zaun gesagt hat! Mit dem Seitenschneider! Weißt du, was ich glaube?«

Ich bin ausgestiegen und habe die Schranke aufgeschlossen. »Was?«, habe ich gefragt.

»Vielleicht war das auch dieser Winterbottom!«, hat Sifiso gesagt. »Der angerufen und das von dem Loch im Zaun erzählt hat! Damit irgendein Ranger hinfahren und nachsehen musste! Und Spuren hinterlassen! Genau an der Stelle, wo später das tote Nashorn lag!«

Ich bin wieder ausgestiegen, um die Schranke hinter uns herunterzulassen. »Kann sein!«, habe ich gemurmelt. Es hätte zu Winterbottom gepasst.

Die Sonne stand tief, und hinter dem Eingang von Lion Park leuchtete der Weg rot im Abendlicht. Sogar das Gras hatte einen goldenen Schimmer, und das Blau des Himmels sah aus, als wollte es sich in Grün verwandeln. Die Zikaden haben sich mit lautem Sirren vom Tag verabschiedet. Dies ist die schönste Zeit, meine Damen und Herren, die Dämmerungs-Safari ist immer die beste Safari. Die Vögel zwitschern irgendwo unsichtbar in den Zweigen, und die Frösche quaken so laut, dass man sie bis nach Mbabane hört. Alle Tiere, die sich am Tag vor der Sonne und vor ihren Feinden irgendwo verborgen halten, kommen für eine Weile ins Freie, um zu fressen und den Abend zu genießen. Man könnte glauben, die Welt ist friedlich.

Vor uns ist ein Warzenschwein eilig über die Straße gerannt und dann gelassen am Rand stehen geblieben. Mit seinem Schwanz hat es nach den Mücken geschlagen, die um diese Zeit überall sind, und dabei den Jeep angestarrt.

Ich bin langsamer gefahren, Warzenschweine sind gute Mütter. Vielleicht kam gleich eine ganze Gruppe kleiner Warzenschweine über die Straße gelaufen. Aber dieses Warzenschwein war allein.

Im hügeligen Grasland rechts vom Weg bewegte sich langsam grasend eine Büffelherde. Sobald sie sich zerstreut hatte, schlossen die hinteren Tiere gemächlich wieder auf, Kälber folgten mit eiligen Schritten ihren Müttern. Wir hatten Glück, dass die Büffel nicht über die Straße wollten. Es hätte uns viel Zeit gekostet.

»Kannst du nicht schneller fahren?«, hat Sifiso gefragt. Rechts von uns blitzte es weiß und schwarz auf. Von den Zebras waren im hohen Gras nur die Rücken zu erkennen, fünf, sieben, alle dicht beieinander; dann die Korkenzieherhörner einer Kudu-Antilope. (Es ist Miss Agatha, die sagt, dass die Hörner der Kudu-Böcke aussehen wie Korkenzieher, meine Damen und Herren. Onkel Vusi hat keinen Korkenzieher, ich wäre nicht darauf gekommen.)

»Manchmal laufen irgendwelche Tiere auf die Straße, Sifiso!«, habe ich entschuldigend gesagt. Ich habe trotzdem das Gaspedal ein bisschen weiter heruntergetreten. »Ein Zusammenstoß mit einem Elefanten ist das Letzte, was wir jetzt gebrauchen können!«

Und war das nicht die Wahrheit? Niemals sind so viele Tiere unterwegs wie in der Dämmerung, manchmal bekommen die Touristen Angst. Sogar die Leoparden wagen sich dann hinaus, und jeder weiß, wie scheu Leoparden sind. Ich wollte nicht, dass wir womöglich mit einer Giraffe oder einer dummen kleinen Rehantilope zusammenstießen (an einen Elefanten habe ich nicht wirklich geglaubt), bevor wir herausgefunden hatten, welchen Weg Mr Winterbottom über die Grenze genommen hatte.

Nur wenige Kilometer hinter dem Eingang gabelte sich die Straße.

»Und jetzt?«, hat Sifiso gefragt.

Ich bin ausgestiegen. *Sie* sollten das in der Dämmerung nicht tun, wenn Sie Lion Park besuchen, meine Damen und Herren, Sie sollten es überhaupt nur tun, wenn ein Ranger es Ihnen erlaubt, auch am Tag. Aber ich kenne mich aus. Und es half nichts, ich musste nach Spuren suchen.

»Nichts!«, habe ich gesagt.

An diesem Tag hatte es nicht geregnet, Sie haben es bemerkt, ich hätte es sonst erzählt. Wie hätte es da also wohl frische Reifenspuren im trockenen Lehm der Straße geben können? Aber ich hatte es versuchen müssen, bevor wir uns blind entschieden.

Wir sind nach rechts gefahren, rechts lag die Grenze. Auch ohne Reifenspuren war rechts wahrscheinlich richtig. Die Sonne hatte es jetzt eilig, hinter dem Horizont zu verschwinden.

»Beeil dich, Mann!«, hat Sifiso gesagt. »Wenn es dunkel ist, finden wir das Loch im Zaun nie!«

Das war die Wahrheit. Wer will in der Dunkelheit schon nach einem Loch im Zaun suchen, ohne Betäubungsgewehr? Ich war mir nicht sicher, wie es den Schlangen und den größeren Tieren gefallen hätte, wenn wir ausgestiegen wären. (Die kleineren waren mir egal.)

»Wenn es überhaupt ein Loch gibt!«, habe ich gesagt.

Vor uns wurde das Quaken der Frösche lauter, niemals quaken die Frösche so laut wie in der Nacht. Gleich würden wir am Wasserloch vorbeikommen, hinter der nächsten Biegung würden wir es schon in der Senke liegen sehen. Ich nahm den Fuß wieder ein bisschen vom Gas. Am Wasserloch versammeln sich immer viele Tiere, sogar am Tag. (Onkel Vusi fährt zum Wasserloch, wenn er den Touristen Elefanten zeigen will. Seien Sie sicher, am Wasserloch finden Sie immer ein paar.)

»Eish!«, hat Sifiso gerufen.

Pilot und Lemonade oben auf den Touristenplätzen haben gequietscht. Und ich habe so scharf gebremst, dass wir alle nach vorne geschleudert wurden.

Jetzt glauben Sie, wir hätten eine Elefantenherde gesehen, meine Damen und Herren, ich habe Sie geschickt darauf vorbereitet! Aber eine Elefantenherde war es nicht.

Vor uns lag das Wasserloch, umstanden von Akazien und noch niedrigen Baobabs. Eine Gruppe Nilpferde war aus dem Wasser gestiegen und riss mit lauten Kaugeräuschen das Gras aus dem Boden. In der Mitte der Wasserfläche war gerade eben der gezackte Rücken eines Krokodils auszumachen, und ein einsamer Elefant füllte seinen Rüssel und sprengte das Wasser über seinen Rücken, als wäre es noch immer heiß und er müsste sich Kühlung verschaffen. Die Geräusche waren so deutlich wie niemals am Tag und so scharf, als hätten sie Ränder.

Natürlich, schon dieser Anblick hätte genügt, damit jeder Tourist »Eish!« gerufen und gequietscht hätte. (Die Touristen rufen natürlich nicht »Eish!«. Sie rufen: »Wow!«) Aber es war nicht der Anblick des Wasserlochs, der mich so scharf hatte bremsen und Pilot und Lemonade hatte quietschen lassen.

Mitten auf dem Weg, nur ein paar Meter vom Ufer entfernt und von uns kaum mehr als zehn Wagenlängen, stand mit ausgeschalteten Scheinwerfern Mr Winterbottoms Defender. Er war umringt von Nashörnern und gab kein Motorengeräusch von sich.

44

»Thabo!«, hat Sifiso geflüstert. »Was macht der Winterbottom da, verdammt? Holt der sich die nächsten Hörner?«

Aber mir war sofort klar, was Mr Winterbottom dort in seinem Wagen machte. Und dass er es nicht freiwillig tat. Obwohl ich nicht begriff, warum er nicht wenigstens versuchte, sich im Schritttempo aus der Nashornherde zu befreien.

In seiner Dummheit musste Mr Winterbottom auf seiner Fahrt vorbei am Wasserloch zwischen Nashornmütter und ihre Kälber gekommen sein, und jetzt umringten sie zornig seinen Defender. Ich mochte Mr Winterbottom nicht besonders, das werden Sie mir glauben, aber diese Situation wünscht man seinem schlimmsten Feind nicht.

»Warum versucht der Idiot nicht, weiterzufahren?«, hat Sifiso gefragt.

Ich habe nach dem Funkgerät gegriffen, das am Armaturenbrett hing. Mein Handy hatte ja noch immer Mr Winterbottom. Aber mit dem Funkgerät konnte ich wenigstens die Rangerstation erreichen.

Es knisterte, sobald die Verbindung hergestellt war. »Station Lion Park!«, habe ich gesagt. »Station Lion Park, hört ihr mich? Kommen!«

»Thabo!« hat jemand durch das Rauschen gesagt. »Wo bist du? Was ist los! Over!« Was für ein Glück, dass es ausgerechnet Bongani war! Er würde schnell begreifen. (Und was für ein Glück, dass wir in der Rangerstation elektrischen Strom haben. Wenn sie elektrischen Strom haben, bleiben die Menschen länger wach.)

»Wir haben den Verbrecher, Bongani!«, habe ich gezischt. »Am Wasserloch! In seinem Wagen! Mit einer ganzen Nashornherde um ihn herum! Over!«

»Eish!«, hat Bongani gerufen. »Warum fährt er nicht weg? Und warum ist er in der ganzen Zeit noch nicht weiter gekommen als bis zum Wasserloch? Over!«

Ich hab Sifiso angesehen, Sifiso hat die Achseln gezuckt. Aber von oben hat Pilot so laut zu uns heruntergebrüllt, dass alle Nashörner sich erschrocken umgedreht haben. Sie erinnern sich, Nashörner sehen schlecht. Dafür hören sie umso besser.

»Der kann gar nicht fahren!«, hat Pilot gebrüllt. »Seine Reifen sind doch kaputt!«

Sifiso und ich haben Pilot angestarrt. Die Nashörner haben sich langsam wieder Mr Winterbottoms Defender zugewandt.

»Seine Reifen sind was?«, hat Sifiso gefragt. Dann hat er verblüfft auf das erbeutete Messer in seiner Hand gestarrt. »Du hast doch nicht etwa …?«

Pilot hat ängstlich auf seine sandigen Zehenspitzen geguckt.

Aber Lemonade hat sich böse zu uns vorgebeugt. »Ihr habt das gesagt!«, hat sie gerufen. (Die Nashornköpfe haben sich langsam wieder zu uns hingedreht. Aber Lemonade hat es selbst auch gesehen und ist leiser geworden.) »Wenn seine Reifen kaputt sind, kann er nicht wegfahren! Darum haben wir das gemacht! Du hast das gesagt, Thabo!«

»Ihr habt gesagt, dann ist es erlaubt!«, hat Pilot mit einem Blick auf die Nashörner geflüstert. »Da haben wir das gemacht! Als er euch im Farmhaus eingesperrt hat! Damit er da nicht mehr wegfahren konnte! Aber dann war er doch weg.«

Halleluja, gelobt sei Jesus Christus und Dank sei den Ahnen! Wer hätte das von dem ungezogenen Pilot und der frechen Lemonade geglaubt?

»Hast du gehört, Bongani?«, habe ich ins Funkgerät gefragt. »Pilot und Lemonade haben seine Reifen aufgeschlitzt! Der Wagen ist hier liegen geblieben! Der Tsotsi kommt nicht weiter, wenn er nicht zu Fuß gehen will!«

Sifiso hat gekichert. Das hätte Mr Winterbottom sich mal trauen sollen, um diese Zeit und mit den Nashörnern um ihn herum!

»Wir haben ihn, Bongani!«, habe ich geflüstert. Meine Stimme hat ein bisschen gezittert vor Triumph, das ist normal. »Schick die Polizei vorbei! Wir servieren der Polizei den Wilderer auf einem Tablett!« Erst als ich von der anderen Seite nichts durch das Funkgerät gehört habe, ist mir eingefallen, dass ich ja die Taste drücken musste. »Over!«, habe ich gesagt.

Das Rauschen war jetzt so laut, dass ich Bongani kaum verstehen konnte. »Wartet da auf uns!«, hat er gerufen. »Aber fahrt nicht näher heran! Falls der Kerl eine Pistole hat!«

Es war gut, dass Bongani nicht wusste, dass Mr Winterbottom nicht nur *eine* Pistole bei sich hatte, sondern sogar *zwei*. Das war Grund genug, Abstand zu halten.

Jetzt fragen Sie sich vielleicht, warum Mr Winterbottom denn mit seinen Pistolen nicht auf die Nashörner geschossen hat, meine Damen und Herren. Ich würde Ihnen nicht empfehlen, das jemals zu versuchen. Sie müssen schon sehr genau zielen, um eine Stelle zu treffen, bei der ein Schuss mit einer Pistole bei einem Nashorn tödlich wäre, mir fallen da eigentlich nur die Augen ein. Und selbst wenn Mr Winterbottom *ein* Nashorn mit seiner Pistole getötet hätte: Was glauben Sie wohl, hätten die anderen Nashörner dann mit seinem Wagen gemacht?

»Das war gut von euch, Pilot und Lemonade«, habe ich geflüstert. »Mit den Reifen! Ngiyabonga!«

»Ich hab den Löffel gefunden, und Pilot hat das Messer gefunden!«, hat Lemonade zufrieden gesagt. »In der Küche! Aber mit dem Löffel hab ich die Reifen nicht kaputt gekriegt.«

Natürlich haben Miss Marple und Mr Stringer es meistens einfacher, weil sie während der Aufklärung eines Falles keine kleinen Geschwister beaufsichtigen müssen. Aber in diesem Fall: Was wäre passiert ohne Pilot und Lemonade? Denken Sie darüber nach. Es gibt für jeden Menschen einen Platz auf der Welt, sagt Reverend Hlope, und einen Grund, warum es ausgerechnet ihn geben muss. Bei Pilot und Lemonade war dieser Grund jetzt klar.

45

Es hat länger gedauert, als ich erwartet hatte, bis die Polizei endlich da war, aber dafür kam sie gleich mit vier Wagen. Inspector Gwebu hatte den Polizeiposten in der Nachbarschaft auch Bescheid gegeben.

Und die übrigen vier Ranger-Fahrzeuge kamen auch gleich mit. Schließlich musste die Polizei irgendwie zu Mr Winterbottom vordringen, um ihm Handschellen anzulegen, an den Nashörnern vorbei. Oder sie musste die Nashörner verscheuchen. Und die Polizisten kennen sich mit Nashörnern natürlich nicht halb so gut aus wie die Ranger, das ist eine Tatsache.

Inzwischen war es vollkommen dunkel geworden, aber die Polizei hatte Scheinwerfer dabei und ein Megafon. (Sonst hätte Mr Winterbottom ja niemals hören können, was Inspector Gwebu ihm zu sagen hatte. Wegen der Pistolen wollte Inspector Gwebu schließlich nicht zu nah an den Defender herangehen.)

Die Nashörner haben das Megafon natürlich auch gehört, obwohl sie schon ein Stück entfernt im Akazienwäldchen verschwunden waren. Die Ranger hatten sie weggetrieben.

Es war nicht ganz ohne Gefahr, meine Damen und Herren, aber unsere Ranger wissen, was sie tun.

»Mr Winterbottom!«, hat Inspector Gwebu gerufen. Durch das Megafon hat es gewaltig geklungen. Wenn ich kein Privatdetektiv werden sollte, werde ich vielleicht Polizist. Ganz so gut wie Privatdetektiv ist es nicht, aber man hat ein Megafon. »Ich verhafte Sie im Namen Seiner Majestät des Königs wegen des Verdachts der Wilderei! Werfen Sie Ihre Waffe aus dem Fenster und steigen Sie dann aus mit den Händen auf dem Wagendach!«

»Er hat zwei Waffen!«, habe ich gerufen. »Die von Mr Reginald Wu auch noch!«

Auf dem Weg neben mir hat jemand gelacht. »Ja, die von Mr Reginald Wu hat er auch!«, hat der Jemand gesagt. Natürlich war es Mr Wu! Ich hatte ihn vorher noch nicht entdeckt. Aber inzwischen war es trotz der Dunkelheit der Nacht an dieser Stelle des Weges so hell und so laut, dass sich kein Tier mehr in unsere Nähe getraut hätte, machen Sie sich keine Sorgen. Mr Wu konnte unbesorgt herumlaufen.

Im Scheinwerferlicht sind zwei Gegenstände aus dem Fahrerfenster von Mr Winterbottoms Wagen geflogen. Natürlich hätte er auch etwas anderes herauswerfen können, nicht die Pistolen, das konnte man in der Dunkelheit nicht so genau erkennen. Aber so dumm war Mr Winterbottom nicht. Mit seinen aufgeschlitzten Reifen hätte er keine Chance gehabt, von diesem gefährlichen Ort wegzukommen; und ich bin sicher, von diesem gefährlichen Ort wegzukommen war im Augenblick gerade sein allergrößter Wunsch.

Es klingt vielleicht verrückt, aber ich bin mir sicher, dass Mr Winterbottom sogar erleichtert war über den Großeinsatz der Polizei. Niemand sitzt gerne in der Nacht eingekesselt in einer Nashornherde, ohne eine Chance zu haben, ihr zu entkommen. Und wenn die Polizei ihn jetzt nicht eingesammelt hätte, hätte Mr Winterbottom wegen der aufgeschlitzten Reifen den ganzen Weg durch Lion Park zu Fuß zurücklegen müssen. Dafür war das Wasserloch, an dem sich zu jeder Zeit die Tiere sammelten, nicht der beste Ausgangspunkt.

»Verdammte kleine Biester!«, hat Mr Winterbottom gezischt, als er in Handschellen an uns vorbei zu Inspector Gwebus Wagen geführt wurde. »Ich hätte mich niemals mit euch einlassen sollen!«

Sifiso und ich haben kalt und überlegen gelacht, Sie kennen dieses kalte, überlegene Lachen des erfolgreichen Privatdetektivs wahrscheinlich aus Filmen.

»Bei der Ehre meiner Ahnen, das hätten Sie wahrhaftig nicht tun sollen, Winterbottom!«, habe ich gesagt. »Niemand sperrt ungestraft die Privatdetektive von Hlatikulu in eine Besenkammer!«

»Winterbottom!«, hat Lemonade gekreischt. »Haha, Winterbottom!«

Aber da hatte PC Sipho Mr Winterbottom schon in das

Polizeifahrzeug geschoben. Er hat dabei tatsächlich eine Hand so über den Kopf des Gefangenen gehalten, wie die Polizei es in Miss Agathas Filmen auch immer tut.

Mr Reginald Wu ist eilig hinterhergegangen. Dann hat er sich noch einmal zu uns umgedreht. »Und ihr macht euch jetzt schnell wie der Blitz auf nach Hause!«, hat er gesagt. »Wer von euch hat eigentlich einen Führerschein?«

»Wir sind schon weg!«, hat Sifiso gerufen. Ich musste erst ein Stück rückwärtsfahren, dann konnte ich wenden.

»Und jetzt?«, hat Sifiso gefragt. Die Zikaden waren leiser geworden, nur die Frösche haben noch gequakt.

»Hast du doch gehört, nach Hause!«, habe ich böse gesagt. »Schlafen!«

Es wäre gelogen, wenn ich behaupten würde, dass ich nicht enttäuscht war. Eigentlich hätte man doch erwarten können, dass die Polizei uns ordentlich gelobt hätte. Vielleicht hätten wir sogar einen Orden von Seiner Majestät verdient! Schließlich hatten wir den Nashornwilderer geschnappt.

Aber andererseits hatten wir natürlich vorher auch keinen Ärger von der Polizei gekriegt, als wir Mr Reginald Wu eingesperrt hatten und Mr Winterbottom hatten entkommen lassen. Das glich sich vielleicht aus.

»Können wir heute Nacht wieder bei dir bleiben?«, hat Sifiso gefragt. Das verstand sich von selbst. Wer hätte ihn mit Pilot und Lemonade wohl jetzt noch durch die Nacht schicken wollen?

Als wir den Jeep auf dem Parkplatz abgestellt haben, ist Onkel Vusi aus der Hütte gekommen.

»Thabo!«, hat er gerufen. »Kinder!«

Die Wagen der anderen Ranger waren noch nicht zurück. Wahrscheinlich waren sie alle zum Polizeiposten Debedebe gefahren, um rauszufinden, wie die Geschichte jetzt weiterging. *Sie* durften dabei sein, obwohl *wir* es doch gewesen waren, die Mr Winterbottom aufgehalten (Pilot mit seinem Messer) und danach aufgespürt hatten (wir alle zusammen im Jeep)! Trotzdem sollten ausgerechnet wir jetzt schlafen. Ich sage nicht direkt, dass es ungerecht ist, aber ich frage: Wer hätte Miss Marple an diesem Punkt der Ermittlungen wohl ins Bett geschickt? Wenn sie gerade einen Verbrecher festgesetzt hatte? Eish! Wenn sie noch nicht erwachsen sind, haben Privatdetektive es einfach schwerer.

46

Es würde Sie jetzt sicher schon wundern, wenn Emma uns nicht auch am nächsten Morgen wieder geweckt hätte.

»Thabo!«, hat sie gebrüllt. »Sifiso!«

Ihre schmale Gestalt hat den Eingang von Onkel Vusis Hütte verdunkelt, aber ich habe trotzdem gesehen, dass es längst heller Tag war.

»Was habt ihr euch dabei gedacht?«

Ich habe gegrunzt. So schnell wache ich nach so einer Nacht nicht auf.

»Wieso seid ihr ohne mich losgefahren?«, hat Emma geschrien. »Wieso habt ihr den Kerl ohne mich gefasst? Tilima!«

»Du glaubst doch wohl nicht, dass deine Mutter dir das erlaubt hätte?«, habe ich gefragt und mich gereckt. »Nachts in den Park? Glaubst du das im Ernst?«

Natürlich möchte man Eltern haben, meine Damen und Herren, eine Mutter und einen Vater. Wir reden nicht viel darüber. Aber in der letzten Nacht war eine Mutter wie Ms Wendy Chapman für Emma vielleicht nicht so günstig gewesen.

»Trotzdem!«, hat Emma gerufen. Aber natürlich wusste sie, dass ich recht hatte.

»Auntie Agatha will mit euch reden!«, hat sie gesagt. »Sie hat dir tausend SMS geschickt, aber du antwortest ja nicht.«

»Mein Handy hat doch Mr Winterbottom!«, habe ich gesagt, aber Emma hat sich schon wütend umgedreht und ist davonmarschiert. Als ob es ganz selbstverständlich war, dass wir ihr nachkommen würden. Das war es ja auch.

Es hat ein bisschen gedauert, bis wir Onkel Vusi richtig geweckt hatten, aber ich dachte, er sollte besser dabei sein, um auch alles noch mal genau zu hören. Onkel Vusi muss die Dinge manchmal zweimal erzählt bekommen, bevor er sie richtig versteht, Sie wissen, warum.

Als wir bei Miss Agathas Cottage angekommen sind, hatte sie auf dem Rasen einen großen Tisch gedeckt, mit gleich zwei Teekannen. Am Ende der Tafel hat Delighty gesessen und mir zugewinkt. Sie war also von ihrer Tante Bongwe in Mantongomane zurück.

Ich habe schon geahnt, dass es zur Feier des Tages wieder diese trockenen Scones geben würde, es ließ sich nicht ändern.

»Kinder!«, hat Miss Agatha gerufen. »Na, da habt ihr ja wirklich etwas ganz Großartiges fertiggekriegt!«

Ganz so gut wie eine Medaille vom König war ein Lob von Miss Agatha vielleicht nicht, aber wenigstens hatte sie begriffen, was wir geschafft hatten.

»Ja, ich gratuliere euch auch!«, hat Mr Reginald Wu gesagt und ist extra aufgestanden. Er hat nämlich tatsächlich mit am Tisch gesessen. Wahrscheinlich hatte er schon das gute Frühstück in Lion Lodge gegessen, bevor er gekommen war, jedenfalls lag kein Scone und kein Krümel auf seinem Teller.

Aber bei Inspector Gwebu. Inspector Gwebu war auch da.

»Ja, Jungs!«, hat er gesagt.

Emma hat ihn böse angeguckt.

Inspector Gwebu hat geseufzt. »Und Mädchen!«, hat er gesagt.

Lemonade hat sich neben ihn gestellt und seinen Teller angestarrt. »Das bin ich, Mädchen!«, hat sie stolz gesagt. Was ihr Blick auf seinen Teller bedeuten sollte, war auch schon klar.

»Du musst nicht warten, bis Inspector Gwebu dir etwas abgibt, Lemonade!«, hat Auntie Agatha gesagt. »Du bist eingeladen! Such dir einen Stuhl, und dann nimm dir, was du magst!«

So schnell ist noch niemals ein kleines Mädchen auf einen Stuhl geklettert.

»Ja, Jungs, nun müssen wir uns wohl bei euch bedanken, dass ihr uns den Wilderer Mr Winterbottom zugeführt habt!«, hat Inspector Gwebu gesagt und sich geräuspert. »Und du, Vusi, bist dann auch gleich wieder frei. Noch nicht offiziell, da müssen noch ein paar Papiere unterschrieben werden, aber bleib am besten schon mal hier.«

Onkel Vusi hat ein bisschen verwirrt geguckt. Bestimmt hat er nicht verstanden, ob er nun frei war oder nicht, das hatte Inspector Gwebu ja so kompliziert erklärt.

»Setz dich hin, Onkel Vusi!«, habe ich darum gesagt. »Du bist auch eingeladen!« Ich habe mich zu Inspector Gwebu hingedreht. »Und kriege ich mein Handy zurück?«

Inspector Gwebu hat seinen Blick über den Tisch wandern lassen. Bestimmt hat er geguckt, ob es da außer diesen trockenen Lehmbrötchen noch etwas anderes gab, das ihn auch interessieren könnte. Und außer Tee noch etwas anderes zu trinken. Dann hat er geseufzt.

»Leider noch nicht gleich, Thabo!«, hat er gesagt. »Das Handy zählt zu den Beweismitteln! Und die Techniker in Johannesburg müssen zuerst mal prüfen, ob Mr Winterbottom von deinem Handy vielleicht Gespräche geführt hat und mit wem. Alle seine Anrufe und SMS werden überprüft, weil uns das zu den Hintermännern führen könnte. Obwohl er tatsächlich noch versucht hat, sein eigenes Handy wegzuwerfen, damit wir es nicht auswerten können! Aber Bongani hat es für uns gefunden.«

»Hintermänner?«, hat Emma mit vollem Mund gefragt. Ihr hat es geschmeckt. Ich hatte ja gesagt, ich weiß nicht, was die Engländer an diesen Brötchen finden.

»Natürlich, Hintermänner!«, hat Miss Agatha gerufen. »Ihr habt doch nicht geglaubt, dass Mr Winterbottom das auf eigene Rechnung gemacht hat? Da wäre ich ja sehr enttäuscht von euch!«

»Also doch Asiaten?«, habe ich gefragt. (Vielleicht war das jetzt wieder Rassismus, vielleicht nicht.) Mr Reginald Wu habe ich nicht angesehen dabei.

»Wenn es so einfach wäre!«, hat Miss Agatha gesagt und ist aufgesprungen. Jetzt, meine Damen und Herren, war es *doch* wieder genau wie im Film, wenn Miss Marple am Schluss allen die Zusammenhänge des Verbrechens erklärt.

»Wahrscheinlich ist das Horn tatsächlich für Asien gedacht!«, hat Miss Agatha gesagt. »Nur in Asien zahlen die Menschen diese Riesensummen, weil sie das Horn für ein Allheilmittel halten.« Das wussten wir ja schon. »Aber ob Mr Winterbottoms Hintermänner, die den Auftrag zur Beschaffung von Nashornhörnern gegeben haben, deshalb auch Asiaten sind, steht noch lange nicht fest! Das können Gangsterbanden aus der ganzen Welt sein! Gangsterbanden aus der ganzen Welt sind inzwischen hinter unseren armen Nashörnern her, um Millionen zu verdienen!«

Sie hat geschnaubt und jetzt wirklich ein Gesicht gemacht wie Miss Marple. »Eine bessere Einnahmequelle könnte es doch gar nicht geben für Menschen ohne Gewissen! Organisiertes Verbrechen! Banden in allen Ländern der Welt! Sie lassen die Nashörner töten und verkaufen das Horn nach Asien. Damit verdienen sie Unsummen. Mit dem Horn werden die Waffen für ganze Kriege bezahlt! Ganze Kriege können nur stattfinden, weil hier unsere Nashörner geschlachtet werden!«

»Eish!«, hat Sifiso geflüstert. Es ist ja auch wirklich überraschend, wie alles mit allem zusammenhängt. Auf der ganzen Welt.

»Woher weißt du das, Auntie Agatha?«, hat Emma gefragt. Es klang ein bisschen unfreundlich und misstrauisch. Dabei hätte Emma doch begeistert sein müssen, dass ihre Großtante so eine gute Privatdetektivin war.

»Aus dem Internet natürlich!«, hat Miss Agatha gesagt, als ob sie da jeden Tag unterwegs wäre. »Man kann es ganz leicht googeln! Es ist ein Skandal!«

Ich habe sie angestarrt. Miss Agatha war ohne mich im Internet gewesen! »Und das Kabel?«, habe ich gefragt. »Wie sind Sie denn ins Internet gekommen, Miss Agatha, ohne Kabel?«

Miss Agatha hat abgewinkt. »Das habe ich ja längst wiedergefunden!«, hat sie gesagt. »Ich hatte meine Aspidistra damit zusammengebunden, im Esszimmer! Als ich sie gießen wollte, hab ich das Kabel entdeckt.«

»Hoffentlich geht es der Aspidistra trotzdem gut?«, hat Mr Reginald Wu höflich gefragt.

Miss Agatha hat abgewinkt. »Es gibt also Hintermänner!«, hat sie gesagt. »Und um diese Hintermänner von Mr Winterbottom geht es jetzt!«

»Aber warum hat er denn nur das *eine* Nashorn umgebracht, wenn da doch eine ganze Bande dahintersteckt?«, hat Emma gefragt. »Die wollten doch bestimmt mehr!«

»Da kann ich nur Vermutungen anstellen!«, hat Miss Agatha gesagt. Immer noch mit diesem Miss-Marple-Gesicht.

»Nachdem sie Vusi gleich zu Anfang festgenommen hatte, hat die Polizei ja geglaubt, sie hätte den Täter. Da wäre es ja merkwürdig gewesen, wenn danach noch mehr Nashörner getötet worden wären! Winterbottom musste nur noch ein wenig beobachten, wie sich hier die Aufklärungslage entwickeln würde, dann konnte er weiterreisen, um anderswo auf Nashornjagd zu gehen.«

»Im Krüger!«, hat Sifiso gesagt. Sie wissen, im Krüger sind bald keine Nashörner mehr am Leben, wenn diese Verbrecher nicht gestoppt werden.

»Und deshalb ist er auch mit auf Onkel Vusis Drei-Stunden-Safari gegangen, oder?«, habe ich gesagt. Das hatte ich mich nämlich die ganze Zeit gefragt. Warum war Mr Winterbottom nicht sofort abgereist, nachdem er das Horn erbeutet hatte? »Um von Anfang an beobachten zu können, wie die Aufklärung läuft! Um die Taktik der Polizei fürs nächste Mal kennenzulernen! Von dem Augenblick an, in dem das tote Nashorn gefunden wird!«

Sifiso hat sich vorgebeugt. »Und nach Onkel Vusis Verhaftung war er dann tatsächlich erst mal beruhigt!«, hat er gerufen. »Aber dann haben wir ihm am nächsten Morgen von dem Schuhabdruck erzählt, und da wusste er, dass er doch noch auffliegen konnte.«

»Darum hat er uns auch auf Mr Wu angesetzt«, habe ich gesagt.

»Und die Schuhe sofort am Fluss unter einem Felsen versteckt!«, hat Sifiso geseufzt. »So was konnte ja nur ein

Engländer tun!« (Das stimmt, meine Damen und Herren. Wir hier bei uns werfen bestimmt keine guten Schuhe weg. Manche Kinder tragen sogar nur einen Schuh.)

»Ein Asiate vielleicht auch!«, hat Emma gesagt. Sie musste Sifiso natürlich widersprechen.

»Und als er gehört hat, dass wir die Schuhe gefunden und zum Polizeiposten nach Debedebe gebracht hatten zur DNA-Untersuchung, hat Mr Winterbottom behauptet, Mr Wu wollte abreisen. Damit wir ihm dabei helfen, ihn einzusperren!«, habe ich gesagt. »Er hat geahnt, dass Mr Wu ein Spezialagent ist! Sie hatten ihn wirklich im Verdacht, oder, Mr Wu?«

»Ich versteh das nicht!«, hat Lemonade mit vollem Mund gesagt. Es klang nicht, als ob sie das gestört hätte, solange es nur genug trockene Brötchen gab und vor allem Jam, süße englische Marmelade. Ihr Mund war schon ganz verschmiert.

»Und das alte Farmhaus!«, hat Emma gesagt. »Das war natürlich das allerbeste Versteck für seine Beute. Weil hier doch alle solche Angst vor den Geistern haben, da konnte er ja ganz sicher sein, dass da niemand das Horn entdecken würde!«

»Liebespaare?«, hat Miss Agatha gesagt. Aber dann hat sie den Kopf geschüttelt und ihren eigenen Einwand verworfen. »Aber in die Besenkammer wären die natürlich niemals gegangen. Schon gar nicht bei dem Gestank.«

»Und der Zweig?«, hat Sifiso gefragt. »Den er Ihnen in

den Rücken gedrückt hat? Das war in Wirklichkeit *doch* eine Pistole, oder?«

Mr Reginald Wu hat gelacht. »Ihr glaubt doch wohl, dass ich einen Zweig von einem Pistolenlauf unterscheiden kann!«, hat er gesagt. »Natürlich war das eine Pistole! Eine Glock.«

»Kinder, Kinder!«, hat Miss Agatha gesagt. »Was für eine Geschichte!«

Inspector Gwebu hat sich noch einen Scone genommen. (Nur Tee hat er keinen getrunken. Ich glaube, er wartet lieber wieder auf eine Familienfeier.) »Ja, da ist gute Arbeit geleistet worden!«, hat er gesagt. Von wem, hat er nicht gesagt. »Jetzt, wie schon erläutert, müssen wir nur noch die Hintermänner aufspüren.«

Emma hat etwas über den Tisch geschoben. »Da, Pilot!«, hat sie gesagt. »Deine Jelly Beans! Hatte ich dir doch für die Schuhe versprochen. Und das ist auch, weil du die Reifen aufgeschlitzt hast.«

Pilot hat sie angestarrt, als ob er es nicht glauben könnte, aber Lemonade hat sofort zugegriffen.

»Und den Fußball knote ich dir auch noch, Pilot!«, habe ich gesagt. Kann man es glauben, meine Damen und Herren? Den hätte ich in all der Aufregung doch glatt vergessen.

»Na, dann haben wir hier wohl ein vollständiges Happy End!«, hat Mr Reginald Wu gesagt. Bevor er aufgestanden ist, hat er sich mit einer von Miss Agathas kleinen altmodischen Stoffservietten den Mund abgetupft, obwohl er doch gar nichts gegessen hatte. (Tee getrunken aber schon.) »Auf Wiedersehen! Obwohl ich natürlich eigentlich hoffe, dass ich aus beruflichen Gründen nicht noch mal herkommen muss. Aber es war nett, euch kennenzulernen, Kinder.«

Das fand ich großzügig von ihm. Vielleicht hatte er den Schuppen schon fast vergessen.

Meine Damen und Herren, damit war nun also alles aufgeklärt. Aber leider war auch klar, dass ich nicht nur noch kein wahrer Gentleman bin, sondern auch noch kein wahrer Privatdetektiv, es hilft nichts, sich zu belügen. Den größten Teil der Zeit waren wir alle auf einer falschen Fährte gewesen.

Miss Agatha hat gesagt, sie glaubt nicht, dass Miss Marple in meinem Alter schon zu den kriminalistischen Spitzenleistungen in der Lage war, die wir in den Filmen bewundern können. Das sollte mich trösten. Aber Miss Marple lebt natürlich auch in Milchester, England, wo ihr täglich die passenden Verbrechen über den Weg laufen, da konnte sie sich Zeit lassen mit dem Detektiv-Werden. Das ist bei uns in Hlatikulu anders. Wer weiß, ob bei uns in Hlatikulu überhaupt noch jemals ein anderes Verbrechen passiert?

Ich konnte nur hoffen, dass Sifiso und ich noch einmal die Gelegenheit bekommen würden, unser kriminalistisches Talent unter Beweis zu stellen.

Leseprobe aus: Thabo – Detektiv & Gentleman – Die Krokodil-Spur

Sifiso ist verschwunden …

Die Sonne stand jetzt schon so tief, dass der Himmel allmählich seine blaue Farbe zurückgewann. Mein Schatten lief neben mir her, und mein Schatten war fast genauso groß wie ich.

Natürlich war die Idee verrückt, meine Damen und Herren. Was für eine Spur sollte das denn wohl sein? Ein bloßer Fußabdruck auf der trockenen roten Erde? Eish! Davon gab es Millionen. Und Reifenspuren? Welche?

Aber die beiden Kleinen sind losgerannt, die Augen fest auf den Boden gerichtet. Ich habe es ja schon gesagt: Am schlechtesten fühlt man sich immer, wenn man gar nichts tun und nur abwarten kann.

Sogar Emma ist mit einem mauligen Gesicht hinter mir hergelaufen. »Was glaubst du denn wohl, was du hier findest?«, hat sie gerufen.

»Keine Ahnung!«, habe ich gerufen. »Misttag!«

Nach nicht einmal einer halben Meile führte rechts ein

schmaler Weg von der roten Sandpiste ab und in die Hügel; ein Weg, auf den sich die Touristen niemals getraut hätten. Und das war auch gut so. Sie wären nicht weit gekommen, es sei denn, sie hatten einen sehr guten Geländewagen.

Ich kannte den Weg. Er führte vorbei an den in die Hügel getupften Hütten von Manyandeni und nach ungefähr einer weiteren Meile an einem verlassenen General Dealer. Danach kam für einige Meilen gar nichts mehr. Und dann kam die Grenze.

»Und jetzt?«, hat Emma gefragt. »Geradeaus? Oder rechts?«

Ich habe die Achseln gezuckt. »Wir könnten uns aufteilen!«, habe ich gesagt.

Aber Pilot hat auf einmal so ganz komisch rumgehampelt. »Ich muss mal!«, hat er geflüstert. »Ich muss jetzt gleich …« Dann ist er mit einem Satz hinter den Baum-Aloen verschwunden, die nur wenige Meter neben dem Weg im Grasland wuchsen.

»Pass auf Schlangen auf!«, habe ich gerufen. »Hörst du, Pilot!«

Emma hat geseufzt. »Wieso müssen wir immer diese Babys dabeihaben?«, hat sie gefragt. »Was ist denn das für eine Ermittlungsarbeit, wenn man dauernd …«

»Ich auch!«, hat Lemonade gebrüllt und ist hinter Pilot hergerannt. »Warte, Pilot! Ich will auch müssen!«

Und genau in diesem Moment ist Pilots Kopf schon wieder aufgeregt zwischen den Aloen aufgetaucht. »Er hat sich hier versteckt!«, hat er geschrien und wild irgendetwas in der Hand geschwenkt. »Sifiso hat sich hier versteckt!«

Dann ist er angerannt gekommen, den rechten Arm triumphierend vor sich ausgestreckt. In der Hand hielt er ein kleines Stück dünne Pappe, und als er näher kam, konnten Emma und ich auch sehen, was es war.

»Nein!«, hat Emma geflüstert.

Pilot hatte eine Spielkarte gefunden. Sie gehörte zu einem Autoquartett.

»Wahnsinn!«, hat Emma gerufen, nachdem sie Pilot die Karte aus der Hand gerissen hatte. Sie hat sie zwischen den Fingern gedreht. »Logisch gehört die Sifiso!«

Ich habe Ihnen erzählt, meine Damen und Herren, dass Sifiso sich sehr für Autos interessiert. Niemand kennt die Automarken so gut wie Sifiso, und er sieht sich immer alle Wagen auf dem Parkplatz von Lion Lodge und auf dem Parkplatz von Lion Park ganz genau an. Von manchen kennt er sogar Hubraum und PS. Sifisos großer Traum ist es, einmal Automechaniker zu werden. (Natürlich nur, wenn es mit dem Privatdetektiv-Beruf nichts wird.)

Darum hatte Emma ihm irgendwann vor vielen Jahren das Autoquartett geschenkt. Eine Familie mit Kindern hatte es bei der Abreise von Lion Lodge neben dem Pool vergessen. Seitdem trug Sifiso es immer bei sich, vor allem wenn er in die Schule ging. Und niemand konnte Sifiso beim Autoquartett schlagen.

»Wie ist die da hingekommen?«, habe ich gefragt und die

Karte angestarrt. Dann bin ich blitzschnell zu den Aloen gerannt, hinter denen Lemonade gerade ihren Rock hochzog.

»Das macht man nicht, Dummi!«, hat Lemonade gesagt. »Gucken!«

Aber ich habe ihr nicht mal einen Vogel gezeigt. Ich habe das Gras auseinandergebogen und den Boden abgesucht. Hinter einem Stein lag eine zweite Karte.

»Und was bedeutet das jetzt?«, habe ich verwirrt gefragt. Inzwischen hat Emma sich über meine Schulter gebeugt. Ich konnte mir nicht vorstellen, dass Sifiso freiwillig seine wertvollen Quartett-Karten weggeworfen hatte. Niemals. »Hat ihn hier vielleicht irgendwer angegriffen, und ihm sind die Karten aus der Hosentasche gefallen? Als sie gekämpft haben?«

Emma hat ihre Stirn in Falten gelegt. »Könnte sein!«, hat sie gemurmelt.

»Noch eine!«, hat Pilot gebrüllt. Er war ein Stück weiter den Weg entlanggelaufen, und jetzt schwenkte er wieder triumphierend seinen Arm. »Ich hab noch eine gefunden!«

»Dann haben sie aber an zwei Stellen gekämpft«, habe ich gesagt. »Hier und dahinten. Oder, Emma? Komisch.«

Aber Emma hat nicht geantwortet. Sie hatte diesen Blick, den ich sonst nur von Miss Agatha kenne. Und natürlich von Miss Marple.

»Hänsel und Gretel!«, hat sie dann auf einmal gerufen und mich in die Seite geboxt. »Mann, Thabo! Das ist doch logisch!«

»Was ist ›Hänsel und Gretel‹?«, hat Lemonade interessiert gefragt. Jetzt, wo wir Sifisos Karten entdeckt hatten, war sie auf einmal wieder ganz beruhigt. Wo Sifisos Karten waren, musste schließlich auch Sifiso irgendwo sein.

»Das waren zwei Kinder!«, hat Emma gesagt und dabei weiter den Boden abgesucht. »Arme, arme Kinder! Und als sie mal in den Wald gegangen sind, haben sie Brotkrumen ausgestreut, damit sie den Weg zurück nach Hause finden, und dann …«

»Die haben Brot weggeschmissen?«, hat Pilot fassungslos gefragt. »Das ist aber ausgedacht, Emma! Das ist nicht echt!«

»Ich mach das nicht!«, hat Lemonade empört gesagt. »Brot wegschmeißen! Das futtert dann ein Mungo!«

»Genau!«, hat Emma gesagt. »Quasi. Vögel haben die Brotkrumen aufgepickt, und darum konnten Hänsel und Gretel den Weg nach Hause nicht mehr finden.«

»Dummis!«, hat Lemonade energisch gesagt und den Kopf geschüttelt. »Und das schöne Brot war auch weg.«

Aber ich hatte endlich begriffen, was Sifisos Spielkarten mit Hänsel und Gretel zu tun hatten.

»Mann, Emma!«, habe ich geflüstert. »Du meinst, er hat sie mit Absicht …«

»Damit wir ihn finden, ja!«, hat Emma aufgeregt gesagt. »Irgendwer hat Sifiso entführt, und er hat uns Hinweise hinterlassen, denen wir folgen sollen!«

»Genial«, habe ich gemurmelt.

Nachbemerkung

Es gibt ein Land wie dieses, und ich habe es beim Schreiben im Kopf gehabt: ganz im Süden Afrikas. Es gibt diese Sprache, diese Namen, und auch die Orte findet man auf einer guten Straßenkarte. Aber mit den Ortsnamen habe ich – genau wie mit allen Personen in der Geschichte – getan, was Autoren zum Glück erlaubt ist: Ich habe sie durcheinandergewürfelt, wie ich sie gerade für meine Geschichte gebraucht habe. So ist ein neues, eigenes Königreich nur für diese Geschichte entstanden, dessen Polizisten ganz sicher dümmer sind als in der Wirklichkeit und dessen Kinder vielleicht schlauer. (Aber wirklich nur vielleicht.)

Dass Thabo und Sifiso keine Eltern mehr haben, ist genau wie in der Wirklichkeit: Im Süden Afrikas haben durch Aids unglaublich viele Kinder ihre Eltern verloren. Und wie Thabo und Sifiso schaffen sie es, trotzdem ihr Leben zu leben.

Dafür bewundere ich sie noch viel mehr, als wenn sie immerzu Kriminalfälle aufklären würden.

Kirsten Boie, 1950 in Hamburg geboren, war einige Jahre als Lehrerin tätig, bevor 1985 ihr erstes Kinderbuch »Paule ist ein Glücksgriff« erschien und sich als grandioses Debüt erwies. Heute ist sie eine der renommiertesten und vielseitigsten deutschen Kinder- und Jugendbuchautorinnen. Die promovierte Literaturwissenschaftlerin hat zahlreiche nationale und internationale Auszeichnungen erhalten und wurde mehrfach für den Hans-Christian-Andersen-Preis nominiert. 2007 wurde sie für ihr Gesamtwerk mit dem Sonderpreis des Deutschen Jugendliteraturpreises geehrt.

Danksagung

Dieses Buch hätte ohne eine Reihe von Menschen im Süden Afrikas nicht geschrieben werden können.

Ich danke den Mitarbeitern des Aids-Waisenprojekts MobiDiK in Swasiland: Tihlobetakhe Zulu, Agnes Dlamini, Welile Simelane und Mbuso »Mr Chicken« Dlamini, mit denen ich über viele Jahre im abgelegenen Bergland unterwegs sein konnte und die mir dabei immer wieder geduldig erklärt haben, was ich nicht verstand – von Hochzeitsbräuchen über die Geister der Ahnen bis hin zum Busverkehr.

Ich danke Ton und Gill Vriend für ihre Großzügigkeit, Gastfreundschaft und stete Bereitschaft, Fragen zu beantworten. Ihr Zuhause eMoyeni (»Platz der Winde«) direkt unterhalb von Sibebe Rock, dem größten Monolithen der Erde, hat mir ein wenig als Vorbild für Miss Agathas Cottage gedient.

Ich danke der tapferen Mary Zikalala, die mit neunundsechzig Jahren allein ihre vier verwaisten Enkelkinder großzieht. Sie hat sämtliche siSwati-Passagen in diesem Buch für mich überprüft und beharrlich versucht, mir Wörter wie *Silima!* (Blödmann!) auszureden, weil sie nicht schön sind.

Dafür hat sie mir jeden Morgen einen kleinen Zettel mit freundlichen Wörtern zugesteckt, wie sie in keinem Buch fehlen sollten. (Ein paar habe ich verwendet.)

Natürlich danke ich auch den gigantischen Krokodilen von Mlilwane, den wütenden Nilpferden von isiMangaliso und den geduldigen Nashörnern von Nhlane – alle drei Orte sind Vorbilder für Lion Park – dafür, dass sie mich verschont haben, selbst wenn ich ihnen manchmal (unbeabsichtigt) leichtsinnig nah gekommen bin.

Ich danke den unzähligen Frauen, mit denen ich in den vergangenen Jahren im Bergland von Shiselweni bei ihrer ehrenamtlichen Betreuung von Aids-Waisen gesprochen habe. Die Begegnung mit ihnen und viele ihrer Bemerkungen, Fragen und Bitten haben mir geholfen, das Leben dort besser zu verstehen.

Und ich danke den Hunderten von Kindern, zumeist Waisen, die bei meinem gefährlich hellhäutigen Anblick manchmal zuerst geweint und sich dann doch auf meine Kommunikationsversuche eingelassen haben. Ich bewundere ihre Tapferkeit und ihre Fröhlichkeit. Unter ihnen finden sich die Vorbilder für Thabo und die anderen.

Ohne sie alle hätte dieses Buch nicht geschrieben werden können. Trotzdem werden sich darin Fehler und Irrtümer finden: Natürlich habe ich sie ganz allein zu verantworten.

Alphabetische Liste aller schwierigen Wörter

Babe – Vater, auch respektvolle Anrede für ältere Männer
Buganu – Bier aus den Früchten des Marula-Baums
Buka naku! – Sieh dir das an!
Buya lana! – Komm her!
Eish! – Wow! Meine Güte!
Emalangeni – Landeswährung (Sing.: Lilangeni)
Gogo – Großmutter, auch allgmein: alte Frau
Hamba kahle! – Auf Wiedersehen! (an den, der geht)
INyanga – traditionelle Heilerin; arbeitet mit Muti (siehe dort) (Plural: Izinyanga)
IziNyanga – Plural von Inyanga (siehe dort)
Kusile! – Guten Morgen!
Lobola – Brautpreis, den der Bräutigam der Familie der Braut zahlen muss
Make – Mutter, auch respektvolle Anrede für ältere Frauen
Mealie-Bier – Bier, das aus Mais gebraut wird (siehe Tjwala)
Muti – traditionelle Medizin aus Pflanzen, Tieren und Mineralien

Ncesi. – Es tut mir leid.
Ngeke – niemals
Ngiyabonga. – Vielen Dank.
Ngiyacolisa. – Entschuldigung. (Ich entschuldige mich.)
Ngiyaphila. – Mir geht es gut.
Nisheline! – Guten Nachmittag!
Nkhosi – etwa: Sir (sehr respektvolle Anrede)
Sala kahle! – Auf Wiedersehen! (an den, der bleibt) (Plural: Salani kahle!)
Sangoma – traditioneller Heiler, der vor allem die Geister beschwört (Plural: Tangoma)
Sanibonani! – Guten Tag! (wenn man mehrere Menschen begrüßt)
Sawubona! – Guten Tag!
Tangoma – Plural von Sangoma (siehe dort)
Tilima! – Blödmänner! (Sing.: Silima)
Tjwala – Bier, das aus Mais gebraut wird (Mealie-Bier)
Tsotsi – Gangster
Unjani? – Wie geht es dir?
Yebo – Ja

Namensliste der Personen

(In alphabetischer Reihenfolge, aber die wichtigsten schon gleich mal vorweg.)

(Vermutlich) wichtigste Personen:

Thabo Sonnyboy Shongwe: Will Gentleman und Privatdetektiv werden. Erzählt die Geschichte, ohne zu verraten, wie alt er ist.

Sifiso Lovejoy Madlopha: Thabos bester Freund. Will Detektiv werden wie er, hat aber im Augenblick noch alle Hände voll mit seinen drei jüngeren Geschwistern zu tun.

Emma Chapman: Tochter von Ms Wendy Chapman, Miss Agathas Großnichte und Thabos älteste Freundin. Ist inzwischen leider die meiste Zeit des Jahres auf einem Internat in England.

Miss Agatha: Der älteste Mensch in Thabos Bekanntschaft, Großtante von Emma. Guckt mit Thabo Kriminalfilme auf DVD.

Alle anderen (natürlich auch wichtigen) Personen:

Bongani: Ranger in Lion Park

Dumisani: Das älteste Hausmädchen von Lion Lodge und eine weitläufige Verwandte von INyanga Sithembile

Hlahla Delighty Madlopha: Sifisos vernünftige Schwester, zuständig fürs Kochen

Inspector Quinton Gwebu: Polizeichef von Debedebe und mit der Aufklärung des Nashornmords betraut

Lungile Lemonade Madlopha: Sifisos kleine Schwester. Hat den Geist eines Schwarms wilder Bienen in sich und zum Glück viele Schutzengel.

Mr Winterbottom: Englischer Tourist, der aussieht wie ein amerikanischer Filmstar

Mr Wu: Tourist, verdächtig, weil er chinesisch aussieht

Ms Wendy Chapman: Emmas Mutter und Besitzerin von Lion Lodge

Onkel Vusi: Ranger in Lion Park und Thabos Onkel, bei dem Thabo lebt

Paki: Schuhputzboy in Lion Lodge, der alles über Schuhe weiß

Police Constable (PC) Sipho Godbless: Junger Polizist am Polizeiposten Debedebe. Spielt gerne Bohnenspiele, kennt sich aber mit Kriminalistik nicht besonders aus.

Reverend Hlope: Pastor, der viele kluge Sachen sagt. Spielt in dieser Geschichte keine große Rolle.

Sibusiso Pilot Madlopha: Sifisos jüngerer Bruder

Sipho Happy: Ranger in Lion Park

Sipho Joyful: Ranger in Lion Park. Trinkt gerne Tjwala und Buganu.

Sithembile: Traditionelle Heilerin (INyanga), die sich mit Rheuma auskennt. Spielt in dieser Geschichte keine große Rolle.

Thulile: Rezeptionistin in Lion Lodge. Hat das College für Tourismus und Fremdenverkehr besucht und daher ein Diplom mit roter und goldener Schrift, das in einem Rahmen an der Rezeption hängt.

Xolani: Ranger in Lion Park

MISS AGATHAS LODGE
MÜLLBERG
LION LODGE
P
DAS ALTE FARMHAUS
P
SCHUPPEN
LION PARK